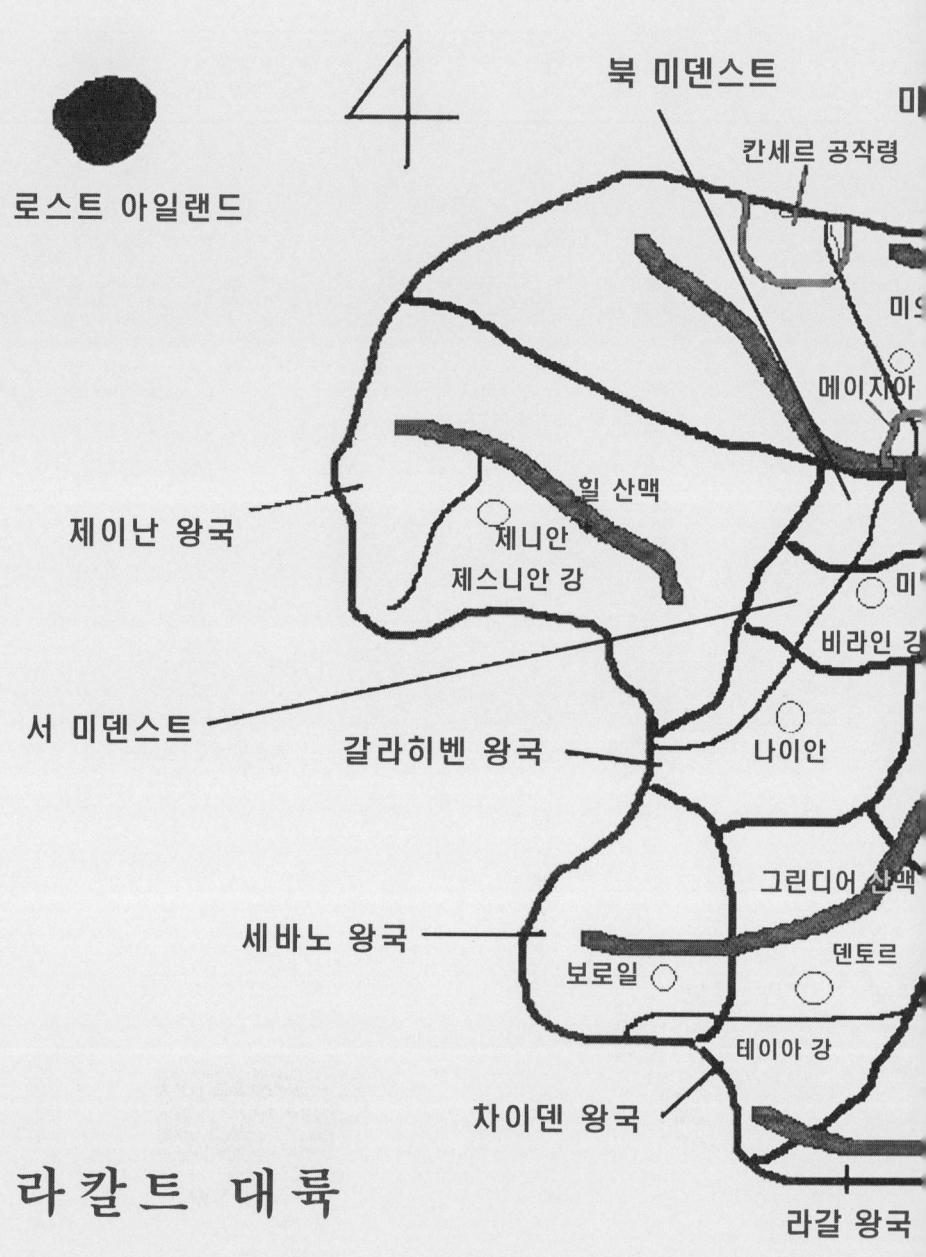

로스트 아일랜드

4

북 미덴스트

칸세르 공작령

미

미의

메이지아

제이난 왕국

힐 산맥

제니안

제스니안 강

미

비라인 강

서 미덴스트

갈라히벤 왕국

나이안

그린디어 산맥

세바노 왕국

덴토르

보로일

테이아 강

차이덴 왕국

라칼트 대륙

라갈 왕국

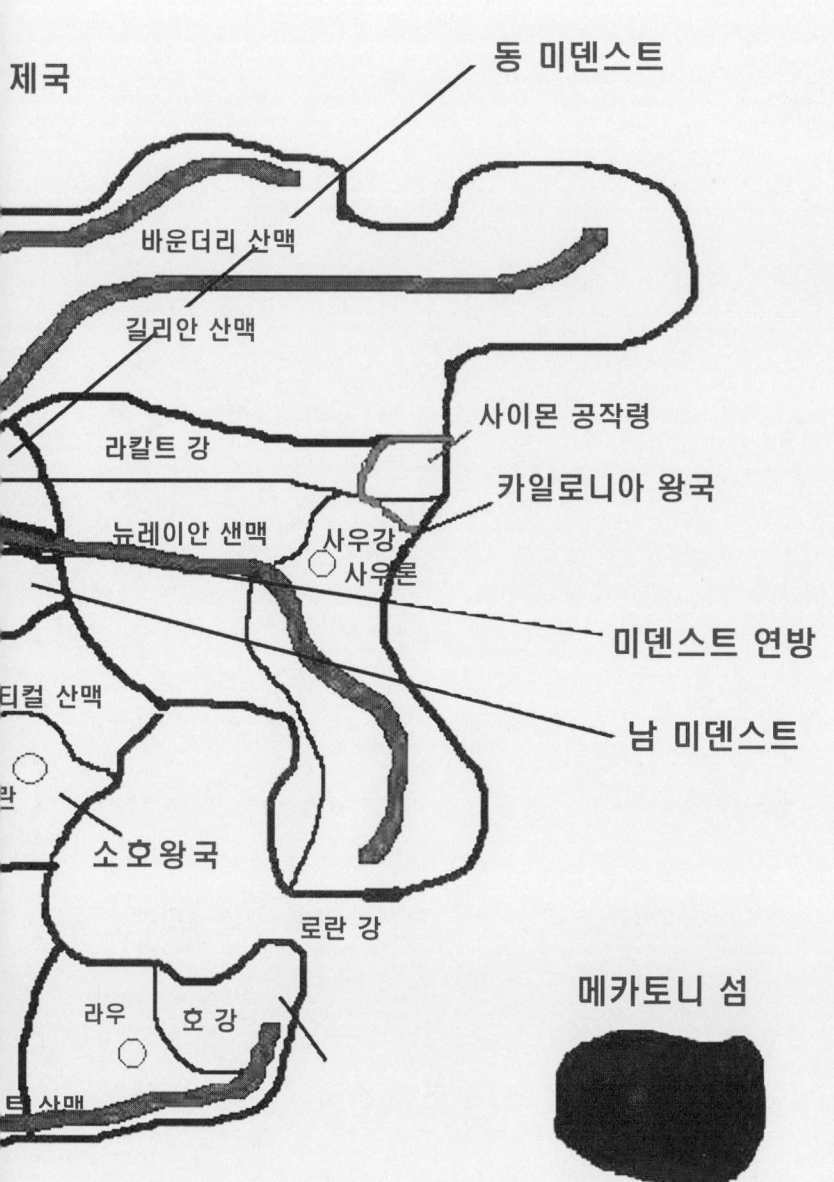

제국

동 미덴스트

바운더리 산맥

길리안 산맥

라칼트 강

뉴레이안 샌맥

사이몬 공작령

카일로니아 왕국

사우강

사우론

미덴스트 연방

남 미덴스트

티컬 산맥

소호왕국

로란 강

라우

호 강

메카토니 섬

터 산맥

GUARDIAN SWORD

휘파람 소리

가디언 소드

FANTASY FRONTIER SPIRIT

신가 판타지 장편 소설

가디언 소드 3

신가 판타지 장편 소설

초판 1쇄 찍은 날 § 2006년 5월 1일
초판 1쇄 펴낸 날 § 2006년 5월 8일

지은이 § 신가
펴낸이 § 서경석

편집장 § 문혜영
편집책임 § 김민정
편집 § 이재권 · 서지현

펴낸곳 § 도서출판 청어람
등록번호 § 제1081-1-89호
등록일자 § 1999. 5. 31
어람번호 § 제1-0703호

주소 § 경기도 부천시 원미구 심곡1동 350-1 남성B/D 3F (우) 420-011
전화 § 032-656-4452 팩스 § 032-656-4453
http://www.chungeoram.com
E-mail § eoram99@chollian.net

ⓒ 신가, 2006

ISBN 89-251-0050-9 04810
ISBN 89-251-0047-9 (SET)

GUARDIAN
SWORD 휘파람 소리

가디언 소드

FANTASY FRONTIERS

신가 판타지 장편 소설

3

새로운 힘

도서출판 청어람

Contents

Chapter 1
분명 그곳이었을 거야

분명 그곳이었을 거야

로즈는 힘껏 달렸다. 자신을 막으려는 기사를 떨쳐 내고 이니안을 향해 달렸다. 그녀의 눈에 이니안의 모습이 들어왔다. 거대한 나무 등치에 등을 기대고 축 늘어져 있는 이니안의 모습. 처참했다. 언제나 자신에게 강인한 등만을 보여주던 이니안이 저런 꼴을 하고 있을 것이라 상상도 못했다.

입 주변과 목 언저리에 묻어 있는 검붉은 피, 힘이 없는 듯한 눈동자, 산산조각이 난 검.

모두 상상할 수 없는 모습이다.

그때다.

카르세온이 천천히 이니안을 향해 다가간다. 그의 손에 들린 검이 움직인다. 서서히 느릿느릿 움직이는 검. 그러나 절대 멈추지 않고 한 곳을 향해 움직였다. 이윽고 검이 멈춰 섰다. 검이 멈춰선 곳은 바로 이니안의 목 앞. 아니, 검끝이 목을 조금 파고들었다.

붉은 피가 방울지며 또르르 흘러내린다.

로즈의 두 눈에 똑똑히 보였다. 그 선명한 붉은빛을 띤 핏방울.

온몸이 떨린다.

"멈춰요!!"

자신도 모르게 커다란 소리가 입에서 터져 나왔다.

로즈의 외침에 이니안과 카르세온의 눈이 동시에 그녀에게 향했다. 이니안의 눈이 살짝 떨렸다.

"무슨 일이십니까, 공녀님?"

카르세온은 담담한 목소리로 로즈에게 물었다.

"당장 그 검을 치우세요."

로즈는 두 눈을 차갑게 빛내며 말했다. 그녀의 목소리는 낮게 가라앉아 있었다. 카르세온은 로즈의 눈을 마주 보며 단호히 말했다.

"그럴 수는 없습니다. 이것은 정당한 대결이었고, 저는 승리했습니다. 저는 제 부하의 무덤 앞에서 한 맹세를 지켜야 합니다."

로즈는 카르세온의 말에 천천히 고개를 가로저었다.

"그 대결은 정당하지 않았어요. 당신의 부하들이 끼어들었으니까요."

자신을 막던 기사에게 한 말을 로즈는 다시 한 번 카르세온에게 했다.

"인정할 수 없습니다. 물론 제 부하가 끼어들기는 했지만 저는 정당한 대결을 위해 오히려 그를 꾸짖었습니다."

"물론 그랬지요. 하지만 정말 그의 말을 전혀 참고하지 않은 거였나요? 만약 그가 아무 말 없이 가만히 있었다면 그때의 공격을 막을 수 있었나요?"

로즈의 말에 카르세온은 입을 다물었다. 로즈의 물음을 스스로에게 반문하는 듯한 행동. 잠시 고개를 아래로 향한 채 생각에 잠겼던 카르세온의 입이 서서히 움직였다.

"대결에 만약이란 말은 없습니다."

카르세온은 그 대답으로 자신의 의지를 명확히 했다.

"하아… 당신은 결국……."

카르세온의 대답에 로즈는 낮게 한숨을 쉬었다. 그런 로즈의 행동에 아랑곳 않고 카르세온은 자신의 시선을 이니안에게로 돌렸다. 그의 검은 여전히 이니안의 목에 닿아 있었다.

그 모습을 지켜본 로즈의 눈에 단호한 결심이 어렸다.

"그럼, 이만 끝내지."

카르세온이 다시금 검을 쥔 손에 힘을 주었다.

"당장 멈춰요!"

다시 한 번 터져 나온 로즈의 호통. 그 소리에 카르세온은 그 자세를 유지한 채 조용히 고개만 돌려 로즈를 바라보았다. 하나 그는 곧 그의 검을 이니안의 목에서 거두어야만 했다.

어느새 로즈의 손에 들려 차가운 빛을 발하고 있는 잘 벼려진 단검. 그 단검의 끝은 정확히 로즈의 목에 닿아 있었다.

"고… 공녀님, 어찌……."

"그 검이 이니안 오빠의 목을 파고드는 만큼 이 검이 나의 목을 파고들 거예요."

단호했다.

로즈의 눈은 한 치의 흔들림도 없이 반드시 그러하겠다고 말하고 있었다. 그런 로즈를 지켜보는 이니안의 눈이 다시 한 번 떨렸다. 힘없이 검병을 쥐고 있던 손에 힘이 들어갔다. 얼마나 세게 쥐었을까? 손가락이 검병을 조금씩 파고들어 갔다. 검병을 쥐고 있는 손이 부르르 떨렸다.

비참했다.

패한 것까지는 좋았다, 자신이 약해서 진 것이니까. 하지만 저런 로즈의 행동이라니. 물론 로즈가 이니안 자신을 위해서 저런 모습을 보이고 있다는 것은 안다. 순전히 자신을 살리기 위한 노력이라는 것을 한다. 알지만 참기 힘들었다. 이 비참함이라니.

"왜 이깟 용병 때문에 그런 행동을 하시는 겁니까?"

로즈를 바라보는 카르세온의 목소리가 낮게 가라앉았다.

"당신과는 상관없는 일이에요. 당신은 그 검을 치우고 물러나면 돼요."

카르세온을 마주 보던 로즈는 잠시 이니안을 바라보았다.

카르세온은 그녀의 그 눈빛에서 무언가를 보았다. 지금 로즈가 이니안에게 보내고 있는 눈빛, 그것은 단순히 자신을 지켜준 용병에게 보낼 수 있는 눈빛이 아니었다.

카르세온은 알 수 있었다. 자신이 공녀 포르시아를 바라보던 눈빛이 지금 로즈의 눈빛이었다.

그 사실을 깨닫자 카르세온의 몸이 떨려 왔다.

포르시아는 기억을 잃은 것이 분명했다. 주인의 이름으로 명을 내리면 자신은 물러설 수밖에 없는데도 군이 검을 들고 자신의 목숨을 담보로 자신을 막아섰다.

그것은 어떠해도 상관없었다.

지금 카르세온에게 중요한 것은 포르시아가 그런 행동을 하게 된 마음이었다. 그녀의 마음을 추측할 수 있기에 분노가 밀려왔다. 아무리 기억을 잃었다 하지만 어찌 그럴 수가 있는가.

"정녕 그렇게까지 하셔야 합니까?"

물음을 던지는 카르세온의 눈빛이 심하게 떨려왔다.

"그래요."

로즈의 목소리는 시종일관 담담했다.

"…알겠습니다."

카르세온은 씹어뱉듯 대답하고 몸을 획 돌렸다. 그리고 자신의 검을 거칠게 검집에 쑤셔 넣었다. 검을 수련하는 기사로 절대 보일 수 없는 행동이었다. 그만큼 카르세온이 분노하고 있다는 증거였다.

"네놈, 운 좋은 줄 알아라. 우스운 꼴이다만. 크크크."

몸을 돌리는 카르세온은 이니안에게 낮게 중얼거렸다. 명백한 조롱이다. 자신의 목에 스스로 들이댄 여인의 애처로운 몸부림 덕에 목숨을 건진 이니안을 향한. 하지만 조롱 뒤에 이어진 웃음은 절대 비웃음이 아니었다. 그랬다. 무언가 한이 담긴 웃음이었다.

카르세온의 말과 웃음은 비수가 되어 이니안의 가슴에 쑤셔 박혔다.

카르세온은 천천히 걸음을 옮겨 자신의 부하들이 모여 있는 곳으로 갔다. 부하들의 곁에 당도한 카르세온은 차가운 눈으로 부하들을 바라보았다. 그의 눈에는 질책이 담겨 있었다, 어이해 로즈가 그곳까지 갈 수 있게 놔두었느냐는.

"죄송합니다."

하론이 짧게 말했다. 그의 눈은 땅을 바라보고 있었다. 이미 어떠한 변명도 필요없었다. 분명 자신의 잘못이었기에.

"죄송합니다."

하론의 말에 이어 나머지 여덟 기사의 입도 동시에 열렸다. 그들 모두 땅을 바라보며 고개를 숙이고 있었다. 카르세온은 시선을 돌렸다.

"그만 그 검을 치우십시오. 보고 있기만 해도 위태롭습니다. 저는 이미 이곳까지 물러났습니다. 이후로 그자의 손끝 하나 건드리지 않을 테니 안심하십시오."

카르세온의 말에 로즈는 고개를 끄덕이며 단검을 내렸다. 혹시 모를 일을 대비해 이니안이 사주었던 단검. 그 단검이 이렇게 쓰일 줄은 그도, 그녀도 몰랐을 것이다.

"아!"

아래로 늘어뜨린 단검을 바라보던 로즈는 작은 탄성을 뱉었다. 그리고 왼손을 들어 목을 스윽 문질렀다. 축축한 무언가가 손에 묻어났다. 그리고 따끔한 아픔도 느껴졌다. 단검을 너무 가까이 댄 것일까? 목의 살갗이 살짝 베었다.

얼마나 긴장을 하고 있었으면 목이 베인 통증도 느끼지 못했을까? 단검에 묻은 핏방울을 보고야 그녀는 자신의 살을 베인 것을 알아차렸다. 왼손 손가락에 붉은 피가 묻어 나왔다.

"뭐야? 이게……."

자신의 손에 묻은 피를 보며 로즈는 살짝 웃었다. 그 웃음과 함께 몸이 떨려 왔다. 그제야 그녀는 자신이 어떤 행동을 했는지 인지한 것이다. 천하의 소드 마스터 앞에서 자신의 목숨을 걸고 막아서다니. 아무리 그가 자신을 공녀라 하며 공경하고 있다지만 분명 엄청난 일이었다. 그것을 이제야 인지한 것이다, 목에서 묻어 나온 자신의 피를 보면서.

그녀는 알 수 없었다. 자신이 왜 이렇게 무모한 짓을 했는지. 다만 반드시 그래야만 한다는 생각이 들었을 뿐. 카르세온도 눈치채고 있는 것을 정작 본인은 모르고 있었다.

"킥킥, 킥킥킥."

그때 이니안이 정신 나간 사람처럼 웃었다.

카르세온이 검을 거두어 물러나고 로즈가 목에 댄 단검을 내릴 때 그는 보았다, 로즈의 목에 그어진 붉은 줄을. 그 순간 이니안의 비참함은 절정에 달했다. 그래서 그런 웃음으로 터져 나온 것이다.

"이니안 오빠……."

급작스러운 이니안의 웃음에 로즈가 걱정스러운 눈빛을 보냈다. 하지만 그런 로즈의 행동에 아랑곳 않은 이니안은 계속해서 웃을 뿐이었다.

"우스워."

웃음을 멈춘 이니안이 나직이 중얼거렸다. 로즈는 그 모습을 가만히 바라보고 있었다.

"내 꼴이 너무 우스워."

로즈의 눈에 안타까움이 스며들었다.

"지켜주겠다고 하고선 오히려 지켜지다니……."

"아니에요, 오빠. 오빠가 아니었으면 전……."

이니안의 말에 로즈는 황급히 고개를 저으며 그것을 부정했다. 자신이 이니안을 발견하지 못했더라면, 자신이 이니안을 동굴로 데려가 살리지 않았더라면 오히려 자신이 죽었을 것이다.

그녀의 능력으로서는 처음 이니안을 만난 그날, 이니안이 막아준 어새신들의 손에서도 살아날 수 없었다. 이니안을 만나지 못했더라면 그날이 그녀가 죽는 날이었다. 하지만 이니안을 만났기에 아직도 살아 있는 것이다.

정말로 이니안은 그의 말대로 훌륭히 자신을 지켜주었다.

이니안이 아니었다면 어떻게 차타르 마을의 식당에서 만난 그 귀여운 소녀, 아이라가 사실은 자신을 죽이려던 어새신임을 알 수 있었을까? 그때는 너무 충격적인 일이었기에 이니안을 원망하기도 했지만 이제는 그런 마음은 없었다. 그 이후 혈로를 뚫는 이니안의 등을 보면서 그때 자신의 생각이 안이했음을 깨달은 것이다.

그렇다.

이니안은 자신을 소중히 지켜주었다.

"후후후. 그런 것치고는 지금 내 꼴이 말이 아니야."

이니안의 목소리가 처연하게 가라앉았다. 로즈는 그런 이니안을 여전히 바라보고 있었다.

"다시 한 번 말하지만 그건 절대 아니에요. 오빠가 아닌 그 누구도 저를 그렇게 지켜주지는 못했을 거예요. 오늘의 대결은 그 자체가 불공정했어요. 오빠는 이미 엄청난 적들을 상대로 싸우느라 지쳐 있었는걸요."

"변명일 뿐이지."

이니안은 가볍게 고개를 저었다.

"후우……."

이니안의 완고한 태도에 로즈는 한숨을 쉬었다. 지금 자신의 행동으로 인해 이니안은 그 어떤 말을 들어도 그것을 모두 자학의 의미로 바꾸고 있었다.

"이니안 오빠."

로즈는 작게 이니안을 불렀다. 지금까지 부르던 그녀의 말과는 무언가가 달랐다. 어느새 눈가에 습기가 어려 있다.

"고마워요."

진정이 담긴 짧은 말. 그 말을 했을 때 로즈의 눈가에 습기가 뭉쳐 아롱진 물방울이 흘러내렸다.

이니안은 영문을 알 수 없다는 눈으로 로즈를 바라보았다. 갑작스러운 그녀의 말에 이니안은 잠시 지금의 상황을 잊었다.

"저는 저들을 따라갈 거예요."

이니안은 작게 고개를 끄덕였다. 로즈의 과거를 알고 있는 이들이다. 그들의 말에 따르면 로즈의 신분은 범상한 것이 아니다. 그런 이상 저들을 따라가는 것이 이치에 맞는 일이다. 자신은 단지 로즈를 수도에 안전히 데려다 주기로 한 용병일 뿐이다. 그녀가 결정한 일이라면 그녀의 뜻에 따라주면 된다.

'그런데 뭐지? 이 느낌은?'

이니안은 부정했다. 가슴 한쪽이 쓰려오는 듯한 감정을 애써 느낌이라 치부하며 외면했다.

"사실은 저… 저들을 따라가고 싶지 않아요. 저들의 말이 너무 엄청난 거라 쉽사리 믿어지지도 않고요. 그냥 오빠와 수도로 가서 정말 내가 누구인지 확인하고 싶어요."

잠시 말을 멈춘 로즈가 이니안을 바라보았다. 자신을 향한 로즈의 애잔한 눈빛을 보는 순간 이니안은 하마터면 입을 열어 외칠 뻔했다.

'그럼 나와 수도로 가면 되잖아!'

그 말을 이니안은 가까스로 입 밖에 내지 않았다, 단지 생각만 했을 뿐. 이니안은 알 수 없었다, 왜 자신에게 그런 생각이 떠올랐는지도.

"하지만 이 난리를 쳤잖아요. 내가 내 목에 칼을 대고 상처를 내고… 헤."

자신이 다시 생각해도 어이가 없었던 듯 로즈는 혀를 살짝 내밀며 어색한 웃음을 지었다. 그 모습에 이니안은 자신도 모르게 살짝 미소를 지었다. 자신에게 비참함을 느끼게 한 그 행동을 다시 한 번 이야기하는데 왜 미소가 지어진 걸까? 알 수는 없었다. 그저 가슴 한쪽이 따뜻해졌기에 저절로 미소가 나왔을 뿐. 그 덕일까? 로즈의 얼굴에 어린 웃음은 더욱 밝게 빛났다.

"그러니까 가야 해요. 이렇게까지 하고 가지 않겠다고 하면 저들이 어떻게 할지 모르거든요."

로즈는 다시 한 번 생긋 웃으며 말했다. 절대 웃으면서 할 말이 아니었다. 하지만 그녀는 웃어야만 했다, 그러지 않으면 울 것 같았기 때문에.

이미 뺨을 타고 흘러내린 눈물 자국은 아랑곳 않고 로즈는 밝게 웃었다.

"그렇다면 어쩔 수 없지. 어차피 나는 너에게 고용된 용병인걸."

이니안은 대수롭지 않게 말했다. 하지만 그의 목소리에는 힘이 없었다. 카르세온과의 대결로 인한 후유증에 다른 이유까지 겹친 탓이리라. 하지만 이니안 스스로는 그 다른 이유를 알지 못했다.

로즈의 얼굴에서 웃음이 사라졌다. 이니안의 그 한마디 때문일까? 로즈는 다시 평소의 얼굴로 돌아왔다.

'그래, 나와 오빠는 그저 고용주와 고용인의 관계일 뿐이었지. 그 대가가 비록 보잘것없는 것이었을지라도 결국 오빠는 고용인의 입장으로 나와 함께 있었을 뿐이야.'

이니안의 그 말이 로즈로 하여금 현실을 인식하게 만들었다. 그 때문에 로즈는 마지막으로 남은 미련을 깨끗이 떨칠 수 있었다. 이제 홀가분하게 저들을 따라 자신의 잃어버린 기억을 찾을 수 있을 것 같았다.

"그래요. 그렇죠. 이렇게 계약서까지 있으니까."

로즈는 품에서 신분증을 얻기 위해 작성했던 계약서를 꺼냈다.

"그럼 이제 이건 필요없는 거지요?"

로즈의 물음에 이니안은 고개를 끄덕였다.

"그래, 비록 내가 계약을 지키지는 못했지만……."

살짝 말끝을 흐리는 이니안.

"아니요, 오빠는 훌륭히 계약을 지켰어요. 이 의뢰는 완수된 거예요."

로즈는 단호한 얼굴로 말하며 계약서를 찢었다.

"이제 필요없는 종잇조각에 불과하니까요."

로즈의 말에 이니안은 그저 찢어진 계약서를 쳐다보았다.

"공녀님, 이제 그만 가시지요."

하론이 다가와 공손히 말했다. 멀리서 이니안과의 대화를 지켜보던 카르세온이 보낸 것이다.

"알겠어요. 이제는 가야죠."

로즈는 하론의 말에 대답한 후 다시 이니안을 바라보았다.

"이제 정말로 헤어져야 하네요."

그 말에는 진한 아쉬움이 묻어 있었다. 이니안은 아무런 말도 하지 않았다.

"지금까지 오빠의 도움에 대한 보답이라고 하기는 뭐 하지만 케이로스를 찾아가 봐요. 그러면 무언가 얻는 것이 있을 거예요."

갑자기 케이로스의 이름이 튀어나왔지만 이니안은 별다른 이상함을 느끼지 않았다. 이상함을 느낄 마음의 여유가 없는 것이다.

"그럼 오빠… 안녕히. 그간 감사했어요."

아쉬운 인사를 뒤로 하고 로즈는 천천히 몸을 돌렸다. 그리고 하론을 따라 걸음을 옮겼다.

"아, 그리고 오빠. 억지로 차갑게 보이려는 모습보다는 처음 만났을 때의 그 모습이 더 좋았어요. 특히 오빠는 웃고 있는 모습이 제일 잘 어울려요."

잠시 고개를 돌려 지나가듯 재빨리 말한 후 로즈는 걸음을 빨리했다. 로즈가 하이 나이트들에게 다가가자 그들은 모두 정중히 허리를 숙이며 예를 표했다.

"그러면 공녀님 지금부터 저희가 모시겠습니다. 이렇게 초라한 행색으로 모시게 된 무례를 부디 용서해 주십시오."

카르세온의 정중한 말에 로즈는 고개를 끄덕였다.

사실 하이 나이트들의 몰골도 말이 아니었다. 지금까지 제대로 쉬지도 못하고 이니안을 쫓았기에 기사라기보다는 구르고 구른 용병에게 더 어울리는 모습이었다.

카르세온을 포함한 아홉의 하이 나이트는 호위하듯 로즈를 둘러쌌다.

"가까운 마을이 나올 때까지는 피곤하시겠지만 걸어가셔야 합니다. 이런 불편을 드린 점 용서해 주십시오."

피곤했다. 로즈는 자신을 대하는 이들의 이런 태도가 피곤하기 그지없었다. 이니안과 함께한 자유로운 여정에 익숙해진 탓일까? 귀족으로서 이들의 이런 예를 받아들이는 일은 부담 그 자체였다. 이들과 함께

하기로 결정하고 5분도 채 되지 않아 이런 감정이 드니 앞으로의 생활이 까마득했다.

그럼에도 로즈는 그들과 함께 천천히 걸음을 옮겼다. 한참의 시간이 흐르자 더 이상 로즈와 하이 나이트들의 모습이 보이지 않았다.

"갔군."

그때 이니안이 기댄 나무 곁에 다가온 케라우가 담담하게 말했다.

"너는 안 가나?"

이니안이 힘없이 물었다.

"내 목적은 너인걸. 난 절대 너에게서 떨어지지 않아."

일견 징그러워 보이는 웃음을 지으며 케라우가 말했다.

"지겨운 놈."

이니안이 질린 듯한 얼굴로 케라우를 보며 말했다.

"그래, 그거야. 큭큭. 네놈은 역시 그런 얼굴이 어울려. 얼음탱이 같은 행동은 재수없기는 하지만 말이야. 그래도 혼이 나가 당장에라도 죽을 것 같은 얼굴보다는 훨씬 낫군."

"혼이 나가 당장에라도 죽을 것 같은 얼굴?"

이니안은 인정할 수 없다는 듯 케라우가 말한 자신에 대한 표현에 대해 불만을 표했다.

"그래, 로즈가 사라지는 모습을 보는 네놈 얼굴이 딱 그랬어."

"미친 소리."

이니안이 불쾌한 듯 중얼거렸다.

"그래, 미친 소리라고 해라. 지금 네놈 얼굴이 그렇지는 않으니까."

케라우가 싱글벙글 웃으며 말했다.

"젠장."

케라우의 능청스러운 대응에 이니안의 입에서는 의미없는 투덜거림이 나올 뿐이었다.

"신기한 아이였지?"

그 와중에 뜬금없는 케라우의 물음에 이니안은 몸을 일으키며 고개를 갸웃거렸다. 예상은 했지만 온몸의 관절과 근육이 비명을 지른다. 그만큼 카르세온에게 처참히 당한 것이다.

"로즈 말이냐?"

"그래."

케라우가 고개를 끄덕이며 말했다.

"그런데 그것보다 얼음탱이 너 얼음이 조금 녹은 것 같다. 이렇게 말이 많은 모습, 처음 만났을 때 이후로 없었던 것 같은데?"

케라우가 싱긋 웃으며 말했다. 분명 지금까지 이니안은 케라우와 이렇게 대화 같은 대화를 나눈 적이 없었다.

"역시 로즈의 마지막 말 때문에 심경에 변화가 생긴 건가?"

"그건 또 무슨 헛소리냐?"

로즈의 마지막 말. 이니안은 제대로 듣지도 못했다. 그저 멍하니 걸음을 옮겨가는 그녀의 모습만을 바라보았기에.

"쯧. 애써 해준 말을 듣지도 못한 모양이군."

케라우의 핀잔에 이니안의 얼굴이 살짝 굳었다.

"그렇게 얼어붙지 말고 얼음 좀 녹이라고 하더라."

이니안의 굳은 얼굴에 케라우가 피식 웃으며 말했다.

"그런데 뭐가 신기하다는 거지?"

케라우의 연이은 놀림과 같은 말에 이니안은 화제를 돌렸다. 솔직히 그 말의 의미가 궁금하기도 했다.

"아, 로즈? 넌 못 느꼈냐? 너 정도면 느꼈을 거라 생각했는데."

이니안의 물음에 케라우는 그럴 리 없다는 눈으로 이니안을 바라보았다.

"뭘 말하는 거냐?"

"로즈의 몸을 감싸고 있는 듯한 기운 못 느꼈어?"

케라우의 반복된 물음에 이니안은 나직이 고개를 끄덕였다. 역시 그도 그것을 느꼈던 터였다.

"역시 느꼈군."

이니안의 반응에 케라우는 단정적으로 말했다.

"네놈은 그런 기운에 민감하니까. 뭐 그 기운의 정체는 몰랐겠지만."

"그렇다면 네놈은 알고 있다는 건가?"

"비슷한 것을 느껴봤었거든."

케라우의 대답에 이니안의 눈에 호기심이 어렸다.

"로즈의 몸을 감싸고 있던 기운. 그건 드래곤의 눈물이라 불리는 물건의 기운이야. 처음에는 나도 몰랐지만 드래곤의 가디언인 케이로스가 로즈를 인정하는 것을 보고 의아해서 유심히 살폈었지."

"케이로스의 인정을 받은 것을 알고 있었나?"

로즈가 케이로스의 품에 안겨 자는 것을 케라우는 보지 못했었다.

"케이로스가 있는 쪽에서 그렇게 오래 있었으면서 무사히 나왔다는 것은 인정을 받았다는 거지. 넌 날 바보로 아냐?"

케라우의 말에 이니안은 피식 웃었다.

"아무튼 그렇게 유심히 살핀 끝에 겨우 미약한 기운을 느낄 수 있었어. 그게 내 능력의 한계였지만 대강 추측은 가능하더군."

"그게 뭐지?"

이니안의 물음에 케라우는 싱긋 웃었다. 이니안의 애를 태우기 위함인지 케라우는 계속 웃을 뿐 대답을 하지 않았다.

"드래곤의 눈물. 조금 전에 말한 그 물건이 풍기는 기운의 혼적이었어. 넌 그 물건이 뭔지는 아냐?"

이니안은 대답 대신 고개를 가로저었다. 그의 막내 누나인 메이린이라면 알지도 모르지만 자신은 그런 것에는 관심이 없었다.

"드래곤이 죽을 때 남기는 마나의 응집체지."

"그건 드래곤 하트 아닌가?"

검 이외의 것에는 그다지 큰 관심이 없던 이니안이지만 드래곤 하트 정도는 알고 있었다.

"아니, 달라."

이니안은 케라우의 단호한 대답에 계속 이야기하라는 눈짓을 보냈다.

"드래곤 하트란 드래곤들의 마나의 근원이야. 그 괴물 같은 마나가 담긴 드래곤의 몸의 일부이지. 그렇기 때문에 드래곤을 죽일 수만 있다면 얼마든지 얻을 수 있다."

이니안이 알고 있는 대로다. 물론 지상 최강의 생명체라는 드래곤을 죽이는 일은 불가능에 가까운 일이다. 하지만 분명 인간 세상에 존재하는 드래곤 하트가 그것을 증명하고 있었다.

"드래곤의 눈물은 달라. 드래곤이 자신의 의지로 세상에 남기는 거다. 다른 존재에 의해 목숨을 잃든 스스로의 수명이 다해 죽음을 맞든지 죽는 그 순간 드래곤 자신의 의지로 남기는 것이지."

이니안으로서는 처음 듣는 이야기였다.

"하지만 실제로 드래곤의 눈물에 그다지 큰 가치는 없어. 드래곤이 죽을 때 그 자신의 의지로 남긴다는 것 때문에 엄청나게 희귀해 그 희소성은 있지만 물건 자체의 가치는 없어. 단지 눈물 방울 모양의 투명한 수정 같은 거야, 드래곤의 눈물이란 건. 담겨 있는 마나도 드래곤 하트에 비하면 보잘것없지. 대체 그 드래곤의 눈물이 어디에 쓰이기에 간혹 세상에 그것을 남기는 지에 대해서는 알려진 것이 없어."

"모순이군. 가장 희귀한 것이지만 그다지 가치는 없다니."

이니안의 말에 케라우는 고개를 끄덕였다.

"그래. 그런 신기한 물건이지. 그 물건의 기운이 로즈에게서 느껴졌고. 뭐, 그래서 미심쩍은 것이기도 하지만."

"그건 무슨 말이지?"

이니안이 즉각 날카롭게 물었다.

"드래곤의 눈물이 마나를 가지고는 있지만 드래곤이 남긴 물건이라기에는 그 양이 너무 적어. 고작해야 상급 마나석 정도니까. 그래서 아무짝에 쓸모없는 물건으로 치부되었지만 어느 흑마법사가 쓸모를 발견했지."

"그게 뭐지?"

"기억 조작. 완벽하게 기억을 조작할 수 있어."

케라우의 말에 이니안은 머리를 둔기에 두드려 맞은 듯한 충격을 맛보았다. 로즈의 몸에서 드래곤의 눈물의 기운이 느껴졌다, 그리고 현재 인간이 그것을 쓸 수 있는 유일한 방법은 기억 조작이라 했다. 그렇다면 지금 로즈의 기억은?

생각이 꼬리에 꼬리를 물고 어떠한 결론에 도달했다. 생각하기도 싫은 결론이었다.

"왜 그걸 이제야 말한 거지?"

"나도 의외야. 네놈이 드래곤의 눈물에 대한 것을 모를 줄은 몰랐거든. 즉, 나는 네가 그 사실들을 알고도 로즈와 함께하는 줄 알았어."

태연한 케라우의 대답에 어이가 없었다.

"어떻게 그런 터무니없는 생각을 할 수 있었지? 대륙에서 그토록 희귀한 물건이 드래곤의 눈물이라 하면서?"

"그야 네놈이 사이몬 가의 종자니까 그랬지."

돌아온 케라우의 대답에 이니안은 잠시 어안이 벙벙했다. 자신이 사이몬 가의 인물이라는 것은 얼마 전 카르세온이 밝힌 것이다. 하지만 지금 케라우의 말은 그전부터 자신이 사이몬 가의 인물임을 알고 있었다는 뜻이다.

"알고 있었나?"

"물론. 대륙에서 검을 그렇게 잘 쓰는 인간들은 사이몬 가의 인물들뿐이거든. 신기한 인간들이야. 같은 가문의 인간들인데 전부 검을 쓰는 방법이 제각각이야. 물론 가문에 속한 기사들은 그나마 정해진 검법이 있는 것 같지만 말이야."

"어떻게 알고 있지, 사이몬 가를?"

이니안의 목소리가 차갑게 가라앉았다. 자신이 태어난 가문의 이야기가 나오면 반사적으로 나타나는 반응이었다.

"죽을 뻔했거든, 사이몬의 검에. 빌어먹을 바실러스가 놈들에게 잡히기 30년쯤 전의 일이야. 여행 삼아 카일로니아로 넘어갔다가 된통 걸렸지. 내가 드래곤의 눈물의 기운을 느껴본 것도 그때였어. 여자를 하나 만들어 볼까 하고 무턱대고 들어간 집에 그게 있었거든. 물론 그 집에 사이몬 가의 인물도 있었고. 죽는 줄 알았지, 그때는 정말… 상대는 내가 뱀파이어인걸 몰랐기에 내가 살 수 있었지. 후후."

케라우는 그때가 생각나는 듯 두 눈을 감고 중얼거렸다.

"드래곤의 눈물이 있던 집에 사이몬 가의 사람이 있었기에 난 당연히 네가 그 사실을 알고 있을 거라 생각했지. 내가 드래곤의 눈물을 본 것은 그곳의 아름다운 레이디의 목에 걸린 목걸이의 형태였어. 구사일생으로 목숨을 구한 후 너무 신비로운 보석이었기에 나름대로 알아보다가 드래곤의 눈물이라는 놈을 알게 된 것이지. 아, 조금 전에 드래곤의 눈물이 가치가 없다고 한 것은 정정해야겠군. 드래곤의 눈물이 얼마나 많은 마나를 담고 있느냐 하는 측면에서는 별 가치가 없는 것이 사실이야. 드래곤 하트의 그 어마어마한 마나를 생각한다면 말이지. 하지만 그렇다고 드래곤의 눈물 그 자체가 아무 가치도 없는 것은 아니야. 드래곤의 눈물은 다른 것은 몰라도 보석으로의 가치는 최고니까. 내 평생에 그렇게 아름다운 보석을 본 적은 없었으니까."

이니안은 케라우가 한 이야기를 머릿속으로 정리했다. 하나같이 놀라운 사실들이었다. 이니안은 설마 케라우가 자신의 선조와 연관을 맺었을 줄은 상상하지도 못했었다.

"그나저나 네놈도 신기하긴 매 한가지야. 내가 알기로 어둠의 힘 따위 끌어다 쓰는 사이몬 가의 인물은 없다고."

"난 나의 검을 익혔을 뿐이니까."

케라우의 물음에 이니안은 짧게 답했다.

"뭐, 네가 그렇다면 그런 거고."

"그런데 네가 드래곤의 눈물을 보았다는 곳이 정확히 어디지?"

"왜?"

"확인해야 하니까. 내가 느낀 그 기운과 그것의 기운이 동일한 것인지. 만일 동일한 것이라면 상당히 좋지 않은 상황인 것은 분명해."

그렇다. 기억을 완벽하게 조작할 수 있는 드래곤의 눈물. 로즈는 그 기운을 품고 있었다. 그렇다는 것은 결국 누군가가 로즈의 기억을 조작했다는 것이다. 물론 케라우가 느낀 것이 정확할 때의 이야기였다. 그랬기에 확인 차 자신도 드래곤의 눈물을 봐 두어야 할 것 같았다.

"미에른 백작가의 별장. 분명 그곳이었을 거야."

콰쾅!

머리가 터져 나가는 듯한 폭음이 온몸으로 들렸다.

미에른 백작가의 별장.

미에른 백작가의 별장.

미에른 백작가의 별장.

그 말만이 이니안의 온몸을 훑으며 회오리쳤다.

"헤헤. 이니안 오빠, 어때요, 우리 별장이? 카일로니아가 건국될 때부터 있었던 별장이에요. 역사가 엄청나다고요. 우리 미에른 후작가 유일의 별장이기도 하죠. 이곳이 있는 이상 다른 별장은 필요없는데요."

그 해맑게 웃던 모습이 다시 떠올랐다. 그 빌어먹을 곳에 처음 도착했을 때 쉐이나는 자신을 보면서 그렇게 말했다.

미에른 가가 후작의 작위를 받은 것은 100년쯤 전의 일이라 했다. 그렇다면 케라우가 미에른 백작가라 하는 것도 맞는 말이다. 한 가지 분명한 것은 그때의 미에른 백작가의 별장이 자신이 갔던 그곳과 같은 곳이라는 사실이다.

머릿속이 헝클어졌다. 대체 무엇이 어떻게 된 것인지 알 수 없었다.

케라우에게서 들은 단서들로부터 정리가 되어가는 듯한 사실들이 다시 모두 꼬여 버렸다.

"어이, 이니안! 왜 그래?"

자신의 대답에 이니안이 격렬한 반응을 보이자 놀란 케라우가 외쳤다. 지금 이니안의 반응은 정상적인 사람의 그것이 아니었다. 마치 광인(狂人)이 발작을 하는 듯한 모습이었다. 케라우가 놀랄 만한 모습인 것이다.

눈의 초점이 흐려지고 온몸은 극렬하게 떨렸다. 얼굴을 비롯한 모든 피부가 붉게 달아올랐다. 무언가 이상이 생겼다는 것을 한눈에 알아볼 수 있었다.

"분명 네가 그것을 본 곳이 미에른 백작가의 별장이 확실해?"

"물론. 그때 날 죽어라 몰아붙인 사이몬 가의 사람이 그랬다고, 오랜만에 미에른 백작의 별장에 휴양 차 왔다가 괘씸한 녀석 때문에 기분만 버렸다고. 그 괘씸한 놈은 물론 나지만 말이야."

다시 한 번 확인하는 이니안의 목소리에는 강렬한 살기까지 담겨 있었기에 케라우는 허투루 대답하지 못했다. 무엇 때문인지는 몰랐지만 이니안의 분위기가 심상치 않았다.

"다시 한 번 확인하지. 넌 미에른 가의 별장에서 분명히 드래곤의 눈물을 보았어. 맞나?"

"물론."

"그리고 드래곤의 눈물은 사람의 기억을 완벽하게 조작할 수 있어."

"물론. 하지만 그럴 경우 상당히 높은 경지의 흑마법사가 있어야 해."

"그리고 로즈에게서 그 드래곤의 눈물의 기운이 느껴졌단 말이지?"

"내 기억이 틀리지 않다면 분명한 사실이야."

케라우는 단호하게 대답했다.

"푸하하하하하!"

케라우의 대답을 듣자 이니안은 미친 듯이 웃음을 터뜨렸다.

"대체 왜 그러는 거냐?"

케라우가 답답한 듯 이니안을 바라보며 말했다.

"킥킥킥. 너와는 상관없는 일이다."

이니안의 웃음이 요상하게 변해 있었다.

그럴 수밖에 없었다. 평생을 알지 못한 일이라 여겼었다. 그런데 그 일의 실마리를 의외의 곳에서 의외의 인물에게서 얻었다.

꼬리조차 잡지 못했기에 포기했다. 자신에게 능력이 없다 한탄했다. 그리고 소중한 것을 지키지 못한 스스로를 자책하며 가문을 버렸다. 스스로의 능력이 없음을 인정하지 못하고 모든 게 가문의 법 때문이라 스스로를 위로했다.

그런데 의외의 곳에서 이렇게 꼬리를 발견했다.

의외의 인물들이 꼬이고 엮이면서 자신에게 한가닥 빛을 보여주었다. 그 빛이 밝은 광명일지, 짙은 암흑일지는 알 수 없었다. 아니, 아마도 흉악하고 추악한 암흑의 빛일 거다. 그럴 거라 예상을 하면서도 이니안은 그 빛을 향해 다가가야 했다. 그것이 그가 진 업이다. 할 수 없었다. 능력이 없다는 핑계로 잠시 외면했던 업이 다시 그를 운명의 소용돌이 속으로 부르고 있었다.

'몰랐으면 모르되 알았으니 갚아줘야지.'

이니안의 눈이 번들거리며 빛났다.

그때의 일이 로즈와 어떤 관련이 있는지는 모른다. 하지만 그 흔적은 로즈에게 있었다. 짧지 않은 시간 동안 지켜주며 함께했던 이에게서 자신이 지키지 못한 이의 원수의 흔적을 발견하다니 기묘한 인연의 그물이었다.

"너, 나에게 바라는 것이 있다고 했지? 그걸 얻기 위해서 나를 따라다니고 있다고."

"물론."

극심한 변화를 보이는 이니안의 상태에 케라우는 정신을 차릴 수 없었지만 지금 이니안은 자신이 꿈에서도 바라는 것을 입에 담았다. 당연히 즉각 대답했다.

"그렇다면 나를 도와."

"도우면 나에게 줄 건가?"

"모든 일이 끝났을 때, 그때 실마리를 주지."

이니안은 담담하게 말했다.

"잠깐. 실마리라고? 그것을 주는 게 아니라?"

이니안은 고개를 끄덕였다.

"그건 내가 너무 손해 보는 거래잖아!"

케라우는 받아들일 수 없다는 듯 강하게 항의했다.

"나는 인간, 너는 뱀파이어. 당연히 네가 나와 같은 방법을 쓸 수는 없는 노릇이다. 그러니 나는 너에게 실마리를 줄 수밖에. 어차피 나는 흑마법의 저주 따위는 모르니까."

이니안의 대답에 케라우는 잠시 고민하는 듯했다. 솔직히 이건 너무나도 손해 보는 거래다. 일이 끝난 후 자신이 원래의 몸을 찾을 수 있다는 확신이 있다면 기꺼이 돕는다. 하지만 단지 실마리라니… 그 실마리가 자신의 몸에 걸린 저주와 아무런 상관이 없다면 그는 속된 말로 삽질한 꼴이 되는 것이다. 당연히 고민이 될 수밖에 없었다.

"빨리 결정해라."

이니안은 로즈가 하이 나이트들과 사라진 방향을 바라보며 말했다. 시간이 지날수록 그들은 더욱 멀리 갈 것이다. 그들의 목적지야 알고 있었지만 그래도 마음이 급했다.

너무나 갑작스레 그 모습을 드러낸 원수의 꼬리가 이니안을 성급하게 만들었다.

그 자리에 선 채 팔짱을 끼고 눈을 감고 있던 케라우가 두 눈을 번쩍 떴다. 이니안을 뚫어지게 바라보는 그의 눈은 이미 결심을 굳힌 듯했다.

"좋아, 뭘 하면 되지?"

그의 말에 이니안의 입에 웃음이 걸렸다.

혼자서도 충분히 할 수 있는 일이다. 그러나 시간이 많이 걸렸다. 현재 자신은 약했다.

절대라는 기준을 놓고 보면 현재 이니안의 실력은 그다지 약한 것이 아니었다. 대륙의 검사들을 놓고 보았을 때 다시 마나를 회복한 이니안은 제법 강한 축에 속한다.

하지만 그는 이미 한 번 패했다. 가문의 사람이 아닌 소드 마스터와는 처음 격돌을 해보았다. 결과는 소드 마스터는 역시 강하다였다. 아니, 어쩌면 자신이 너무 약해진 것인지도 몰랐다.

순간 머릿속에 떠오른 앞으로의 계획을 진행하려면 이니안은 강해야 했다. 그런 카르세온뿐 아니라 어쩌면 카르세온의 아버지와 싸울 일이 있을지도 몰랐다. 미오나인 최강의 소드 마스터라 불리는 카데오드 카르세온 백작. 예전의 이니안의 실력이라도 버거운 상대일 것이

뻔했다. 로즈는 황자의 약혼녀이기도 하다고 했다.

일을 수월히 진행하기 위해서는 강해져야 했다. 그러면서 로즈를 지켜봐야 했다. 그래야 그때 일의 원흉을 알 수 있을 것이다. 두 가지 일을 동시에 못할 것도 없지만 그러기에는 능률이 너무 많이 떨어진다.

마침 곁에 적당한 인물이 있었다.

뱀파이어 케라우. 그라면 소드 마스터의 눈을 속이고 로즈를 감시하는 정도는 충분히 해낼 수 있을 것이다. 그리고 만약의 상황에서 몸을 빼낼 능력도 충분히 있었다.

그래서 그를 끌어들이려 한 것이고 그는 자신이 내건 조건에 동의했다. 이제 일을 진행하면 된다.

"로즈를 뒤따라가라. 그리고 그녀를 감시해."

이니안의 무미건조한 말에 케라우는 은근한 시선으로 그를 쳐다보았다.

"왜 그러지?"

"그 말 정말이야? 로즈를 감시하라고?"

"그래."

이니안의 확고한 대답에 케라우는 잠시 고개를 갸웃거렸다.

"너 말이야. 혹시……."

"뭘 말하고 싶은 거지?"

이니안의 물음에 케라우는 고개를 휘휘 저었다.

"됐다. 말을 말아야지. 네놈. 얼음탱이에 괴물일 뿐만 아니라 엄청난 둔탱이다, 네 주변의 사람에 대해서나 네 자신에 대해서나."

케라우가 툴툴거리며 말했다. 지금까지 로즈와 이니안을 곁에서 지켜봐 온 그는 무언가는 느낀 듯했다. 이니안에게서도 로즈에게서도.

사실 그것이 케라우에게 있어서 재미라면 재미였으니 당연한 일인지도 몰랐다.

"쓸데없는 소리. 어서 가."

이니안의 말에 케라우는 입술을 한 번 삐죽이고는 사라졌다. 아니, 사라지는 듯하다가 다시 모습을 드러냈다.

"잠시만. 내가 로즈를 감시하는 것은 그렇다고 하더라도 너는 나를 어떻게 찾아오려고?"

"어차피 제국의 수도에 있을 텐데. 그곳으로 가면 된다. 그리고 네 놈이 풍기는 그 기분 나쁜 기운을 느끼는 것은 그리 어려운 일이 아니야."

"뭐, 네 능력은 인정하지만 네가 광대한 미오나인 제국의 광대한 수도 미오나인에서 나를 찾을 수 있을까? 좀 불안한데……."

케라우의 말에 이니안의 입꼬리가 살짝 올라갔다.

"물론 지금은 불가능하다. 하지만 내가 너를 찾았을 때는 가능하게 되어 있을 거다. 그렇지 않으면 내가 생각한 일을 할 수 없으니까."

이니안의 말에는 단호한 의지가 서려 있었다.

"좋아, 그럼 믿고 가도록 하지. 하지만 가능한 빨리 오라구. 나는 오래는 못 기다리니까."

그 말을 끝으로 케라우는 사라졌다. 이니안으로서도 기척을 느낄 수 없었다. 아직 그렇게 멀리 간 것은 아닐 텐데도 완벽하게 사라졌다.

"이 정도면 충분히 해내겠군."

담담히 중얼거린 이니안은 그 자리에 다시 주저앉아 가부좌를 틀었다.

외상도 외상이지만 내부도 엉망이었다. 심한 내상을 입은 데다가 급

격한 감정의 변화를 겪어 내상이 더욱 악화된 상황이다. 내상의 치료가 급박한 상황이다. 그럼에도 지금까지 이니안은 정신력으로 버티고 있었던 것이다.

케라우가 사라지자 이니안은 본격적으로 운공을 하며 내상을 다스렸다. 곧 이니안의 주변으로 마이너스 마나가 꿈틀거리며 몰려들었다. 이니안이 호흡함에 따라 마나가 이니안의 콧속으로 들어가기 시작했다.

이니안은 호흡으로 마나를 받아들이고 내상으로 인해 생긴 몸의 탁기를 밖으로 내보냈다.

Chapter 2

다시는 그런 일은 없을 거야

다시는 그런 일은 없을 거야

"지독하군. 생각보다 훨씬 심하게 당했어."

두 눈을 뜬 이니안은 몸을 일으키며 담담하게 중얼거렸다. 그의 눈빛은 운공을 하기 전과는 확연히 달라져 있었다. 지독한 내상으로 흐려져 있던 눈에서는 맑은 빛이 흘러나왔다.

"완전히 회복하려면 일주일 정도는 걸리겠군."

카르세온에게 당한 심대한 충격과 연이은 정신적 충격으로 내상의 깊이가 상당했다. 조금 전의 운공으로 일단 큰 내상은 다스렸지만 완전히 회복하려면 지속적인 치료가 필요했다.

이니안은 주변을 둘러보았다.

이니안과 카르세온의 싸움의 흔적은 여전히 곳곳에 남아 있었다. 싸움 후 불과 한두 시간밖에 흐르지 않았으니 당연한 일이다. 부서지고 파이고 산산조각 난 흔적들이 둘의 싸움이 얼마나 격렬하고 파괴적이었는지 보여주었다.

"후우……."

이니안의 입에서 알 수 없는 한숨이 새어 나왔다.

불과 조금 전까지 자신은 이곳에서 싸웠고 패했다. 그리고 목숨을 잃을 위기에까지 몰렸다. 그 모든 일이 그리듯 머리에 떠올랐다.

"이젠 다시 혼자라는 거군."

담담한 중얼거림. 그 속에는 진한 아쉬움이 배어 있었다. 이니안은 원래 혼자였다. 집을 나온 후 의뢰를 수행하기 위해 다른 용병들과 다닌 때를 제외하고는 항상 혼자 다녔다.

물론 이번 일도 의뢰였다. 하지만 다른 때와는 달랐다. 왠지 처음으로 혼자가 아니었다는 생각이 들었다.

사실 빵 두 조각과 우유 한 병으로 의뢰를 받아들인다는 것 자체가 말이 안 되는 일이다. 어차피 그것은 핑계에 불과했다. 자신은 로즈에게 목숨의 구함을 받았다. 빚진 것이 있으면 갚는 것은 당연한 일. 마침 자신의 능력으로 로즈를 도울 수 있었기에 말도 안 되는 계약으로 핑계를 만든 것에 불과했다.

"그러고 보니 일이 너무 크게 벌어졌군."

처음에는 간단하게 생각했다. 그랬기에 목숨의 빚을 갚는다는 생각으로 나선 것이다.

한데 자신의 맹세를 깨고 마나를 회복해야 했다. 가문에서 받은 것이 아니라 위안을 하긴 했지만 그건 자신 혼자의 생각이었다. 당장 카르세온이라는 녀석도 자신의 검을 보고 사이몬의 검이라 했다. 결국은 대륙에서 알고 있는 가문의 검의 한계 속에 있는 것이다.

그뿐이 아니다. 3년 전, 아니, 곧 해가 바뀔 테니 4년 전의 그 사건의 실마리까지 발견했다. 그것도 로즈가 그 단서였다.

대체 어쩌다가 일이 이렇게까지 이어져 왔는지 알 수 없는 노릇이다.

"우연과 우연의 연속이라……."

단지 그렇게 생각하기에는 너무나 공교로웠다.

"뭐, 이 길을 따라가 보면 무언가 알게 되는 것이 있겠지."

이니안이 생각하기에는 너무나 복잡한 일이었다. 이럴 때는 그저 흐름에 몸을 맡기는 것이 상책이다. 적어도 이니안은 그랬다. 막내 누나인 메이린이라면 그 흐름을 읽어내 그것을 자신의 의지대로 조종하겠지만 자신에게는 무리였다. 자신이 알고 있는 방법은 그저 흐름에 몸을 맡기는 것이다.

이니안은 천천히 걸음을 옮겼다.

지금 현재 이니안이 가장 먼저 해야 할 일은 강해지는 것이다. 강해져야 무엇을 할 수가 있었다. 자신의 흐름에 몸을 맡기려면 그 흐름 속에서 부서지지 않을 힘을 가져야 했다. 그렇지 않다면 흐름을 따라가 보았자 자신에게 돌아오는 것은 파멸뿐임을 잘 알고 있었다.

벌써 오늘, 약했기 때문에 죽을 뻔했다.

"다시는 그런 일은 없을 거야."

걸음을 옮기면서 중얼거린 이니안의 음성에는 자신을 향한 다짐이 서려 있었다.

폭풍우가 몰아친 듯 처참하게 변한 공터의 눈 위에 이니안의 발자국이 아로새겨졌다. 똑바로 한 방향을 향해 이어지는 발자국이 이니안이 나가는 길을 그대로 보여줬다.

"케이로스를 찾아가 봐요. 분명 무언가 얻는 것이 있을 거예요."

이니안은 로즈가 자신에게 했던 말을 떠올렸다.

"분명 그랬었지? 그렇다면 일단 그곳으로 가지. 케이로스가 허락만 한다면 그곳은 수련을 하기에도 적당한 곳이니까."

이니안이 잡은 방향은 자신이 힘껏 뛰어내렸던 절벽이 있는 곳이다.

*　　　*　　　*

지독한 살기가 방 안을 가득 채우고 있다. 그 살기의 진원지는 뒤로 돌려져 등받이만이 보이는 의자다. 그곳에서 무시무시한 살기가 흘러 나와 방을 가득 채우고 있다.

숨 막히는 살기 속에서 노인은 한쪽 무릎을 꿇고 고개를 숙이고 있었다. 그는 어떠한 말도 하지 않았다. 자신의 주인이 얼마나 분노한 상태인지 알기에 그저 처분만을 기다리고 있었다.

그에게 내려질 처분은 죽음일 것이 분명했다. 그의 앞에 이 방을 드 나들던 이는 다크 크리스에 의뢰를 하러 떠났다. 그것이 곧 죽음을 의 미함을 알면서도 주인은 그것을 명령했다.

"실패했다?"

"네."

분노가 극에 다다르면 오히려 감성은 차분하게 가라앉는다. 그의 목 소리는 그와 같은 상태로 지극히 낮고도 조용했다.

"다크 크리스가 실패했다는 말인가?"

"네."

변명 같은 긴 대답을 해서는 안 된다. 간단명료하게 결과만 보고하면 되는 것이다. 노인은 이미 보고한 일을 확인하듯 묻는 주인의 말에 짧게 대답했다.

"다크 크리스가 일을 시작하기 전에 보낸 삼천 명에 이르는 어새신들도 지리멸렬했다?"

"네."

노인은 자신이 생각해도 어이가 없다 못해 허탈했다. 자신이 준비해 보낸 전력을 한 개인이 물리치다니… 솔직히 그런 인간이 있을 거라 생각하지도 못했다.

"그리고 그 후 패하긴 했지만 카르세온과 거의 호각으로 싸웠단 말이지?"

"네."

노인은 다시 한 번 짧게 대답했다.

"괴물이로군. 그런 인간이 존재하다니……."

목소리의 주인은 어이가 없다는 듯 중얼거렸다. 하나 노인의 얼굴에는 어떠한 변화도 일어나지 않았다. 그는 이미 자신의 죽음을 확신하고 있었기에 오히려 모든 상황에 초연한 것이다.

"만약 온전한 전력으로 그 녀석과 카르세온이 싸웠으면 어떻게 되었을까?"

"그의 승리입니다."

노인은 생각할 것도 없다는 듯 즉각 대답했다.

"역시 그렇겠지? 그럼에도 당당히 자신의 패배를 인정했다니, 역시 보통 인물이 아니군."

주인은 조용히 중얼거렸다.

"역시 사이몬 가란 말이지? 훗. 재미있군."

사내의 손으로 가린 입이 기묘한 곡선을 그리며 웃음을 만들었다.

"하지만 중요한 것은 그게 아니지. 결국 카르세온이 그 계집을 손에 넣었다는 것이 문제지."

그 말을 하는 순간 그의 몸에서 다시 한 번 무시무시한 살기가 폭사되었다. 고개를 숙인 노인의 얼굴이 땀으로 젖어들었다.

"카르세온이 그 계집을 손에 넣었다면 그녀는 곧 칸세르 공작에게로 가겠군. 골치 아파졌어. 이래서는 칸세르 공작의 계획이 원래대로 진행이 되는 것 아닌가? 애써 정보를 흘려 방해를 한 보람이 없군."

사내의 음성은 분노 뒤에 아쉬움이 자리하고 있었다.

"이제 어떻게 해야 할까?"

가만히 홀로 중얼거린 사내는 고개를 뒤로 젖히고 두 눈을 감았다. 그렇게 얼마나 있었을까? 그의 입이 다시 움직인다.

"자네는 어떻게 생각하나?"

"제가 무엇을 알겠습니까? 그저 처분을 기다릴 뿐입니다."

노인은 고개를 조아리며 말했다.

"훗. 역시, 자네는 그래서 마음에 들어. 그만 나가보도록."

주인의 지시에 노인은 천천히 일어나 방을 나섰다. 그는 자신이 목숨을 건졌다는 것을 알았지만 별다른 변화를 보이지 않았다. 단지 지금 이 순간 죽을 고비를 운 좋게 한 번 넘겼을 뿐이다. 언제 또다시 죽음의 위기가 찾아올지 알 수 없는 일이다.

"이니안 케이 사이몬이라… 그런 녀석이 갑자기 나타나다니……. 덕분에 내가 준비한 일이 완전히 틀어졌군. 그렇다고 응분의 대가를 치르게 하자니 사이몬이란 이름이 걸리고 말이야. 재수가 없었어."

의자에 몸을 묻은 사내의 아쉬운 독백이 방 안을 맴돌았다.

*　　　　*　　　　*

하늘의 축복인지 하얀 눈이 천천히 땅으로 떨어지고 있다. 흰 눈송이가 하나둘 떨어지기 시작하더니 이렇게 세상을 덮을 듯 내리기 시작한 것이 조금 전이다.

함박눈보다는 작지만 그래도 세상을 하얗게 덮을 정도는 되는 그런 눈이었다. 식당의 창가에 앉은 세 여인은 그런 눈을 보며 식사를 기다리고 있었다.

"어쩜……!"

셋 중 한 명이 창밖을 내다보며 작은 감탄을 토했다.

"예쁘다."

그에 맞장구치듯 다른 한 명이 중얼거렸다.

두 사람은 하늘에서 내리는 눈을 보느라 정신이 없었다.

"겨우 눈이 내리는 걸로 무슨 호들갑은. 이렇게 눈이 내리면 병사들이 연무장의 눈을 치우느라 얼마나 고생을 하는데."

다른 한 명이 물 잔을 입에 가져가며 별일이라는 듯 중얼거렸다. 그 말에 다른 두 명의 날카로운 눈빛이 그 말을 한 사람을 향했다.

"언니!"

그리고 두 사람의 입에서 동시에 터져 나온 외침.

세 사람은 모두 여인이었다. 이들은 바로 신랑감 찾기라는 핑계로 막내 동생 이니안을 찾기 위해 집을 나선 사이몬 가의 세 자매였다.

"왜… 왜 그래?"

두 동생의 날카로운 기세에 움찔한 첫째 로레인은 살짝 말을 더듬었다.

"언니도 명색이 여자면서 이 아름다운 풍경을 보고 고작 한다는 소리가 병사들이 눈 치운다고 고생한다는 말이야?"

셋째 메이린이 어이없다는 듯 말했다. 옆에서 둘째 이리아가 고개를 끄덕인다. 두 동생의 공격에 로레인의 얼굴이 은은히 붉게 물들었다.

"애초에 언니가 노처녀인 이유는 그 메마른 감성에 있는지도 모른다고."

고개를 끄덕이던 이리아가 한마디 쏘아 붙였다. 그 말에 로레인의 얼굴이 조금 더 붉어졌다.

사실 이리아는 카일로니아의 사교계에서 제법 인기가 높았다. 굳이 사이몬 가라는 든든한 배경이 아니더라도 그녀의 신비로운 미모는 뭇 귀족 남성들이 그녀에게 구애를 하기에 전혀 부족함이 없었다.

물론 이리아 역시 눈이 높았다. 그래도 아리아가 결혼할 만하다고 생각한 남자가 한둘 정도는 있었다. 하지만 자신의 앞에 버티고 있는 언니 로레인 덕에 여태껏 혼자인 것이다.

로레인이 아직도 시집을 못 간 것은 전적으로 그녀의 탓이었다. 로레인 역시 미인이었다. 검술을 단련하며 만들어진 탄력있는 근육과 몸매, 그리고 살짝 검게 그을린 얼굴은 그녀의 아름다움에 육감적인 매력까지 더해주었다.

그런 그녀를 넘보지 않을 남자는 없었다.

다만 제일 처음 청혼한 귀족 청년이 그녀의 검에 묵사발이 된 이후로 그 누구도 그녀에게 청혼을 하지 않게 되었을 뿐이다.

"저와 결혼하려면 적어도 저를 이길 실력은 가지고 있어야지요."

귀족 청년을 묵사발을 만들고 그 자리에서 그에게 담담히 한 말이다. 그때 당시 그녀의 실력은 하급의 소드 마스터였다. 그것도 곧 중급의 경지를 깰 단계였다.

그 누구도 그녀에게 청혼을 하지 않는 것은 당연한 일이었다.

그때 그 자리에 이리아 역시 있었다. 언니에게 첫 청혼이 들어온 역사적인 자리였기에 당연한 일이었다. 하지만 그런 말을 해버렸으니.

그 말을 들었을 때 이리아는 하늘이 노래지는 듯한 느낌을 받았다. 나중에 메이린에게 들은 이야기지만 그때 그녀 역시 비슷한 느낌을 받았었다 했다. 결혼에 큰 관심이 없는 메이린이다. 하지만 관심이 없다 뿐이지 결혼을 하지 않겠다는 아니었다. 한데 그런 얼토당토않은 말을 로레인이 해버렸으니 메이린 역시 무척이나 놀랐었다.

그런 감정들이 있기 때문인지 셋만 있게 된 지금 첫째인 로레인을 공격하는 이리아와 메이린의 호흡이 척척 맞았다.

"메, 메말랐다니!"

로레인 역시 여자였기에 이리아의 말에 발끈했다. 강함을 추구하긴 했지만 로레인은 자신이 여자라는 사실을 거부한 적은 없었다. 여자에게 있어 감성이 메말랐다는 말이 얼마나 치명적인가. 그렇기에 그녀의 심기가 편치 않은 것이다.

"그만 해, 언니들. 마침 오늘 로레인 언니가 서른이 된 것을 축하하듯 눈도 내리고 있는데."

결정타였다.

이리아와 로레인을 말리는 듯 말을 꺼낸 메이린의 한마디.

그 말에 로레인은 고개를 푹 숙였다. 이리아의 입에 은근한 미소가 걸렸음은 말할 필요도 없었다.

대륙력 665년 1월 1일.

그것이 오늘의 날짜다. 한 해가 바뀌어 새로운 일 년이 시작되는 날. 그리고 로레인이 서른 살이 된 날이기도 하다.

카일로니아뿐 아니라 대륙 전체에서 여자가 서른이 되도록 결혼을 하지 못했다는 것은 심각한 문제였다. 일반적인 결혼 연령은 이십대 초반이다. 좀 늦었다는 사람도 이십대 중반이면 결혼을 한다. 아주 늦어도 이십대 후반에는 다들 결혼을 한다. 어제까지만 해도 로레인은 이십대의 끝자락에 있었기에 그나마 할 말은 있었다.

하지만 오늘부로 그녀는 빼도 박도 못하는 서른 살인 것이다.

의기소침해 고개를 푹 숙이고 있는 로레인을 보며 이리아와 메이린이 은근한 웃음을 지을 때 그들이 주문한 식사가 나왔다. 세 사람이 앉은 테이블에 먹음직스러운 음식들이 자리를 차지했다.

이리아와 메이린은 포크와 나이프를 바쁘게 놀리며 식사에 열중했지만 로레인은 입맛이 없는 듯 포크를 입으로 가져가는 횟수가 현저히 적었다.

로레인의 기분과는 상관없이 새해를 맞이한 세상은 조금씩 하얗게 물들고 있었다.

"내일이면 미오나인으로 가는 국경이지?"

이리아의 물음에 메이린이 고개를 끄덕였다.

카일로니아의 수도인 사우론과 미오나인 제국과의 국경은 제법 거리가 떨어져 있었다. 이들이 집에서 허락을 얻어 출발한 이후 벌써 열흘이 지난 상태다.

"미오나인에 간다고 그 녀석을 찾을 수 있을까?"

씹고 있던 빵을 삼키며 로레인이 말했다. 이니안을 찾는 일로 화제가 옮겨가자 조금 전 일은 잊었다는 듯 대화에 참여했다.

"글쎄… 그건 모르는 일이지. 찾을 수 있을 수도, 없을 수도 있지."

이리아가 고개를 갸웃거리며 대답했다.

"그러면 곤란하잖아. 우리는 이니안을 찾으러 나온 거라구."

이니안은 막내고 로레인은 둘째다. 이니안에게 있어서는 큰누나였기에 그녀는 유독 이니안을 귀여워했다, 물론 그녀만의 방식이었고 이니안은 그것을 질색했지만.

오죽하면 이니안이 기피하는 인물 첫 번째가 이슈데인이고 두 번째가 그녀이겠는가.

"언니, 지금 무언가 착각하는 것 같은데 우리가 여행을 나선 건 이니안을 찾기 위해서가 아니야. 언니 신랑감 찾으러 나온 거라구."

메이린의 말에 찻잔을 집어가던 로레인의 얼굴이 일그러졌다.

"그건 단지 핑계잖아."

"글쎄… 그래도 어떤 노력은 보여야 하잖아. 일단 아버님과 어머님은 그렇게 알고 계시니까."

이리아의 대답에 로레인의 표정이 다시 한 번 변했다. 그녀도 바보가 아니다. 두 사람의 태도에서 무언가 이상함을 느낀 것이다. 왠지 자신이 두 동생에게 당했다는 느낌이 든 것이다.

메이린은 눈치 빠르게 그런 로레인의 변화를 당장 알아차렸다.

"오빠 말로는 이니안의 마지막 흔적이 바운더리 산맥 근처의 차타르라는 마을의 용병 길드라고 해."

메이린은 출발 전 이슈데인에게 그녀만 들은 정보를 풀어놓았다. 로레인의 관심을 이니안에게로 돌기기 위해서다. 로레인이 무언가 이상함을 눈치채는 것만은 막아야 했다.

"그래? 그럼 진작 말했어야지."

반응은 단번에 왔다.

'휴우… 다행이야.'

메이린은 속으로 안도의 한숨을 내쉬었다. 이번 여행은 절대 이니안을 찾기 위한 여행이 아니다. 이니안의 행적은 이미 이슈데인이 쫓고 있었다. 이니안이 용병으로 등록한 이상 이슈데인이 백방으로 알아보면 대략적인 상황 정도는 알 수 있었다. 물론 그것을 위해서는 엄청난 돈이 들어가지만 말이다.

이번 여행의 진정한 목적은 로레인 시집보내기, 다만 로레인만이 이니안을 찾기 위한 여행이라 생각할 뿐.

"그럼 국경을 넘는 대로 차타르 마을로 이동하는 거야?"

"그래야지. 마지막 흔적이 그곳이니까. 벌써 보름 전쯤의 일이지만 단서 정도는 남아 있을지도 모르잖아."

메이린의 설명에 로레인은 흡족한 웃음을 흘렸다. 마치 당장에라도 이니안을 찾은 듯한 얼굴이다.

그녀는 자신의 동생들의 능력을 잘 알고 있었다. 특히 메이린의 통찰력과 지혜라면 이니안을 찾는 것이 그다지 어렵지만은 않을 것이다.

"그럼 오늘은 이곳에서 쉬고 내일부터 움직이기로 해. 마침 눈도 점점 더 많이 내리고 있으니까."

이리아의 말대로 창밖의 눈은 어느새 함박눈으로 변해 있었다. 그리고 하얗게 물든 세상은 점점 더 눈에 가려지고 있었다.

　　　　　*　　　　　*　　　　　*

"도착했군."

이니안은 담담한 얼굴로 자신의 눈앞에 있는 절벽을 올려다보았다. 급한 일이 없었기에 몸을 추스르며 천천히 걸어왔다. 덕분에 이곳까지 이르는데 거의 보름에 가까운 시간이 걸렸다. 그사이 해가 바뀌어 이니안도 이제 스물두 살이 되었다.

"훗. 저 높은 곳을 그렇게 무식하게 내려왔단 말이지?"

절벽을 뛰어내린 날을 떠올린 이니안의 입가에 어이없는 웃음이 떠올랐다. 상황이 급박하긴 했지만 어떻게 그렇게 무식한 방법을 썼을까? 자신이 지금 생각해도 알 수 없었다. 하지만 다시 한 번 그런 상황에 처한다면 똑같이 행동할 것이다, 그 상황에서는 그것이 최선이었기에.

케이로스의 동굴로는 몸을 숨길 수가 없었다, 소란스럽게 했다가는 당장 케이로스를 상대해야 했기에. 결국은 절벽 아래로 내려오는 방법뿐인 것이다.

"저 녀석은 여전히 저렇게 있군."

추운 날씨 탓인지 이니안이 잡아서 가죽을 벗긴 트롤의 시체는 여전히 그 자리에 있었다.

"그럼 올라가야겠지?"

이니안은 절벽을 잠시 올려다보다가 몸을 날렸다. 그냥 기어올라 가려면 올라갈 수도 있었지만 굳이 그렇게까지 해야 할 필요를 느끼지 못했기에 마령보의 수법으로 몸을 날렸다.

이니안은 가볍게 절벽 곳곳의 튀어나온 부분을 차며 가볍게 껑충껑

층 위로 날아올랐다. 이니안이 절벽의 윗부분에 있는 케이로스의 동굴에 도착하는 데는 그렇게 오랜 시간이 걸리지 않았다. 무척이나 높은 절벽이지만 내상을 완전히 치유한 이니안의 마령보는 무척이나 빨랐던 것이다.

"다시 왔군."

이니안은 동굴 내부를 둘러보며 중얼거렸다. 당장에라도 이곳에 있었던 때를 그려낼 수 있을 것 같았다. 자신이 왜 이렇게 로즈와 있었던 때를 다시 떠올리고 생각에 잠기는지 알 수는 없었다. 그저 이런 장소를 볼 때면 떠오를 뿐이었다.

"대체 왜 이곳을 다시 가보라고 했을까?"

이니안은 걸음을 옮기며 고개를 갸웃거렸다. 그리 크지 않은 동굴이었기에 이니안은 곧 모퉁이를 돌아 케이로스와 대면할 수 있었다.

[왔는가? 인간이여.]

"오랜만입니다."

[급하게 가는 것 같더니 이번에는 혼자로군.]

케이로스의 말에 이니안은 쓴웃음을 머금었다.

"그렇게 되었습니다."

케이로스는 더 이상 아무것도 묻지 않았다. 대신 몸을 일으켰다.

처음 케이로스를 보았을 때도 생각했지만 그의 몸은 정말 거대하다. 지금까지 그가 본 케이로스는 바닥에 엎드려 있는 모습뿐이었다. 그 모습만으로도 이니안은 압도당했었다.

그런 케이로스가 몸을 일으키자 그 존재감이 어마어마하게 증가했다. 당장에 온몸을 쥐어오는 압박감에 이니안의 몸이 살짝 떨렸다.

몸을 일으킨 케이로스는 천천히 옆으로 움직였다.

[이렇게 움직여 본 것이 몇십 년 만인지 모르겠군.]

케이로스의 말에 이니안은 침을 꿀꺽 삼켰다. 수십 년을 그렇게 엎드린 자세로 그 문 앞에 앉아 있었다는 말에 절로 놀라움이 배어 나왔다.

[들어가라. 들어가는 것을 허락하겠다.]

"예?"

그때 머리에 울린 케이로스의 음성에 이니안은 자신도 모르게 되물었다.

[저 문으로 들어가는 것을 허락한다고 했다.]

케이로스는 다시 한 번 말했다. 이니안은 어안벙벙한 얼굴로 케이로스를 쳐다보았다.

"들어가도 됩니까? 제가?"

믿을 수 없다는 얼굴로 이니안은 다시 물었다.

[안 된다.]

케이로스는 단호하게 말했다.

[하지만 인정받은 자가 네가 들어갈 수 있도록 해달라고 했다.]

"로즈가 말입니까?"

이니안의 물음에 케이로스가 머리를 끄덕였다.

[그렇다. 그것 역시 인정받은 자가 가진 권리 중 하나. 그녀의 부탁으로 너는 저 안으로 들어갈 자격을 얻은 것이다.]

케이로스의 대답에 이니안의 얼굴에 웃음이 떠올랐다. 기묘한 웃음이다. 기쁜 것인지 씁쓸한 것인지 도무지 그 감정을 읽을 수 없는 웃음이다.

'이것이었냐, 네가 다시 이곳을 찾으라고 한 이유가?

이니안은 천천히 걸음을 옮겼다. 몇 걸음 움직이지 않아서 이니안은 케이로스가 지키고 있던 석문 앞에 도착할 수 있었다. 케이로스가 그 앞에 엎드려 있을 때는 도저히 도달할 수 없을 것만 같던 곳에 너무나 간단히 도착해 버렸다.

석문은 과연 거대했다. 케이로스의 몸에 가려져 있던 부분까지 드러나자 그 거대한 크기로 이니안을 압도했다.

"어떻게 들어가면 됩니까?"

이니안은 케이로스를 보며 물었다.

[손으로 문을 짚어라. 그러면 된다.]

이니안은 케이로스의 말대로 손을 문에 가져갔다. 손이 문에 닿자 손은 문 안쪽으로 빨려 들어갔다. 거대한 석문으로 보였는데 이니안의 손은 아무런 장애도 없이 그 속으로 들어간 것이다. 그것을 확인한 이니안은 천천히 앞으로 걸음을 옮겼다.

이니안의 몸이 문을 통과했다.

[안에 든 이가 있으니 입구를 닫아야겠군.]

케이로스가 엎드려 있던 몸을 일으켰다. 느릿느릿한 걸음으로 절벽을 향해 몸을 옮기는 케이로스. 동굴의 입구에 도착한 케이로스의 두 눈이 붉게 물들었다. 그 순간 절벽을 향해 아가리를 벌리고 있던 동굴의 입구가 사라졌다. 입구 주변에서 서서히 자라나온 바위가 앙다문 입술처럼 동굴의 입구를 막았다.

문을 통과한 이니안의 눈에 비친 것은 아무것도 없는 동굴이었다. 엄청난 규모의 거대한 공동만이 자리하고 있었다.

"이런 곳을 케이로스같이 대단한 존재가 지키고 있었단 말인가?"

사실 무언가를 기대하기는 했었다. 케이로스라는 존재가 너무나 엄청났기에 무언가 대단한 것이 석문 너머에 있을 것만 같았다. 그런데 아무것도 없었다. 그저 크고 황량한 동굴일 뿐이다.

아무것도 없는 동굴의 모습에 실망한 이니안의 눈에 무언가 반짝이는 것이 보였다. 동굴의 한가운데였다. 이니안은 그곳으로 걸음을 옮겼다. 동굴의 크기가 엄청났기에 상당한 시간을 보내고서야 이니안은 빛나는 물체가 있는 곳에 도착할 수 있었다.

빛을 뿌리고 있던 물체. 그것은 수정이었다. 어른의 손가락 두 개를 합쳐 놓은 정도의 크기의 수정. 그 모양은 마치 사람의 눈물이 눈에서 떨어지는 것과 같았다. 그 투명한 수정은 기기묘묘한 빛을 사방으로 뿌리고 있었다. 보는 각도에 따라 거리에 따라 갖가지 찬란한 빛을 뿌리는 모습이 아름답기 그지없었다.

"아름답군."

이니안은 자신도 모르게 중얼거렸다.

멍하니 눈앞의 보석을 바라보던 이니안은 케라우에게 들었던 이야기를 떠올렸다.

'사람의 눈물 모양의 수정이라……'

드래곤의 눈물의 모양을 설명하던 케라우는 분명 그렇게 말했었다.

"그렇군. 그럼 이게 드래곤의 눈물이란 말인가?"

드래곤이 죽음을 맞이하며 자신의 의지로 남기는 것이기에 무척이나 희귀하다는 드래곤의 눈물이다. 그것이 지금 이니안의 눈앞에 있는 것이다.

"이곳이 드래곤의 레어라고 했으니 맞겠지, 드래곤의 눈물이."

이니안은 유심히 눈앞의 수정을 살폈다. 보면 볼수록 황홀함과 신비로움이 묻어 나오는 보석 같았다.

"역시… 그런 것인가……."

혹시나 하는 기대가 무너진 진득한 안타까움이 묻어 있는 목소리였다. 이니안은 눈앞의 드래곤의 눈물을 살피는 한편 그것이 품고 있는 마나의 기운을 느꼈다. 결과는 같았다. 자신이 어새신을 물리친 어느 날 밤 로즈의 몸에서 느꼈던 것과 같은 류의 기운이었다. 세밀히 따지면 어딘가 느낌이 달랐지만 그 기운의 색깔이 같았다.

"드래곤의 눈물은 대륙에서 구하기가 무척이나 힘들다고 했으니 역시 로즈의 몸에서 느껴졌던 드래곤의 눈물의 기운은 미에른 후작가의 그것으로부터 얻은 것인가?"

결코 세우고 싶지 않은 가설을 이니안은 세웠다. 당장 세상에 알려진 드래곤의 눈물의 흔적은 미에른 후작가의 별장이 거의 유일했다. 아니, 이니안 자신은 케라우에게 듣기 전에는 그 존재도 몰랐다. 자신이 그곳을 방문했을 때도 그런 말은 듣지 못했다.

하지만 이니안은 여전히 똑똑히 기억하고 있었다. 자신이 우연히 발견했던 수상한 인물들. 은밀히 그들이 나눈 대화. 이니안은 그 일부를 들을 수 있었다.

"…눈물을 반드시… 알겠지? …은 …니까."

이니안은 다시 한 번 그날 우연히 엿들었던 대화를 떠올렸다. 그때는 아무것도 몰랐다. 그들이 설마 그곳을 습격하리란 생각도 하지 못했었다. 불길한 기운은 느꼈으되 이니안은 그들에게 더 이상의 신경을 쓰지 않았다. 자신이 지켜야 할 대상은 자신의 곁에 있었기에 그저 그곳만을 바라보고 있었을 뿐이다.

"그래, 그때 그들이 말했던 눈물이란 건 드래곤의 눈물이었어."

뿌득.

나직이 중얼거린 이니안의 입에서 이가 갈리는 소리가 울렸다. 그가 그때 일을 다시 떠올리며 얼마나 큰 분노를 느끼고 있는지를 알려주는 소리다.

그 분노는 그들을 향한 것이 아니었다. 자기 자신을 향한 것이었다. 어리고도 어수룩했다. 열여덟의 자신은 그저 자만심이 가득한 애송이에 불과했다. 지금 다시 그런 상황에 놓인다면 이니안은 절대 같은 실수를 하지 않을 것이다.

3년의 용병 생활이 이니안을 이렇게 만들었다. 경험이라는 것은 훌륭한 스승이었다.

"후우… 이미 지난 일인 것을… 앞으로가 중요한 거야."

이니안은 고개를 세차게 저으며 스스로를 진정시켰다. 이미 지난 일에 대한 후회는 아무런 가치가 없다는 것을 누구보다 잘 알았다. 그런 후회를 할 시간에 앞으로는 같은 잘못을 하지 않게끔 스스로를 계발하는 것이 훨씬 가치있는 일이라는 것을 알았기에 이니안은 가슴속에 인 분노를 떨쳐 냈다.

"그나저나 이런 곳을 왜 그렇게 지키고 있는 것일까?"

이니안의 눈에 들어온 이곳은 그저 거대한 동굴일 뿐이다. 그저 크기만 할 뿐 어떠한 것도 없었다. 이곳에서 이니안이 발견한 유일한 것이 드래곤의 눈물이었다. 동굴의 한가운데 바닥에 박혀 오연히 찬란한 빛을 뿌리는 수정.

그 외에는 어떤 가치있는 물건을 발견할 수 없었다. 그저 동굴일 뿐이다.

"응?"

그때 이니안의 눈에 희미한 선이 그려져 있는 벽의 일부가 보였다. 이니안은 그곳으로 걸음을 옮겼다. 과연 그 윤곽은 사람 두 명이 드나들 수 있는 크기의 문이었다.

"이곳도 같은 방식일까?"

이니안은 이 동굴에 들어올 때를 떠올리며 문의 윤곽 가운데에 자신의 손을 가져갔다. 역시 손이 쑤욱 들어갔다. 그것을 확인한 이니안은 천천히 걸음을 옮겨 문안으로 들어갔다.

"식량 창고인가?"

이니안이 들어온 곳은 제법 넓은 방이었다. 처음 보았던 커다란 동굴과는 달리 인공적인 힘이 가미된 네모반듯한 방이었다. 그리고 방의 네 벽면에는 각기 커다란 진열대가 있었고, 그곳에는 다양한 종류의 식료품들이 놓여 있었다.

"모두 보존 마법이 걸려 있군."

공작가의 사람이었던 이니안이다. 왕국의 대귀족 집안에 살았던 만큼 보존 마법을 걸어서 음식물을 보관하는 것은 그리 신기한 모습이 아니었다. 아니, 이니안은 무척이나 익숙했다. 작은 누나 이리아가 마법 연습을 한답시고 수없이 많은 음식들에 보존 마법을 거는 모습을 여러 번 구경했었다.

"그러고 보니 배가 고프군."

마지막으로 음식다운 음식을 먹은 것이 벌써 하루 전이었다. 그저 이동한다고 무심코 잊고 있었던 허기가 느껴졌다. 이니안은 가까이 있는 선반에서 빵을 하나 집어 들었다.

"역시, 드래곤의 식량 창고라도 기본적인 방법은 같은 것인가?"

이니안의 손이 닿자 빵에 걸려 있던 보존 마법이 자동으로 해제되었다.

일반적으로 음식물에 보존 마법을 걸 때 주로 쓰이는 방법이다. 보존 마법이 걸린 음식물은 사람이 먹을 수 없다. 사람이 먹기 위해서는 마법을 해제해야 한다. 하지만 음식에 건 보존 마법을 마법사들이 그 음식을 먹을 때마다 일일이 해제해 줄 수 없기에 일정시간 이상 사람의 손이 닿으면 자동으로 마법이 해제되게끔 하는 방법을 주로 사용했다. 그리고 보존 마법을 사용할 때 가장 어려운 부분이 바로 이 자동 해제 부분이다. 이리아가 집 안의 수없이 많은 음식을 버려가면서 연습을 했던 것도 그 부분이었다.

마법이 해제되는 것을 마나의 흐름으로 확인한 이니안은 빵을 입으로 가져갔다. 갓 구운 듯한 부드러움이 입술과 혀를 통해 느껴졌다.

"맛있군."

빵을 먹으며 이니안은 식량 창고 안을 천천히 둘러보았다. 인간 세상에서 먹을 수 있는 모든 음식을 모아놓은 듯했다. 한쪽 벽에는 음료수들만 모여 있었다.

라칼트 대륙 곳곳의 물과 주스, 와인, 위스키, 맥주 등 사람이 마실 수 있는 것은 모두 있었다.

"호오~ 이건 샤토 그린디어 438년이라… 엄청난 물건이로군. 과연 드래곤의 레어란 말이지."

이니안은 음료수가 놓인 진열장의 한곳에서 걸음을 멈추었다. 그곳에 있는 것은 대륙 최고의 와인이라고 인정받은 샤토 그린디어의 최초 생산품이었다.

이니안의 어머니와 막내 누나인 메이린이 와인을 즐겼다. 아버지 역시 어머니와 가끔 즐기는 정도는 되었다. 그중 메이린 덕에 이니안도 와인에 관해 적지 않은 지식을 쌓을 수 있었다. 덕분에 병의 라벨을 보고 단번에 샤토 그린디어 438년임을 알아본 것이다.

"메이린 누나가 보면 눈이 뒤집히겠군."

메이린이 이니안과 함께 와인을 마실 때면 늘 하던 말이었다. 자신의 평생의 소원은 샤토 그린디어 438년을 단 한 모금이라도 마셔보는 것이라고 했었다.

"이곳은 이게 전부인가?"

이니안은 조금 더 돌아본 후 다시 자신이 들어온 곳으로 나갔다. 이렇게 벽에 숨겨진 문이 있다는 것을 알게 된 이니안은 커다란 동굴의 벽을 모두 꼼꼼히 살폈다. 하지만 더 이상 그런 문은 없었다.

"이 넓은 곳에 있는 것이 드래곤의 눈물과 드래곤의 식료품 창고뿐이라… 생각보다 별것없군."

이니안은 실망한 듯 중얼거렸다. 전설로 전해 내려오는 이야기와 무척이나 달랐기 때문이다. 아니, 굳이 전설이 아니더라도 케이로스와 같이 엄청난 존재가 지키고 있는 곳이다. 그랬기에 무언가 대단한 것이 있으리라는 기대를 가졌지만 이곳은 그 기대에 비해 너무 초라했다.

물론 식료품 창고에 있는 샤토 그린디어 438년만 하더라도 엄청난 보물이다. 그곳에는 그것이 무려 열 병이나 있었다. 와인 애호가들 사이에서는 그것이 있는 것만으로도 이곳은 지상 최고의 보물섬이다. 이니안에게는 그 정도로 와 닿지 않았지만 말이다.

"넓은 동굴에 있는 것은 이 드래곤의 눈물과 식료품 창고뿐이라……."

이니안은 가만히 중얼거리며 다시 한 번 주위를 둘러보았다.

"분명 이곳에 들어가는 것을 허락해 주면서 언제까지 나오라는 말은 없었지?"

이니안은 이곳에 들어올 때 케이로스의 행동을 다시 되짚어보았다. 들어가는 것을 허락해 주었을 뿐, 이 안에서의 행동에 대한 제재는 전혀 없었다.

"좋아. 앞으로 이곳에서 수련을 하지. 마침 적당한 장소가 필요하던 차에 잘됐어."

이니안은 손에 들린 빵을 마저 다 먹으며 중얼거렸다.

이곳은 수련을 하기에는 최적의 장소였다. 먹을 식량과 마실 물은 충분했다. 게다가 넓고 혼자였다. 방해자 역시 없었다. 유일한 입구를 케이로스 같은 존재가 지키고 있는 이상 방해자가 들어올 염려는 없었다.

그야말로 최고의 수련실이다.

"가문의 수련실보다 훨씬 낫군 그래."

싱긋 웃은 이니안은 로브 아래의 배낭에서 모포를 꺼내 드래곤의 눈물 옆에 깔았다. 꼬박 하루를 먹지도 자지도 않고 걸어왔다. 허기를 대강 해결하자 이번에는 졸음이 몰려왔다.

"일단 한숨 자야지."

이니안의 눈이 천천히 부드럽게 감겼다.

*   *   *

멀리 거대한 성벽이 보인다.

서쪽으로 도도히 흐르는 거대한 강을 끼고 푸른 평원에 웅장한 모습으로 자리한 성벽은 그 앞에 선 사람을 절로 압도하는 기세를 뿌리고 있었다.

"저곳이 제국의 수도 미오나인입니다, 공녀님."

성벽이 지척에 남은 곳에서 가만히 성벽을 바라보는 로즈를 보며 카르세온이 공손히 말했다.

"그런가요? 드디어 왔군요, 수도에. 저곳이 바로 제가 나고 자란 곳이란 말이지요?"

로즈는 아련한 눈으로 웅장한 위용의 미오나인의 성벽을 바라보았다. 기억에 없다. 과연 자신이 저곳에서 태어나고 자란 것이 맞을까? 미오나인의 성벽은 그녀로서는 처음 보는 풍경이었다.

"공녀님께서는 이곳을 좋아하셨습니다."

그 모습에 카르세온은 멀리 평원으로 시선을 던지며 가만히 읊조리듯 말했다.

"네?"

로즈는 의아한 듯 고개를 갸웃거리며 카르세온을 바라보았다.

"저는 공녀님의 호위 기사였습니다. 어린 시절 공녀님께서는 말을 몰고 나와 이곳에서 저 미오나인의 성벽을 보는 것을 좋아하셨습니다. 그래서 일부러 이곳으로 온 것입니다."

카르세온의 목소리에는 진한 안타까움이 배어 있었다.

"그런가요?"

카르세온의 설명에 로즈는 쓸쓸하게 답했다, 그녀로서는 전혀 기억에 없는 일이기에.

"이제 그만 가시죠."

카르세온의 말에 고개를 끄덕인 로즈는 천천히 말을 몰았다. 그러고 보면 신기했다, 자신이 이렇게 능숙하게 말을 타다니. 적어도 자신의 기억에는 말을 탄 적이 없었다. 머리는 기억하지 못하는 것을 몸은 기억하고 있는 것일까? 로즈는 아주 능숙한 솜씨로 말을 몰았다.

가까워 보였지만 성벽까지의 거리가 상당했다. 말을 달리기 시작한 후 어느 정도의 시간이 흐르고 나서야 로즈는 성문 앞에 도착할 수 있었다. 가까이에서 본 미오나인의 성벽은 더욱 장엄했다. 성문 역시 그 위용이 당당했다.

성문의 경비 병사들 역시 절도있는 모습으로 파이크(Pike)를 세우고 서 있었다. 반짝이는 그들의 무장으로 엄정한 군기를 미루어 짐작할 수 있었다.

"어서 오십시오, 카르세온 자작님."

경비병들은 선두에 선 카르세온을 알아보고 군례를 취했다. 카르세온은 고개를 끄덕여 주고는 말에 탄 채로 성문을 지났다. 경비병들은 별다른 검사나 제지없이 카르세온과 그 일행을 통과시켰다. 카르세온이 미오나인에서 가진 명성과 위치를 여실히 보여주는 모습이었다.

미오나인의 성내는 활기찼다. 거리를 걷는 사람들의 얼굴에는 웃음이 가득했다. 그리고 제국의 수도의 주민이라는 자부심이 사람들의 행동 하나하나에 깃들어 있었다.

"생기가 넘치네요."

이곳까지 오는 동안 그리 큰 도시는 지나지 않았었다. 로즈의 기억 속에 존재하는 큰 도시는 바실러스 자작의 영지였다. 미오나인의 풍경은 시골의 영주가 사는 영지에 비할 바가 아니었다. 그랬기에 로즈는 연신 주변을 돌아보느라 정신이 없었다. 카르세온은 안타까운 눈으로 그런 로즈의 모습을 잠시 바라보았다.

'정말로 기억을 모두 잃으셨군요. 그 언덕에서도 아무것도 기억하지 못 하시고……'

알고 있었다. 처음 만남 이후 몇 번을 걸쳐 포르시아가 모든 기억을 잃었다는 것을 확인했다. 그런데도 카르세온은 계속해서 혹시나 하는 마음으로 포르시아의 기억을 시험했다. 그리고 번번이 실망하고 낙심했다.

카르세온이 앞장서 길을 가자 대로의 사람들은 저마다 알아서 좌우로 비켜섰다. 미오나인에서 카르세온의 인기와 명성은 절정이었다. 제국의 최연소 소드 마스터. 그에 대한 미오나인 사람들의 자부심은 대단했다. 그는 곧 미오나인의 얼굴이라 생각하는 사람이 있을 정도였다.

그를 알아보고 가던 길을 멈추고 그의 모습을 구경하는 이들이 길 곳곳에 모여들었다. 하지만 카르세온은 이런 모습에 익숙한지 별다른 변화 없이 자신의 일에 충실했다. 몇몇 어린 꼬맹이들은 카르세온의 옆을 달리면서 선망 어린 눈길로 카르세온을 쳐다보기도 했다.

하지만 그런 행렬들은 고위 귀족가가 모여 있는 북서 지구에 들어가면서 사라졌다. 대신 주위로 호화로운 저택들이 저마다의 용모를 경쟁하듯 늘어서 있었다. 이곳의 저택에 비하면 바실러스 자작의 저택은 그냥 작은 별장 정도라는 느낌이었다.

이 거리에 들어선 이후 로즈는 말을 잃었다. 그녀 평생 처음 보는 엄청난 광경에 압도된 듯했다.

북서 지구의 거리에 들어선 이후에도 카르세온은 곧장 대로를 따라 말을 몰았다. 고위 귀족들의 저택만이 모인 곳이라서 그런지 무척이나 조용했다.

　조금 더 가자 다섯 개의 갈림길이 나왔다. 카르세온은 그곳에서 가장 왼쪽의 길로 진로를 잡았다.

　"이곳이 북서 지구의 가장 안쪽입니다. 이곳에서 제국오대공작가의 저택으로 가는 길이 나뉘지요."

　카르세온의 말대로 이곳 이후로는 공작가의 저택만이 존재했다. 제국의 고위 귀족들이 모인 미오나인 북서 지구에서도 최고위의 귀족인 공작들을 위한 저택들이 있는 곳이다.

　미오나인의 북서 지구는 바깥에서 안쪽으로 들어갈수록 귀족의 작위가 높아진다. 제일 외곽에는 백작들의 저택이 있었고 가장 심부에는 제국오대공작의 저택이 있었다.

　"제국에는 모두 다섯 분의 공작 각하께서 계십니다. 그중 네 분이 이곳의 저택에서 거주하십니다. 가장 오른쪽 길을 가면 나오는 저택은 현재 비어 있습니다. 메이지아 공작가의 저택입니다만 50년 전부터 수도를 떠나 영지에서만 생활합니다. 이곳의 저택들은 공작만이 들어가 살 수 있기에 벌써 50년째 비어 있습니다. 관리인조차 두지 않았기에 지금은 거의 폐허로 변해 있죠."

　카르세온의 말에 로즈는 뒤를 돌아보았다. 조금 전 지나온 길이 다섯으로 갈라지는 갈림길의 중심. 그곳에서 가장 오른쪽의 길을 바라보았다. 이곳은 기억에 전혀 없었지만 그 길만은 왠지 익숙한 듯한 느낌이 들었다. 하지만 아무것도 떠오르지 않았다. 아주 잠시 스치고 지나간 익숙한 느낌, 그것을 느꼈는지조차도 의문스러웠다. 갑자기 자신에게 찾아온 기이한 현상에 로즈는 고개를 갸웃거리며 카르세온의 뒤를 따랐다.

길의 양옆은 담이었다. 공작가와 공작가의 저택을 구분 짓는 담 사이로 넓은 길이 주욱 이어져 있었다. 조금 더 가자 서서히 저택의 정문이 모습을 드러냈다. 정문이 보이기 시작하자 하론이 말을 달려 앞으로 나갔다. 소식을 알리기 위해 한 발 먼저 간 것이다.

로즈 일행이 도착하는 것과 동시에 저택의 거대한 문이 부드럽게 열렸다.

"들어가시죠."

저택의 경비병들의 인사를 받은 카르세온은 살짝 옆으로 물러섰다. 이곳까지는 자신이 로즈를 인도했지만 이제부터는 아니다. 이곳은 로즈, 아니, 포르시아 공녀의 집. 그녀 앞에 설 자격 따위 카르세온에게는 없었다.

넓은 저택의 정원을 가로질러 저택의 입구에 다다르자 초로의 노인이 서 있었다.

"포르시아 공녀님, 안녕히 다녀오셨습니까?"

마치 외출했다 도착하는 사람을 맞이하는 듯 노인은 허리를 숙이며 인사했다. 그의 눈가는 촉촉이 젖어 있었다.

"집사이신 스테판 경이십니다."

카르세온이 옆에서 로즈에게 살짝 귓속말로 노인의 신분을 알려주었다. 로즈는 고개를 끄덕였다. 그의 인사에 무어라 답이라도 해야 했으나 기억에 없었기에 그저 고개를 끄덕이는 것으로 대신했다.

"공작 각하께서는 어디에 계십니까?"

스테판은 칸세르 공작가에서 무려 50년을 일한 사람이었다. 그리고 자작의 작위도 가지고 있었다. 하지만 작위보다는 그가 공작가에서 보낸 세월이 카르세온으로서도 감히 그를 가볍게 대하지 못하게 했다.

"응접실에서 기다리고 계십니다."

"그럼 제가 모시고 가겠습니다."

카르세온의 말에 스테판은 순순히 응했다.

"그렇지 않아도 공작님께서 그리 언질을 주셨습니다."

"그럼."

카르세온은 스테판에게 가볍게 목례를 하고 저택 안으로 들어섰다. 물론 카르세온의 인도에 따라 로즈가 걸음을 옮겼다.

"아가씨……."

로즈의 뒷모습을 향해 허리를 숙인 스테판의 눈에서 결국 한 줄기 눈물이 흘러내렸다. 그도 그녀의 상태를 알고 있었다. 칸세르 공작가에서 50년을 보낸 노가신이다. 공작가에서 일어나는 일 중 그가 모르는 일은 거의 없었다.

칸세르 공작을 제외하고 현재 로즈의 상태를 알고 있는 네 사람 중한 사람이 그였다. 그랬기에 그는 두 눈에서 흘러내리는 눈물을 막을수 없었다. 하지만 그가 숙였던 허리를 폈을 때 그의 눈에서는 더 이상눈물을 흘리지 않았다.

그가 흘린 눈물은 포르시아의 곁에서 그녀가 자라는 모습을 지켜본 할아버지의 입장에서 흘린 눈물이었다. 허리를 편 지금부터 그는다시 칸세르 공작가의 집사다. 그 입장에서 그런 눈물은 어울리지 않았다. 품에서 손수건을 꺼내 눈물 자국을 닦은 그는 다시 차갑고 날카로운 인상의 집사로 돌아갔다. 그의 얼굴이 부드러워질 때는 포르시아 앞에서가 유일하다는 것은 이미 저택 내에서 유명한 이야기였다.

"왔느냐, 내 딸아?"

온화한 인상의 노인은 따뜻한 눈빛을 로즈에게 보내며 물었다.

"모르겠습니다."

로즈는 솔직히 말했다. 그녀는 정말 무엇이 무엇인지 알 수가 없었다. 이미 수없이 들었지만 막상 자신의 아버지라는 칸세르 공작을 직접 보자 다시금 혼란이 찾아왔다.

그녀의 모습에 칸세르 공작은 고개를 끄덕였다.

"그렇겠지."

그런 그의 눈에는 진한 안타까움이 배어 있었다.

"카르세온 부단장, 수고했네. 자네는 이만 가보게. 이번 일에 대한 치하는 내 조만간 하도록 하겠네."

"제 할 일을 했을 뿐입니다. 그럼."

카르세온은 예를 표한 후 천천히 응접실에서 물러났다.

그가 나가자 칸세르 공작은 정이 듬뿍 담긴 따스한 눈길로 로즈를 바라보았다. 로즈도 그를 바라보았다. 자신의 아버지라 하는 이 사람을 눈에 담아두기 위해서였다.

"그래, 힘들지는 않았느냐, 포르시아?"

"예. 제 이름이 포르시아인 겁니까?"

로즈는 자신을 부르는 포르시아라는 이름이 낯설었다. 익숙하면서도 낯선, 알 수 없는 모순적인 느낌. 그 느낌에 확인하듯 칸세르 공작에게 물었다.

"그래, 너의 이름은 분명 포르시아다. 내가 직접 지어준 이름이란다. 포르시아 오마 칸세르 그게 너의 이름이다."

"네."

로즈는 짧은 대답과 함께 고개를 끄덕였다.

"로즈라는 이름을 사용했다고 하더구나."

"네, 저를 돌봐주신 할아버지랑 할머니께서 지어주신 이름이에
요."

"그렇구나."

칸세르 공작은 자신의 딸을 안타깝게 바라보았다. 집을 그렇게 떠나
얼마나 고생이 많았을까 하는 걱정이 담겨 있었다.

"제 기억은 어떻게 된 거죠? 공작가의 딸이라는 제가, 1황자 저하의
약혼녀라는 제가 왜 아무것도 기억하지 못하고 그런 곳에 멍하니 있어
야 했죠?"

로즈, 아니, 포르시아는 자신이 가장 궁금해하던 것을 물었다. 그녀
의 물음에 칸세르 공작은 아무런 말 없이 응접실의 천장만을 바라보았
다.

"포르시아."

"네."

한동안 천장을 바라보던 공작의 부름에 포르시아가 작은 목소리로
대답했다.

"그것에 대해 말해주자면 무척이나 긴 이야기가 될 거란다. 지금 당
장 네가 그 이야기를 들을 필요도 없고 말이다. 네가 궁금해하는 것은
이해한다만 차차 알게 될 게다. 먼 길 오느라 고생했을 텐데 일단 쉬도
록 하거라. 네 기억은 찾을 수 있단다. 영지에 가면 분명 네 기억을 찾
을 수 있다. 그러니 일단 좀 쉬도록 하려무나."

"네."

결국 그녀가 궁금해하는 것은 어떤 것도 알지 못했다. 다만 칸세르

영지에 가면 자신의 잃은 기억들을 찾을 수 있을 거라는 이야기만을 들었을 뿐이다.

그래도 잃은 기억들을 되찾는다면 자신이 왜 기억을 잃었는지도 알 수 있을 거라는 기대로 공작의 대답에 만족할 뿐이었다.

"아무도 없느냐?"

공작의 나직한 부름에 응접실의 문이 열리며 시녀가 들어왔다.

"부르셨습니까?"

시녀는 공손히 허리는 숙이며 예를 표했다.

"포르시아를 제 방에 안내해 주거라. 큰일을 겪어 지금 몹시 피곤한 상태이니 조심하도록 하고"

"알겠습니다. 공녀님, 제가 모시겠습니다. 이리로 가시지요."

포르시아는 시녀의 인도에 따라 자신의 방으로 향했다.

낯설었다. 분명 자신의 방이라는 이야기를 듣고 들어섰으나 낯설었다. 자신이 과연 이곳에서 18년에 가까운 시간을 보냈는지 의문스러웠다.

이곳저곳 자신의 흔적이 잔뜩 묻어 있을 텐데 낯설었다. 도무지 자신이 오랜 시간을 지낸 방 같지가 않았다.

"그럼 공녀님, 편히 쉬십시오."

방을 안내해 준 시녀는 공손히 인사를 한 후 방에서 물러났다.

"여기가 내 방이란 말이지."

낯선 기운만이 가득한 방은 호화로웠다. 과연 제국의 공작의 딸의 방이라 할 만했다. 호화로운 가운데 단아한 분위기가 흐르는 방은 기억을 잃기 전 포르시아의 성격을 보여주는 듯했다.

"일단 쉬어야지. 내가 피곤한 건 분명 사실이니까."

네 사람이 함께 누워 뒹굴어도 될 만큼 거대한 침대에 포르시아는 자신의 몸을 맡겼다. 실크 재질의 침구가 보드랍게 그녀의 몸을 감쌌다. 보드라운 느낌 속에서 포르시아는 서서히 잠에 빠져들었다.

Chapter 3

지금 나에게 필요한 것을 알았다

지금 나에게 필요한 것을 알았다

방 안은 단출했다. 책상 하나, 소파 둘, 작은 테이블과 침대, 그리고 생활에 반드시 필요한 몇 가지 물건들이 있을 뿐이다. 주인의 성품을 알 수 있는 정갈한 방이다. 모든 물건들이 있어야 할 자리에 있었고 정리가 깔끔하게 되어 있었다.

방의 문이 열렸다. 깔끔한 복장의 사내가 들어와 소파에 몸을 묻고 앉았다.

"후우… 피곤한 여정이었어."

막 목욕을 마친 듯 물기가 채 마르지 않은 머리칼을 쓸어 넘기는 이는 카르세온이었다. 오랜만의 목욕이다. 포르시아와 동행하게 된 이후로는 최소한으로 씻고 목욕은 꿈도 꾸지 못했었다. 자신의 임무는 포르시아를 지키는 것이었기에 목욕이라는 호사스러운 행위는 할 수 없었다.

이렇게 집에 돌아와서야 겨우 목욕을 하고 피로를 풀 수 있는 것이다.

"대단한 검이었어."

이니안과의 대결을 떠올린 카르세온은 담담히 중얼거렸다. 검을 든 이후 처음으로 생명의 위협을 느꼈던 강적이었다. 다시는 그런 무시무시한 검과 마주하고 싶지 않았다. 하지만 그 검을 꺾었다는 만족이 온 몸을 타고 흘렀다. 그리고 다시 한 번 부딪쳐 또 꺾고 싶다는 호승심이 가슴 한곳에서 불타올랐다.

똑똑.

그때 문에서 노크 소리가 울렸다.

"자작님, 1황자 저하께서 찾아오셨습니다."

노크 소리에 뒤이어 들리는 시녀의 목소리에 카르세온은 소파에서 몸을 일으켜 문으로 다가갔다. 그가 문을 열자 미오나인의 제1황자 카르발 칼 폰트 미오나인이 싱글거리는 웃음을 머금고 서 있었다.

"신 페르마타 카르세온이 황자 저하를 뵙습니다."

황자를 보자마자 카르세온은 한쪽 무릎을 꿇으며 예를 취했다.

"오랜만이오. 그래 먼 길을 갔었다 들었는데 잘 되었소?"

"네, 전하의 염려 덕분에 무사히 마칠 수 있었습니다."

카르세온은 그 자세 그대로 대답했다.

"그것 다행이군요. 그럼 들어가서 이야기할까요?"

"누추한 곳입니다만 이리로 드시지요."

카르세온은 몸을 일으켜 자신의 방에 있는 소파로 황자를 안내했다. 카르세온의 인도로 방에 들어서는 황자의 모습은 익숙해 보였다. 마치 자신의 방에 들어가는 것처럼 행동에 거침이 없었다.

황자가 소파에 앉자 언제 준비했는지 시녀가 간단한 다과와 차를 두 소파 가운데에 있는 작은 테이블에 올려놓았다. 이런 일이 종종 있는 듯 그녀의 모습은 차분하기 이를 데 없었다. 비록 백작가의 시녀라 고위 귀족을 많이 본다 하나 눈앞에 있는 인물은 제국의 1황자다. 곧 황태자의 위에 오를 인물인 것이다. 그런 인물 앞에서 아무런 흔들림 없이 평소의 그 모습을 유지하다니… 이미 이런 상황에 익숙하다는 소리였다.

"말씀 나누십시오."

시녀가 허리를 숙여 인사를 한 후 문을 닫고 방을 나갔다.

"사일런트(Silent)."

황자의 입에서 나온 시동어와 함께 그의 오른손에 중지의 반지에 박힌 보석이 반짝였다. 사일런트 마법. 그것은 지정한 범위 내의 소리가 밖으로 새어나가지 않게 하는 마법이다.

"됐지?"

그 순간 황자의 말투가 변했다.

"후… 그래."

카르세온의 말투 역시 변했다. 그는 황자 앞에서 편안한 자세로 소파에 몸을 기댔다.

"쳇! 고지식한 녀석. 이미 알 사람은 다 아는데 굳이 이렇게 번거롭게 해야 하냐? 네 덕에 이렇게 사일런트 마법이 담긴 아티팩트까지 만들어야 하고 말이야."

"너는 가끔 네 신분을 망각하는데, 너는 곧 이 제국의 황태자가 될 신분이야. 그리고 후일 황제 폐하의 위에 오를 몸이고. 그런 너를 내가 이렇게 대한다는 것이 소문이 난다면 난 내 목숨을 보장할 수 없다고."

카르세온은 고개를 가로 저으며 카르발의 불평을 일축했다.

"그러니까 이미 알 만한 사람은 다 알지 않냐고."

"전혀. 우리 집에서도 아버님과 하인 몇몇이 짐작할 뿐이지 제대로 알고 있지는 않아. 방금 나간 안네만 하더라도 내가 너와 방에서 이렇게 이야기하고 있다는 걸 전혀 모른다고."

카르발의 말에 카르세온은 어이없다는 듯 말했다.

"알았다, 알았어. 내가 졌다. 내가 이곳까지 온 것은 그런 이야기나 하자는 게 아니야, 페르마타."

카르발은 소파에서 몸을 카르세온 쪽으로 바싹 내밀며 말했다.

"후우… 뭐 네가 왜 왔는지 정도는 알고 있다."

1황자인 카르발과 카르세온은 어릴 적 친구였다. 칸세르 공작가의 가신이면서도 소드 마스터라는 경지 때문에 페르마타의 아버지 카르세온 백작은 황궁을 자주 드나들었다. 황궁 근위 기사단을 지도하기 위해서였다. 그때 페르마타는 아버지를 따라 종종 황궁에 드나들었고 같은 또래의 카르발과 금세 친해졌다.

그때는 어렸기에 황자와 백작의 아들이라는 신분이 가진 거리 따위는 알지 못했었다. 그때의 우정이 이제는 성인이 된 이후까지도 이어져 오고 있었다.

물론 주위의 시선을 의식해서 둘만 있을 때 사일런트 마법을 사용한 이후에나 이와 같이 예전의 모습을 되찾지만 말이다.

카르세온이 포르시아를 연모하는 마음을 품고도 순순히 물러선 것은 그 약혼자가 단지 1황자여서가 아니었다. 바로 카르발이기 때문이다. 훗날 자신의 주인이 될 1황자가 자신의 둘도 없는 절친한 친구였기에 순순히 포기한 것이다.

"짐작한다면 어서 이야기해야지. 어떻게 됐어?"

카르발은 몸을 더욱더 앞으로 내밀며 카르세온을 다그쳤다. 그 모습에 카르세온의 입에 절로 미소가 떠올랐다.

이 모습이다, 자신의 친구이기에 미련없이 포르시아를 포기할 수 있게 해준 것은 카르발은 세상 누구보다도 포르시아를 아꼈다. 그가 얼마나 포르시아를 사랑하는지 알기에 그는 순순히 친구를 위해 포기한 것이다.

"심각해."

하나 대답을 하는 순간 그의 얼굴은 굳었다. 말 그대로 현 상황은 심각했다.

"그게 무슨 말이야?"

카르세온의 대답에 카르발의 얼굴도 굳어졌다. 그의 표정을 확인한 카르세온은 천천히 자신이 겪은 일들을 풀어나갔다. 물론 그 와중에 포르시아가 이니안에게 보낸 눈빛 같은 것은 굳이 말하지 않았다. 쓸데없는 말로 친구를 걱정시킬 필요는 없었다.

"으음… 페르마타, 그러니까 네 말은 지금 포르시아가 모든 기억을 완전히 잃었다는 말이지?"

카르발은 한 손으로 이마를 짚으며 신음과 함께 중얼거렸다.

"그래, 아무것도 기억하지 못했어. 겉모습만 똑같고 완전히 다른 사람이 된 것처럼 말이야."

카르세온은 어두운 목소리로 대답했다.

"그래서였군."

카르발은 가만히 중얼거렸다.

"무슨 일이 있었어?"

"내가 바로 이곳으로 왔을 것 같아?"

그의 물음에 카르세온은 고개를 저었다.

"하긴 네 녀석이 바로 나를 찾아왔을 리 없지. 분명 칸세르 공작가에 다녀왔겠지."

"그래. 가려고 했지. 가려고 준비를 하는데 칸세르 공작가에서 사람이 찾아왔어."

그 말을 하는 카르발의 얼굴은 상당히 맥이 빠져 보였다.

"사람이?"

"그래. 지금 포르시아의 몸 상태가 안 좋아서 당분간 만나보기 힘들 거라는 거야. 며칠 후에 영지로 내려가 요양을 할 계획이라고. 요양이 끝나고 다시 미오나인으로 돌아오면 그때 만나달라고 하더군. 지금 그녀에게 필요한 것은 절대 안정이라고 하면서."

푸념과도 같은 카르발의 투덜거림에 카르세온은 고개를 끄덕였다.

"역시 현명하군, 칸세르 공작님은."

"그게 무슨 뜻이지?"

카르발이 의아하다는 듯 물었다. 지금 그의 심정은 한시라도 빨리 포르시아를 만나고 싶은데 그것을 막은 것이 현명한 일이라니 심사가 좋을 리 없었다.

"조금 전에도 말했잖아. 포르시아님은 자신의 모든 기억을 잃었어. 자신이 누구인지조차도 모른다고. 그런데 너를 기억할까? 물론 기억 못하지. 자신이 그렇게 좋아하던 곳도 기억을 못했다고 했지? 그런 포르시아님을 만났을 때 네가 느끼는 기분은 어떨까? 그토록 사랑하는 사람을 만났는데 그 사람은 널 전혀 기억하지 못한다면. 이럴 때는 그녀가 기억을 찾기를 기다리는 것이 나을 거야. 칸세르 공작님이 그런 말씀을 전하셨다면 무슨 방도가 있는 것일 테니까."

냉정한 카르세온의 말을 카르발은 묵묵히 듣고 있었다. 분명 옳은 말이다. 하지만 그는 그것을 도무지 받아들일 수가 없었다.

"그런데 정말 칸세르 공작이 포르시아의 기억을 되찾을 수 있을까?"

"아마 그건 거의 확실해. 포르시아님이 기억을 잃은 것과 관련해 무언가 일이 있었던 것은 틀림없어. 내가 그분을 모시러 나갈 때 그런 뉘앙스의 말을 들었으니까. 방도가 있으니 여유로운 거겠지. 포르시아님을 만났을 때 칸세르 공작님은 평소의 모습 그대로였어. 딸이 기억을 잃었다는데 그런 평정을 유지할 수 있는 아버지는 별로 없어. 분명 방도가 있으니 그런 모습을 보이신 거지."

카르세온의 확신 어린 말에 카르발은 고개를 끄덕였다.

"네가 그렇게까지 말한다면 그런 거겠지. 어릴 때부터 너의 분석력과 그 판단력은 발군이었으니까."

"별말을."

카르발의 말에 카르세온은 빙그레 웃으며 찻잔을 입으로 가져갔다.

"그 이야기는 그만 하도록 하지. 어차피 시간이 해결해 줄 일이니까."

"그래."

카르발은 씁쓸하게 웃었다.

"그보다 말이야."

카르세온의 눈빛이 변했다. 조금 전과는 전혀 다른 매서운 눈빛.

"칸세르 공작의 일 말인가?"

"그래. 여전히 별다른 움직임이 보이지 않아?"

"지금까지는. 근위기사단에 일단 지켜보라고 명령은 해놨는데 아무런 보고가 없군."

카르발의 대답에 카르세온은 굳은 얼굴로 고개를 끄덕였다.

"무서운 녀석이야, 네놈은."

카르발은 그런 카르세온을 보며 말했다.

"내가? 왜?"

카르세온은 동의할 수 없다는 얼굴로 카르발을 바라보았다.

"가신이 주인을 의심하고 있잖아. 이러다가 신하가 황제를 의심하기까지 하는 거 아냐?"

카르발은 고개를 저으며 말했다.

"카르세온 백작가가 칸세르 공자가의 가신은 아니야. 다만 선대의 약속으로 인해 묶여 있을 뿐. 그리고 내가 칸세르 공작을 주시하라고 하는 것은 제국의 신하로서 황제 폐하를 보필하기 위한 것이고."

카르세온은 매서운 목소리로 말했다.

"알았다. 무슨 농담을 못 하게 하는구나."

카르발은 자신이 신하와 황제 운운한 것에 카르세온이 화가 나 있다는 것을 느꼈다. 하지만 카르세온의 입장에서는 그럴 수밖에 없었다. 농담이라도 기사의 최고의 덕목인 충성을 의심받았으니 기분이 상할 만했다.

"내가 개인적으로 알아본 바에 의하면 티게르 황자 저하와 칸세르 공작님이 종종 은밀히 만나."

카르세온의 말에 카르발은 고개를 갸웃거렸다.

자신과 칸세르 공작의 딸 포르시아는 약혼한 사이다. 즉 칸세르 공작은 가만히 있어도 1황자인 자신의 장인이 되는 것이다. 그런데도 굳이 2황자인 자신의 동생 티게르를 은밀히 만난다니 이해할 수 없는 일이었다.

"대체 티게르는 왜?"

"그건 모르지, 사람의 야망이란. 특히 너처럼 제국의 주인이 될 사람은 주위의 사람을 쉽사리 믿어서는 안 된다. 그 대상이 설혹 나라 할지라도 일단 의심부터 해라. 나 역시 그런 이유로 칸세르 공작님에게 주의를 기울이라고 하는 거다. 현재까지는 칸세르 공작님은 제국 최고의 권력자일 뿐 아니라 제국의 충성스러운 신하야. 하지만 앞으로 어떻게 변할지 알 수 없어. 대비할 수 있을 때 대비하고 수상한 점은 의심을 해야지. 내가 그분을 수상하게 여기는 것은 티게르 황자 저하와 자주, 그것도 은밀히 만난다는 것 때문이니까."

카르발은 카르세온의 말을 묵묵히 들었다. 그의 두 눈에는 카르세온을 향해 보내는 신뢰가 담겨 있었다.

'역시 너는 나의 진정한 친구다. 너의 충고 가슴 깊이 새기마. 하지만 너도 의심해야 한다는 말은 잊으마. 너의 검이 나의 심장을 찌르더라도 나는 너를 믿을 거다.'

하지만 카르발은 굳이 그런 말을 입 밖으로 꺼내지 않았다. 말하지 않아도 알 거라 생각한 것이다.

"알았다. 염두에 두마."

"염두에 두는 것으로는 안 돼. 반드시 명심해라."

카르세온은 단호한 얼굴로 말했다.

"훗. 알았다. 그럼 난 이만 가마."

얼굴에 웃음 지으며 자리에서 일어난 카르발은 몸을 돌렸다. 카크세온 역시 몸을 일으키며 같이 문가로 갔다.

"해제."

카르발은 사일런트 마법을 해제하는 시동어를 중얼거린 후 방의 문을 열었다. 문 앞에는 두 명의 시녀가 공손히 시립해 있었다. 언제 있을지 모르는 부름을 위해 대기하고 있는 것이다.

"그럼 난 이만 가도록 하겠네."

"네, 황자 저하. 제가 저택의 정문까지 모시겠습니다."

카르발의 말에 카르세온은 공손히 대답하며 그의 뒤를 따랐다. 두 사람은 아무 말 없이 저택의 복도를 걸었다. 시녀 두 명이 그 뒤를 조용히 따랐다. 긴 복도를 지나 저택의 현관을 나설 때까지 두 사람은 어떠한 말도 하지 않았다.

현관을 나서자 그곳에는 이미 카르발이 타고 갈 마차가 대기하고 있었다.

"오늘 즐거웠네. 언제 시간이 되면 궁에 한 번 들르게."

"감사합니다, 황자 저하. 그럼 조심히 안녕히 가십시오."

카르세온의 인사에 고개를 한 번 끄덕인 카르발은 마차에 몸을 실었다. 마부의 채찍질과 함께 말은 서서히 움직이기 시작했다. 마차에 속도가 붙어 저택을 빠르게 벗어났다. 말이 달리며 일으키는 뿌연 먼지가 사라질 때까지 카르세온은 저택의 현관 앞에 서서 그 모습을 묵묵히 지켜보았다.

'친구여, 부디 내가 걱정하는 것이 쓸데없는 것이기를 빌겠어. 앞으로 이 제국의 주인이 될 너의 앞길에 기쁨만이 가득하기를.'

사라지는 마차를 보며 조용히 바라보던 카르세온은 몸을 돌렸다.

*　　　　*　　　　*

아무것도 없는 거대한 동굴.

영구적인 라이트 마법이 담겨 천장에 드문드문 박힌 마나석들이 어스레히 안을 밝히고 있었다. 그 은은한 빛 아래에 갖가지 빛을 발하는 보석이 바닥에 밝혀 있었다. 드래곤의 눈물은 천장의 빛을 받아 때로는 요요롭게 따로는 화사하게 때로는 신비하게 빛나고 있었다.

그 옆.

이니안이 가부좌를 틀고 앉아 두 눈을 감고 있었다. 이 동굴에 들어온 지 이틀째. 첫날은 피로를 푼답시고 바닥에 모포를 깔고 푹 쉬었지만 이틀째가 된 오늘부터 본격적으로 수련을 시작한 것이다.

'마령천참공에는 아직 내가 모르는 것들이 숨어 있다.'

이니안은 카르세온과 싸우면서 그것을 확실히 느꼈다. 마령천참검의 중반 3초식까지는 모르지만 후반 3초식은 확실히 위력이 약했다. 아니, 인간이 뿌리는 검이라 믿을 수 없는 위력이기는 했다. 하지만 이니안이 알고 있는 그런 위력이 아니었다. 자신의 성취가 낮은 것을 감안하더라도 위력이 상당히 떨어졌다.

만약 그가 아는 마령천참멸의 위력이 제대로 펼쳐졌다면 카르세온과의 결투에서 그에게 패하는 일도 없었을 것이다.

이니안은 자신이 이미 마령천참공의 내용을 모두 알고 있다는 생각에 그 내용을 토대로 수련에만 매진했었다. 하지만 그것이 아니라는 것을 알았다. 수가 삼천에 달하는 어새신들을 뚫으면서 느꼈던 의혹을 카르세온과 대결하며 확신으로 바꿨다.

그리고 지금 다시 자신이 모두 외웠다 생각한 마령천참공을 다시금 연구하고 있었다. 그저 드러난 것만이 전부가 아니라는 생각이 들었다. 그 구절구절 속에 숨어 있는 다른 것이 있다는 느낌이 강하게 들었다.

그래서 이니안은 지금 이미 모두 외우고 있는 마령천참공의 구절을 벌써 다섯 번째 처음부터 끝까지 되뇌고 있었다.

'분명 모두 이해하고 있다고 생각했었는데 미진한 부분이 많았구나.'

한 번씩 마령천참공을 되뇔 때마다 이니안은 새로운 것들을 깨달아 갔다. 그저 같은 구절의 반복일 뿐이었지만 이니안은 그것을 반복하면서 좀 더 깊고 넓은 무공의 세계를 알아가고 있는 것이다.

이니안은 가부좌를 틀고 꼼짝도 하지 않은 채 그렇게 사흘을 보냈다. 가만히 앉은 그의 몸에 뽀얀 먼지가 쌓인 것이 보통 사람의 눈으로도 식별이 가능할 때쯤 가벼이 감겨 있던 이니안의 두 눈이 뜨였다.

눈을 뜬 이니안은 천천히 몸을 일으켜 적당히 다리를 벌리고 섰다. 그리고 양손을 앞으로 내밀어 자세를 취했다. 손에 검이 들려 있지 않다 뿐이지 그의 자세는 마령천참검의 준비 자세였다.

원래 가지고 있던 검은 카르세온과의 대결에서 부러져 버렸다. 그리고 이곳으로 오는 동안 새로 준비하지 않은 것이다.

하지만 이니안은 마치 검을 쥐고 있는 듯했다. 아무것도 없이 그저 검을 잡고 있는 흉내만 내는 손에 실제 검이 쥐어진 듯했다. 이니안의 손 위로 타고 오르는 기운은 짙은 예기(銳氣)를 사방으로 흩뿌렸다.

이니안의 두 다리가 천천히 움직였다. 그에 따라 어깨도 들썩이기 시작했고 그 들썩임은 팔로 이어져 마지막으로는 손의 흔들림으로 확대되었다. 그렇게 아주 작게 시작한 이니안의 동작은 샘에 떨어진 작은 물방울이 큰 파문을 만들며 퍼져 나가듯 점점 커져 갔다.

그럼에도 흐트러짐이 없었고 부드러웠으며 날카로웠다. 검을 뿌리는 동작이 진행됨에 따라 검초의 깊이가 깊어짐에 따라 이니안의 눈은 서서히 감겼다. 그리고는 춤을 추듯 온몸을 너울거렸다.

가히 무아의 경지라 할 수 있는 모습이 지금이 이니안을 통해 펼쳐졌다.

주변을 잊고, 검초를 잊고, 검을 잊고 급기야는 자신마저 잊는 무아의 경지.

이것은 그만큼 이니안이 깊게 자신의 검에 집중하고 있다는 반증이었다. 검에만 집중하고 그것에만 파고들었기에 역설적으로 검은 물론 자신마저도 잊어버린 것이다.

이것은 기연이었다. 검을 수련하는 자라면 이러한 경지에 한 번 접어들고 나면 그 성취가 몇 단계는 상승한다. 의도한다고 경험할 수 있는 경지가 아닌 것이다.

이니안의 움직임은 어느새 마령천참검의 중반 3초를 지나 후반 3초를 향해 치닫고 있었다. 마령현신이 펼쳐졌고, 곧이어 마령노후가 주변을 울렸다. 마지막으로 마령천참멸을 펼친 후 이니안의 격렬한 움직임은 거짓말처럼 멈췄다.

가만히 서서 두 눈을 감고 있는 이니안. 그 모습은 처음 가부좌를 풀고 일어섰을 때와 같았다. 얼굴에는 땀 한 방울 흐르지 않았으며 숨도 고요했다. 이니안은 마치 처음부터 그렇게 있었다는 듯 그에게는 어떠한 변화도 없었다. 처음과 달라진 것이라면 뜨고 있던 눈을 감고 있다는 것뿐이었다.

다시 한 번 이니안의 눈꺼풀이 천천히 위로 올라갔다.

"후우… 이런 것이었나?"

이니안은 한숨과 함께 나직이 중얼거렸다. 이니안은 새로운 세계를 본 듯했다.

"내가 어리석었어."

이니안은 가만히 고개를 저었다. 이니안은 사흘간의 고민으로 무언가를 느꼈고 그것을 검으로 펼쳐 보았다. 그뿐이었다.

"대체 내가 소드 마스터라며 기고만장해했던 것은 뭐였지? 단지 오러 블레이드를 만들 수 있을 뿐인 것을……."

이니안은 자신의 예전을 떠올리며 부끄러운 듯 중얼거렸다.

이니안은 지금까지 한 가지 검법에 이토록 몰두했던 적이 없었다. 이유야 간단했다. 한 번만 보면 모든 것이 이해가 되었다. 머리로 이해를 했으면 남은 것은 몸으로 익히는 것이다. 그래서 미친 듯이 검을 휘둘렀다. 그러고 있으면 즐겁고도 기뻤다. 자신이 이해한 대로 검이 움직이는 것을 느끼노라면 무한한 성취감이 가슴에서 솟아올랐다.

그러다 보니 어느 순간 검에 오러가 맺혔다. 소드 마스터가 된 것이다. 이니안은 그것이 전부인 줄 알았다. 그 오러가 자신의 검의 경지를 말해준다 생각했던 것이다.

그 다음에 찾아온 것은 자만이었다. 이니안 자신은 자각하지 못했지만 그것은 자만이었다. 아니, 어쩌면 그 자만은 검을 익히는 그 순간 이미 자리했었는지도 모른다.

검법이란 난해하고 어려운 것이다. 검을 움직이는 간단한 방법들을 모아서 복합적이고도 다양한 검의 움직임을 만들어내는 것이 검법이다. 간단한 것이 모여 복잡한 것이 되기에 절대 쉽게 익힐 수 있는 것이 아니다. 하지만 이니안은 모든 사람들이 어려워하는 그것을 한 번만 보면 모두 알 수 있었다. 머리로는 알되 몸이 따라가지 않기에 그후에는 몸을 수련한 것이다.

그래서 이니안은 검법의 깊이를 알지 못했다.

이니안과 이슈데인의 결정적인 차이가 거기에 있었다. 이니안 자신은 몰랐지만 말이다.

그런 이니안이 처음으로 검법의 깊이를 맛보았다. 무공서에 나타난 검의 위력과 자신이 펼친 검의 위력이 달랐기에 있을 수 있는 일이었다.

"검을 쓴다는 것에 있어서 중요한 것은 단지 강한 위력이 아니야. 얼마나 검의 움직임을 깊이 이해하고 그에 맞는 검로를 찾느냐지. 그것이 진정한 검의 끝을 향하는 길이다. 오러 블레이드니 마나니 하는 것은 그저 부차적인 문제일 뿐이야. 나는 지금까지 단지 넘치는 마나를 가지고 헛된 칼질을 하고 있었던 걸지도."

이니안은 양팔을 늘어뜨리고 가만히 중얼거렸다. 이니안은 오늘 새로운 검의 세계를 접했다. 아주 조금 그 끝자락을 접했을 뿐이다. 하지만 그 접점은 이니안에게 검의 세계의 무한한 가능성을 보여주었다.

지금 이니안은 환희에 몸을 떨고 있었다. 그럴 수밖에 없는 것이 지금껏 알지 못하던 신세계에 발을 들여놓은 것이다. 어려서부터 이니안은 검에 미친 아이였다. 가문의 영향이 있기는 했지만 그는 정말 미치도록 검을 좋아했다.

"지금 나에게 필요한 것을 알았다. 나는 마령천참검의 심오함을 좀 더 깨달아야 해. 지금까지처럼 대강대강 검법의 형만 흉내 내는 것이 아닌, 진정한 검법의 힘을 끌어내야 하는 거야."

그렇게 중얼거린 이니안은 다시 두 눈을 감고 가부좌를 틀고 앉았다. 다시금 명상에 든 것이다. 검법의 구결을 수없이 되뇌며 새로운 경지의 한 자락을 보았다. 그렇다면 다른 자락을 보기 위해 다시 명상을 하면 된다.

이니안은 이제야 진정한 검의 길에 발을 들여놓았다.

명상에 든 이니안을 품은 거대한 동굴의 시간은 이니안이 무얼하든 상관없이 한가로이 그러나 빠르게 흘러갔다.

*　　　　*　　　　*

평범하다. 시장 거리를 걷다 보면 하루에도 몇 번은 부딪칠 수 있는 평범한 얼굴의 중년인이 차를 음미하고 있었다. 그 앞에는 화려한 외모의 청년이 가만히 앉아 있었다. 그의 눈은 가만히 찻잔을 바라보고 있었는데 그 눈빛이 깊고도 맑았다.

또렷이 빛나는 흑안은 그의 화려한 외모를 신비롭게 변모시켜 주었다.

"그 아이들이 떠난 지 이제 한 달 정도 되었느냐?"

"네, 아버님."

중년인의 물음에 청년은 빙그레 웃으며 대답했다. 마치 머릿속에 떠올리기만 해도 기분 좋은 웃음이 맺혀지는 사람들인 듯.

이슈데인은 은은한 미소를 지었다. 자신의 큰 여동생인 로레인이 과연 신랑감을 구할 수 있을 것인가를 기대하는 웃음이다.

"허허, 과연 그 말괄량이가 제 짝을 찾을 수 있을까?"

이슈데인의 아버지. 즉 대륙 최고의 검사인 라이네온 케이 사이몬 공작은 즐거이 기대의 표정을 지었다.

"말괄량이라고 하기에는 로레인의 나이가 좀 많죠."

"허허, 부모에게 자식은 언제나 어린아이인 법이다. 내 눈에는 너도 여전히 어린아이일 뿐이야."

믿음직한 큰 아들의 말에 사이몬 공작은 인자한 웃음을 띠며 말했다.

“뭐, 저는 아직은 모르겠습니다. 제 아들은 어린아이가 맞으니까요.”

아들이 씨익 웃으며 하는 대답에 사이몬 공작은 웃음을 터뜨렸다.

“푸하하하. 너도 슈마인이 지금 네 나이가 될 때쯤이면 알 수 있을 게다.”

“아버님께서 그렇다시면 그렇겠지요.”

이슈데인은 담담하게 웃으며 찻잔을 입으로 가져갔다.

“그런데 로레인이 이니안은 찾을 수 있겠느냐?”

“모르겠습니다. 메이린이 함께 움직이니 혹시 모르지요. 메이린은 현명한 아이니까요.”

이슈데인의 대답에 사이몬 공작은 고개를 끄덕였다.

“쯧쯧. 이니안, 그 녀석은 너무 뛰어난 것이 오히려 화근이었어.”

그렇게 말하는 사이몬 공작의 얼굴에는 걱정이 가득했다. 자신이 아는 한 사이몬 공작이 최고의 검의 천재. 그것은 이니안이었다.

“그렇지요. 그 녀석이 저만큼이라도 재능이 떨어졌으면 그렇게 되는 않았을 텐데.”

“허허, 그 말을 이니안이 들었으면 무척이나 화를 냈을 게다. 그 녀석은 아직 너에게 단 일 검도 먹이지 못했지 않느냐?”

현재 자신의 뒤를 이어 어느새 그랜드 마스터의 경지에 다다른 큰아들이 자랑스러운 듯 사이몬 공작의 얼굴은 금세 걱정이 사라지고 자부심이 그 자리를 대신했다.

“이니안 그 녀석이면 순식간에 이를 경지입니다. 다만 아직 눈을 뜨지 못했을 뿐이지요. 겉만 보고 그것을 취하려 하니 껍데기 안에 있는 그 무한함을 맛보지 못하는 겁니다.”

사이몬 공작은 아들의 말에 고개를 끄덕였다.

"그래, 네 말이 맞다. 이니안은 너무 뛰어났지. 가문의 검법은 모두 한 번만 보면 그 형을 완벽히 이해했으니까."

"오히려 그게 독이었습니다. 형은 어디까지나 형일 뿐인데 그 녀석은 형이 마치 검법의 모든 것인 양 받아들였어요. 그래서 더 높은 곳이 있다는 사실조차 모르고 단지 그곳에만 머물러 있었지요."

"그렇지. 오히려 너는 그렇지 못했기에 검법을 더욱 파고들었고 덕분에 검법의 진정한 오의에 한 걸음씩 다가갔는데 말이다."

아버지의 말에 이슈데인의 얼굴에 쓴웃음이 떠올랐다.

"그럼에도 불구하고 그 녀석은 불과 열다섯에 오러 블레이드를 만들었습니다. 천재지요. 단지 형만을 반복해 익혔는데 오러 블레이드를 일으키는 소드 마스터라니."

"진정 검을 위해 하늘이 내린 천재라는 것이겠지."

사이몬 공작은 아쉬운 듯 중얼거렸다.

이제 그 천재는 없었다. 스스로 마나 스피어를 파괴해 다시는 가문의 검법을 익힐 수 없는 몸이 되었다. 이니안 정도의 천재라면 대륙의 일반적인 검을 익혀 어느 정도의 경지에 들 수는 있을 것이다. 하지만 거기까지다.

소드 익스퍼트의 수준을 넘으려면 마나 스피어가 온전해야 했다.

대륙인들은 마나 스피어를 사용할 줄 모르지만 마나 스피어는 스스로 살아 있는 생물처럼 몸 안의 마나를 움직였다. 다만 그 움직임이 비효율적인 길을 따라 돌기에 그들의 검이 체계적인 사이몬 가의 검에 비해 턱없이 약한 것이다.

대륙인들이 부르는 피어스 브레이크. 그것이 마나 스피어가 만들어내는 마나의 움직임의 결정체였다. 단지 마나 스피어가 본능적으로 몸에 마나를 움직이는 것이기에 보통 사람은 그 하나의 경로로 마나를 움직이게 된다. 포장되지 않은 산길과도 같은 울퉁불퉁한 통로로.

하지만 그것도 어디까지나 마나 스피어가 온전할 때 이야기였다. 이니안은 그나마 울퉁불퉁한 길로 마나를 움직일 수 있는 마나 스피어를 완전히 파괴했다. 검을 익히는 자로서는 스스로 목숨을 끊은 것이나 다름없었다.

"뭐, 그것도 그 녀석이 택한 길이니까요. 이니안은 너무 뛰어났습니다. 그래서 약했지요."

"후우… 안타깝구나, 녀석이 그리도 약할 줄은 짐작도 하지 못했으니. 다 나의 불찰이다. 몸만 무사히 돌아왔으면……."

사이몬 공작은 빈 찻잔을 만지작거리며 걱정에 찬 소리를 중얼거렸다. 열 손가락 깨물어 안 아픈 손가락 없다지만 특히나 막내인 이니안은 눈에 넣어도 아프지 않을 귀여운 자식이다. 그런 아이가 일신의 힘을 잃고 대륙을 떠돌고 있다니 걱정이 안 될 수가 없었다.

사이몬 공작이 평생 후회하는 단 한 가지는 그날 이니안의 결심을 눈치채지 못한 것이다.

*　　　　*　　　　*

동굴에 들어온 지 어느새 한 달이라는 시간이 흘렀다.

그사이 이니안은 마령천참검법에 대단한 성취를 올렸다. 그는 타고난 천재였다. 다만 그 재능에 만족해 더 깊은 세계가 있다는 사실을 몰랐었다.

하지만 일단 한 번 그 세계에 발을 들이자 솜이 물을 빨아들이듯 빠르게 성장해 갔다.

"대단하군. 이치를 담은 검법이란 것의 깊이가 이렇게 깊은 줄은 몰랐어. 익히고 익힐수록 그 깊이는 끝없이 더해가니. 예전에 내가 가문에서 익힌 검법들도 모두 이랬던 걸까? 그리고 형은 이런 사실을 알았던 건가? 그래서 나와 그런 차이가 났던 건가?"

이니안은 수련을 하면서 자신과 이슈데인의 결정적인 차이를 하나씩 깨우치고 있었다. 그것은 비단 이슈데인과의 차이뿐 아니었다. 사이몬 공작가에서 검을 쥔 이 중에서는 이니안이 검법의 깊이가 가장 얕았다. 그 얕은 깊이로도 가문에서 상대할 수 없는 자는 이슈데인과 사이몬 공작 단 둘이었다. 더 깊은 검법의 경지를 맛본 이도 이니안을 제대로 상대하지 못했기에 이니안은 더 깊은 경지를 탐하지 않았던 것이다. 아니, 몰랐던 것이다. 그리고 그런 깊이는 누군가가 말을 해준다고 해서 받아들일 수 있는 것이 아니다. 스스로 느껴야 했다. 지금이 이니안이 바로 그것을 느낀 때인 것이다.

"이 동굴에 들어오기 전에 비해 검법의 위력이 배는 증가했어. 아니, 검법의 진정한 위력에 한 걸음 더 다가간 것이겠지."

이니안은 만족한 미소를 배어 물었다. 침식을 잊은 지난 한 달간 이니안은 스스로도 놀랄 정도의 성취를 이루었다. 아직 자신의 경지는 소드 익스터트 최상급 정도였다.

하지만 그것은 어디까지나 오러 블레이드를 만들지 못하기 때문일 뿐이었다. 실력은 그것보다 훨씬 뛰어났다. 단지 이니안의 마나가 이니안의 경지를 받쳐 주지 못할 뿐인 것이다.

"카르세온, 이제는 완전히 꺾어주마."

카르세온과의 대결을 떠올린 이니안의 입에 희미한 미소가 걸렸다. 정말이지 고마운 대결이었다. 그 대결 결과 이니안의 검은 완전히 바뀌었다.

단지 형만을 익히고 펼친 검에서 이제는 검법에 담긴 오의를 파고들고 있는 것이다.

"그렇다고 해서 마나의 수련을 소홀히 할 수도 없지."

지난 한 달간 검법에만 푸욱 빠져 있었다. 특별히 마나를 운용해 펼친 적이 없었기에 마나 수련도 뒷전이었다. 벗길 때마다 새로운 모습을 보여주는 검법의 매력에 완전히 빠져 허우적거린 한 달이었다.

하지만 검법을 펼칠 수 있는 기본 힘이 되는 마나도 소홀히 할 수 없었다. 이니안이 자신의 뜻을 이루기 위해서는 거쳐야 할 싸움이 많았다. 소수만을 상대하는 싸움이라면 몰라도 다수를 상대하려면 마나의 양이 중요했다. 자신의 검을 끝까지 움직이게 해줄 에너지, 그것이 마나다.

이니안은 가부좌를 틀고 앉았다. 그리고 천천히 마령천참공을 운용했다. 마나 스피어에서 시작한 따뜻한 기운이 천천히 이니안이 지정해 준 길을 따라 돌았다. 아무런 무리 없이 부드럽게 마나는 이니안의 몸을 따뜻하게 덥히며 천천히 움직였다. 하지만 한참을 움직이던 마나가 멈췄다. 막다른 길이었다.

이니안은 지난 날 막힌 혈을 뚫던 작업을 계속했다. 마나가 멈춘 곳이 혈이 막힌 곳이었다.

'이번에는 소주천을 완성할 때까지 멈추지 않는다.'

예전에는 한정된 시간에 여관에서 혈을 뚫었기에 일정 수준까지 진행하고 멈췄어야 했다. 하지만 지금은 그럴 필요가 없었다. 이니안을 방해할 어떠한 요소도 없었다.

이니안은 마령천참공에 몰입했다. 마령천참공의 구결에 따라 마이너스 마나를 끌어 모아 서두르지 않고 신중히 천천히 움직였다. 혈을 꽉 막고 있는 장벽을 부드럽게 감싸며 아울렀다. 그리고 천천히 천천히 그 장벽을 조금씩 허물었다. 한 번에 뚫겠다고 무리하지 않았다.

반대로 아주 느릿느릿 천천히 진행했다. 혈을 막고 있는 장벽들은 시나브로 하나둘씩 무너져 갔다.

얼마나 운공에 몰입했을까? 어느새 막힌 혈들은 하나둘 뚫려 소주천 최대의 고비라는 백회혈(百會穴:정수리의 숫구멍 자리에 위치한 혈)에 이르러 있었다. 이니안은 이미 무아지경에 빠져들어 그 사실을 느끼지 못하고 있었다.

시나브로 혈의 장벽을 무너뜨리던 마나는 어느새 기세를 타고 있었다. 처음에는 부드럽게 감싸 안아 조금씩 갉아내 장벽을 뚫어나갔지만 지금은 단번에 하나의 혈을 뚫고 있었다. 그렇다고 강력한 힘으로 단번에 부수는 것은 아니었다. 단지 부드럽게 감싼 후 갉아서 허물어뜨리는 작업의 속도가 무척이나 빨라진 것이다.

그래서 마나가 닿는 순간 장벽은 녹아버리듯 사라지고 있었다.

그런 기세를 탄 마나가 이제는 백회의 장벽에 부딪쳤다.

쿵!

이니안의 머리가 울렸다. 무척이나 부드럽게 감싸 안았지만 그런 마나에도 백회혈이 반응했다. 무척이나 민감한 령이었다. 이 혈을 뚫다가 자칫 잘못하면 백치가 되는 수도 있었다.

하지만 이니안은 현재 그런 사실을 인지하지 못하고 있었다. 이니안은 어느새 자기 자신을 관조하며 무아의 경지에서 마나를 운용하고 있었다. 마령천참공 속에 녹아들어 있는 것이다.

백회를 뚫기 위해 마나가 다시 몇 차례 장벽에 부딪쳤다. 부드럽게 감싸 안으려 시도하다 백회혈의 거센 저항에 번번이 튕겨 나오던 마나가 백회혈의 장벽에 들어붙는 시간이 조금씩 길어졌다. 그러더니 어느새 튀어나오지 않았다.

백회혈의 장벽이 조금씩 사라져 갔다. 따뜻한 봄볕에 녹아내리는 눈처럼 백회혈의 장벽은 천천히 사라졌다.

이윽고 백회혈이 뚫렸다.

너무나 자연스러웠다. 소주천에서 가장 뚫기 힘든 혈이 뚫렸지만 그뿐이었다. 어떠한 커다란 충격이나 변화는 없었다. 그저 물길에 자연스레 물이 흘러들 듯이 마나가 흐르기 시작했을 뿐이다. 그 뒤로는 손쉬웠다. 소주천을 이루기 위한 최후의 관문이나 다름없는 백회를 뚫고 나자 마나는 아주 자연스럽게 나머지 혈들을 뚫었다.

아니, 애초에 장벽이 있었냐는 듯 너무나 부드럽게 마나가 혈을 타고 흘렀다. 혈을 막고 있던 장벽들은 마나에 닿자마자 스러졌다.

결국 이니안은 소주천을 완성했다. 이니안의 마나는 대운하를 흐르는 물줄기처럼 거침없이 이니안의 혈을 휘감고 돌았다. 우렁차면서도 시원한 느낌이 이니안의 전신을 감싸 안았다. 그 느낌에 이니안은 내면의 관조를 끝내고 자기 자신을 찾았다.

운공을 끝낸 이니안이 천천히 눈을 떴다. 이니안의 눈에서 쏟아지는 정광이 어스름한 동굴을 비쳤다. 한순간이나마 이니안의 눈빛이 닿은 곳은 밝은 빛이 쏟아졌다. 하나 그 빛은 이내 사라졌다. 소주천을 막 이룩했을 때 단 한 번 뻗어 나온 안광이었다.

"으음……."

이니안은 나직이 신음을 흘렸다.

몸의 상태가 달랐다. 예전과 비할 바가 아니었다. 소주천을 이루자 몸에 도는 활력이 달랐다. 무엇이든 뜻대로 할 수 있을 것 같았다.

이니안은 천천히 몸을 일으켰다. 그리고 몸을 이리저리 움직였다. 잠시 자신의 양 손바닥을 바라보는 이니안. 그의 입에는 흡족한 미소가 어렸다. 소주천을 이루어냈다는 스스로에 대한 대견함의 미소다.

"후우. 다시 소드 마스터인가?"

이니안은 알 수 있었다. 이제 자신은 언제든지 마음만 먹으면 오러 블레이드를 만들어낼 수 있다는 것을. 예전에 스스로 버린 힘을 이제 되찾은 것이다.

하나 그뿐이다. 별다른 감흥이 없었다.

소드 마스터라는 경지에 감격에 떨기에는 이미 이니안의 검의 경지가 너무 깊었다. 게다가 이미 과거에 한 번 이르렀던 경지. 이니안은 그저 무덤덤했다.

"훗. 이런 힘이 무어라고."

주먹을 쥐락펴락하면서 이니안은 허무한 듯 중얼거렸다. 누구나 바라는 소드 마스터의 힘. 이니안은 그것을 아무것도 아닌 듯 중얼거렸다. 지금 이니안이 느끼는 흡족함은 소주천을 완성했다는 것에 대한 것이지 소드 마스터의 경지를 되찾았다는 것에 대한 것이 아니었다.

"그러고 보니 배가 고프군."

며칠이나 운공에 빠져 있었는지 모른다. 다만 어서 음식물을 넣어달라고 비명을 지르는 위장의 느낌으로 보아 상당한 시일이 흐른 듯했다. 자신의 내면의 관조에 들어간 동안은 시간의 흐름을 잊고 있었다. 이니안은 허기를 달래기 위해 식량 창고가 있는 곳으로 몸을 돌렸다.

식량 창고에서 손에 잡히는 대로 닭고기를 집어 든 이니안은 그것을 입으로 가져갔다. 이 창고에는 날고기도 많았지만 이미 요리가 되어 보존 마법이 걸린 요리도 상당했다. 지금 이니안이 집어 든 닭고기도 그것들 중 하나였다.

금세 닭 한 마리를 먹어치운 이니안은 음료수대에서 물을 한 병 집어 들어 마시면서 식량 창고를 벗어났다. 이제 소주천도 이루었으니 자신의 성취를 시험해야 할 때였다. 단지 허기를 달래기 위해 그때를 조금 늦춘 것뿐이다.

동굴로 들어서는 이니안의 걸음은 기대에 차 있었다.

이 넓은 동굴에서 이니안이 주로 머무는 곳은 드래곤의 눈물이 박힌 동굴 중앙 근처였다. 자연 다시 동굴에 들어선 이니안은 그곳으로 향했다.

하나 이니안은 곧 걸음을 멈추었다.

이니안의 눈에 무언가가 들어온 것이다.

"응?"

물을 마시기 위해 입에 대고 있던 물통을 천천히 아래로 내렸다. 그리고 자유로운 나머지 한 손으로 눈을 비볐다.

하나 그대로였다.

절대 이곳에 있을 수 없는 존재의 모습이 이니안의 눈에 들어왔다.

그것은 마치 계속 그 자리에 있었다는 듯 오연히 이니안을 내려다보고 있었다.

소주천을 이루었을 때는 이니안이 그것을 등진 상태였다. 그 자리에서 식량 창고로 가는 길 역시 그것에 시야가 미치지 않는 곳이었다. 하지만 식량 창고에서 나오는 길은 그것과 정면으로 마주쳤다.

이니안은 잠시 눈을 감았다 떴다. 도저히 있을 수 없는 것이기에 잠시 자신이 헛것을 본다고 생각한 것이다.

하지만 그대로였다.

툭.

이니안은 오른손에 들고 있던 물병을 떨어뜨렸다. 힘없이 떨어진 물병의 입구에서 새어 나온 물이 동굴 바닥을 천천히 적시고 있다.

"어… 어떻게……."

이니안은 눈앞의 존재를 보며 믿을 수 없다는 듯 중얼거렸다. 이제야 이니안은 눈앞의 존재를 조금씩 인정하기 시작했다.

그때 오연히 자신을 내려다보는 존재와 두 눈이 마주쳤다.

그 순간 그 존재의 커다란 눈이 희번득 빛났다.

Chapter 4

나의 힘을 가지지 않겠는가

나의 힘을 가지지 않겠는가

거대한 눈동자가 데구룩 구른다. 노른자위 한가운데 세로로 갈라진 검은 동공. 그 동공은 정확히 이니안을 향하고 있었다. 이니안이 멍한 얼굴로 그를 바라보고 있자 그도 이니안을 바라보았다.

그의 눈동자에는 의혹이 어렸다. 그와 동시에 호기심도 떠올랐다.

이니안은 마른침을 꿀꺽 삼켰다. 자신은 믿지 않았었다. 하지만 존재한다는 증거가 이곳에 있었다. 하나 그것은 죽음의 증거. 절대 이곳에 있을 수 없는 존재가 이곳에 있었다.

거대한 동굴의 절반을 가득 채우고 있는 거대한 몸집. 천장의 마법 등에서 어스레 비치는 빛을 완전히 가리는 칠흑의 동체. 차곡차곡 접혀 있는 거대한 날개. 사람 크기의 거대한 이빨.

어딜 보나 완벽했다.

완벽한 드래곤이다. 그것도 흉포하기로 따지면 붉은빛의 레드 드래곤과 일이위를 다툰다는 검은 피부의 블랙 드래곤.

소문은 진실이었다. 소주천을 완성한 이니안이 꼼짝도 할 수 없었다. 그 위용에 압도당한 것이다. 이곳으로 들어오는 문을 지키는 케이로스의 힘은 눈앞의 존재에 비하면 새 발의 피도 되지 못했다.

이니안은 멍하니 전설과 신화에만 나오는 드래곤을 바라보았다.

그때 드래곤의 머리가 움직였다. 이해할 수 없는 것을 보고 고민하는 듯 머리를 좌우로 갸웃거렸다.

[그대는 내가 보이는가?]

그때 이니안의 머리를 파고드는 드래곤의 목소리. 이니안은 살짝 몸을 떨었다. 그 목소리에 담긴 무중유의 압력에 몸이 반응한 것이다.

[보이는가 보군.]

이니안의 반응을 드래곤은 단번에 알아보았다.

[흐음… 케이로스의 허락을 얻어 이곳에 들어온 존재도 오랜만이지만 나를 보게 될 줄이야……. 내 생을 끝낸 후의 유희도 드디어 빛을 발하는 것인가?]

이니안이 알 수 없는 말을 드래곤은 혼잣말하듯 이니안의 뇌리에 흘려 넣었다. 이니안은 여전히 굳어 있었다.

[으음… 분명 나를 보고 있고 나의 말을 듣는 것 같은데… 이보게 상대의 말을 무시하는 것은 예의가 아니라네.]

눈앞의 블랙 드래곤은 섭섭한 기운을 담아 이니안에게 말했다.

현재 이니안의 정신 상태는 공황이었다. 대체 무엇 때문에 자신에게 이런 일이 벌어졌는지 알 수 없었다. 이곳에서 제법 긴 시간을 보냈지만 그동안 드래곤의 낌새는 없었다. 그런데 소주천을 완성하고 식량 창고에 들어갔다 나오니 떡하니 자리하고 있는 드래곤이라니.

게다가 그 드래곤이 자신에게 호기심 가득한 눈빛을 보내며 친근하게 말까지 걸고 있었다.

"다, 당신은 누구십니까?"

이니안은 떨리는 목소리를 간신히 조절하며 입을 열었다. 드래곤이 뿜어내는 존재감이라는 것이 이토록 무시무시한 것인지 이니안은 상상도 하지 못했다. 그저 신화나 전설 고유의 과장이라 생각했건만 오히려 신화와 전설이 진실에 미치지 못했다.

[나 말인가? 나는 이 레어의 주인이라네.]

이니안의 대답이 기뻤는지 드래곤은 살짝 웃음을 띠우며 대답했다.

"어떻게……."

드래곤의 대답에 이니안은 믿을 수 없다는 중얼거렸다.

[지금 상황을 믿을 수 없기는 나도 마찬가지라네, 인간이여.]

드래곤 역시 이니안과 같은 심정인지 이니안을 보며 말했다. 이니안과 드래곤은 서로를 마주 보았다.

지금 둘은 서로에 대해 좀 더 알아둘 필요를 느꼈다.

드래곤의 어머어마한 존재감은 여전했지만 이니안은 조금씩 적응해 갔다. 게다가 드래곤이 자신에게 적의가 전혀 없다는 것을 깨닫자 마음도 편해졌다.

"저는 이니안이라고 합니다."

이니안의 소개에 드래곤이 고개를 끄덕였다.

[그렇군. 그러고 보니 내 소개도 하지 않았어. 주인이 객에게 먼저 소개를 하는 것이 예의인데 말이야. 내 이름은 칼그레이언. 이 레어의 주인인 블랙 드래곤이었다네.]

이니안은 칼그레이언이라 자신을 소개한 드래곤의 말에서 무언가 이상함을 느꼈다. 그의 말은 과거형으로 끝나고 있었던 것이다.

'설마?'

그때 이니안의 머리를 스치는 생각이 있었다. 소주천을 이루기 위해 이니안은 몸의 모든 마나의 통로를 개방한 상태다, 예전에 죽은 영혼이 보이는 것을 막기 위해 눈으로 가는 마나를 차단했던 것까지. 거기에 생각이 미치자 이니안은 일시간 눈으로 흐르는 마나를 차단했다. 그러자 드래곤의 모습이 사라졌다.

'역시.'

이니안은 번득 떠오른 자신의 추측이 맞았음을 확인했다.

눈앞의 드래곤은 살아 있는 존재가 아니었다. 죽어 있는 존재. 죽은 드래곤의 영혼이었다.

'하아… 어떻게 이런 일이! 살아 있는 드래곤도 아니고 이미 죽은 드래곤의 영혼을 만나게 되다니… 게다가 물리적인 존재가 아닌 영혼이 가지는 그 어마어마한 존재감은 대체 뭐지?'

이니안은 한숨과 함께 고개를 절레절레 흔들었다. 마령천참공으로 인해 해괴한 경험을 하게된 것이다.

이니안은 다시 눈에 마나를 흘려 넣었다. 영혼이라 할지라도 이 레어의 주인인 드래곤이다. 몰랐으면 모르되 일단 알게 되었으니 마주 보는 것이 예의다.

[자네, 잠시 생각에 빠졌던 모양이군.]

이니안의 시선이 다시 자신을 향하자 칼그레이언이 담담하게 말했다. 그도 잠시 이니안이 자신을 보지 않음을 느낀 것이다.

"대단하신 존재군요. 죽은 이후에 세상에 그런 엄청난 존재감을 가지고 남아 계시다니."

이니안의 말에 드래곤의 입가에 다시 한 번 미소가 그려졌다.

[역시 자네는 내가 이미 생을 다한 존재라는 것을 알고 있는 모양이로군.]

무엇이 기쁜 것인지 드래곤의 얼굴은 밝았다.

"네. 어쩌다가 그 생을 다하고도 산 자의 세상에 남은 존재를 볼 수 있게 되어서요."

이니안은 순순히 칼그레이언의 말을 인정했다.

[호오~ 그것 신기하군. 세상에서 영혼의 모습을 볼 수 있는 존재는 극히 제한적인데 말이야, 뱀파이어나 마족들 정도로.]

칼그레이언은 무엇이 기쁜 것인지 연신 고개를 주억거렸다.

[내 요 한 달 반 동안 지켜보았네만 자네는 참 재미난 친구더군. 그래서 오랜만에 심심하지 않게 지낼 수 있었어. 한데 이렇게 자네가 나를 볼 수 있다니. 덕분에 무려 오천 년 만에 말동무가 생긴 셈이로구만. 허허허!]

칼그레이언은 오랜만의 객에 무척이나 기꺼운 듯 웃음을 흘렸다.

[아! 이러고 있으면 서로 불편하겠군.]

칼크레이언은 자신의 모습에 생각이 미친 듯 서서히 모습을 변화시켰다. 영혼의 상태라 자신의 모습은 자신의 의지로 조정할 수 있는지 금세 흑발의 노인의 모습으로 바뀌었다.

[자, 이리 오게.]

칼그레이언은 드래곤의 눈물 근처에 자리를 잡고 앉으며 이니안을 불렀다. 이니안은 그 맞은편에 가서 털썩 주저앉았다.

[정말 반가우이. 오천 년 만의 손님이라니. 다시 한 번 소개하지. 난 만 년의 수명을 채우고 나의 레어에 눈물을 남기고 영혼을 묶어둔 블

랙 드래곤 칼그레이언이라 하네.]

"카일로니아 왕국의 이니안이라 합니다."

이니안 역시 자신의 출신을 밝히며 다시 한 번 인사를 했다.

[카일로니아… 들어본 적이 없는 왕국이군. 하긴 오천 년의 세월이 지났으니 인간 세상에도 수많은 변화가 있었겠지.]

칼그레이언은 자신이 죽은 후의 세월의 흐름을 인정하며 쉽게 이니안의 출신을 납득했다.

"칼그레이언님, 어떻게 이곳에 계실 수 있는 겁니까?"

이니안은 칼그레이언과 어느 정도 친밀감을 다진 듯하자 곧바로 가장 궁금해하는 것을 물었다.

[으음… 그냥 칼이라 부르게. 그게 편할 것 같군. 그 '님'이라는 호칭도 빼고 그냥 친구처럼 편하게 부르게. 이곳은 아무나 올 수 있는 곳이 아니니 나의 레어에 들어왔다는 것만으로 나의 친구가 될 자격은 충분해.]

"알겠습니다, 칼."

이니안은 선선히 칼그레이언, 칼의 요구에 응했다. 흉포한 블랙 드래곤이라는 소문과는 달리 칼은 무척이나 소탈하고 유순한 듯했다.

[으음. 내가 이곳에 어떻게 있을 수 있는지가 궁금하다고?]

호칭을 정리하자 칼은 곧 이니안의 궁금증에 대해 물었다.

"네. 생을 다하면 영혼이 되어 영혼의 세계로 간다고 들었습니다. 일부 이 세상에 미련을 버리지 못한 존재들이 영혼으로도 이 세계를 떠돈다고 알고 있습니다만……."

[그렇지. 드래곤이 미련이 남아 세상에 머물 일은 없지.]

칼은 이니안이 궁금해하는 것이 무엇인지 이해한다는 듯 고개를 끄덕이며 말했다.

[분명 나는 미련이 없어. 하지만 아쉬움은 있지. 그건 바로 유희야. 나는 살아 있을 때도 유희를 무척이나 좋아했었거든. 그래서 유희를 좀 더 즐기고 싶었어. 쉽지 않을 거라 생각하면서도 남았지. 그리고 오천 년 만에 어쩌면 유희를 다시 하게 될지도 모르겠군.]

칼은 당장이라도 유희를 하게 된 듯 기쁜 기색을 얼굴 가득 띠며 말했다.

"그토록 오랜 세월을 어떻게 남아 있을 수 있는 것이지요? 칼의 힘은 놀랍습니다. 저는 감히 머리털 하나 움직이지 못할 정도로 압도당했어요. 그런 엄청난 힘을 가진 존재가 쉽게 이 세상에 머무를 수 있나요?"

이니안의 물음에 칼은 고개를 저었다.

[물론 불가능하지. 하지만 몇 가지 제약을 떠안으면 가능하다네.]

칼은 이니안의 눈을 마주 보며 이니안의 궁금증을 풀어주기 시작했다.

[드래곤이 이 세상에 영혼으로 머물려면 이 세상과 자신을 이어주는 매개가 필요하지. 그것이 바로 이것이라네. 우리가 눈물이라 부르는 것이지. 인간들은 드래곤의 눈물이라 부른다지?]

칼은 자신의 옆에 있는 영롱한 빛을 발하는 보석을 손가락으로 가리켰다. 그의 대답에 이니안의 눈에는 경탄의 빛이 어렸다.

지금까지 그 용도를 밝혀내지 못한 드래곤의 눈물이다. 기껏해야 흑마법사들이 기억을 조작하는 데나 쓰는 물건이다. 그런데 실상은 드래곤의 영혼을 이 세상에 있도록 해주는 매개물이었다니, 놀랄 만한 사실이었다.

'메이린 누나는 이 사실을 알고 있을까?'

세상에 아직도 그 용도가 밝혀지지 않았다는 드래곤의 눈물에 대한 진실을 접하자 이니안은 과연 자신의 막내 누나가 그 사실을 알고 있을지가 궁금했다. 그가 아는 한 모르는 게 없는 사람이 메이린 누나였다. 하지만 혹시나 그녀도 모르는 사실을 자신이 알게 되었다 생각하자 자신도 모르게 흐뭇한 마음이 일었다.

[저 눈물은 나의 영혼을 담아 놓은 그릇이라 할 수 있지. 나의 활동을 제한하니까 말이야. 내가 존재할 수 있는 공간은 저 눈물로부터 반경 50미터 이내야. 나의 본체의 크기를 생각하면 제자리에 가만히 앉아 있을 정도의 공간밖에 허락되지 않지. 게다가 나는 나의 의지로 나의 눈물을 움직이지 못하지.]

칼의 설명에 이니안은 고개를 끄덕였다. 드래곤의 눈물은 드래곤의 영혼에게는 감옥이나 마찬가지였다. 이 세계에 남아 있게 해주는 대신 자유를 빼앗은 감옥.

[그리고 나의 힘을 이 세계에 발휘할 수도 없어. 이니안 자네가 내 힘을 느낀 것은 나를 인식했기 때문이네. 나는 자네가 이곳에 들어올 때부터 지켜보았네만 자네가 나의 힘을 느낀 것은 나란 존재를 본 다음부터 아닌가? 그러니 내가 할 수 있는 일은 그저 이곳에 가만히 앉아 있는 것이지.]

들어보니 이 세상에 남아 있는 이득이 전혀 없었다. 힘도 쓰지 못하고 움직이지도 못한다. 그저 가만히 한 자리에 가만히 있어야 한다.

"그런 오천 년 동안 이곳에 가만히 계셨던 겁니까?"

[그렇다고 봐야지. 가끔 몸이 찌뿌둥하다 싶으면 이렇게 크기를 줄여 가끔 눈물의 범위 내에서 움직이는 정도밖에 없었네.]

지옥이다.

이것은 감옥이 아니라 지옥이었다. 이니안 자신이라면 절대 견딜 수 없었다. 절대적인 고독과 절대적인 구속. 그것은 자유의지와 사회성을 가지는 인간에게 있어 지옥과 하등 다를 것이 없었다.

"용케도 오천 년을 지내셨군요."

이니안은 진심으로 위로의 뜻을 담아 말했다.

[허허. 그렇지도 않아. 자네는 인간의 기준으로 내가 힘들었을 거라 판단했겠지만 나는 인간이 아니야. 드래곤이지. 조금 심심하기는 했지만 지낼 만한 시간이었다네.]

칼은 아무것도 아닌 듯 말했다.

[그렇다면 이제 내가 질문할 차례이네.]

칼의 눈이 반짝 빛났다. 오천 년 만에 만난 말동무다. 이렇게 대화를 나누는 것만으로도 즐거웠다. 오천 년의 심심함과 무료함이 일거에 날아가는 듯했다.

"말씀하십시오."

이니안의 대답에 칼이 고개를 주억거리며 입을 열었다.

[자네는 왜 이곳에 왔는가? 그리고 어떻게 들어올 수 있었는가? 케이로스가 지키고 있을 텐데.]

칼의 물음에 이니안은 조용히 눈을 감았다. 그간의 일을 정리하기 위해서다. 머릿속에서 대강이나마 정리가 되자 이니안의 입이 열렸다. 이니안의 이야기는 로즈와의 만남에서부터 시작했다. 그 이전의 가문에 대한 이야기는 하지 않았다.

그가 이곳에 들어오게 된 것과는 직접적인 연관은 없었으니까. 자신은 로즈의 부탁에 의해 이곳에 들어올 수 있었다. 그랬기에 로즈의 만남부터 이야기를 시작한 것이다.

[으음… 우리의 눈물로 인간의 기억을 조작한다라……]

이니안의 이야기가 끝나자 칼은 그중 드래곤의 눈물에 대한 내용에 신음을 흘렸다.

[정말이지 인간이란 존재는 대단하군. 우리의 영혼의 그릇에서 그런 용도를 발견하다니. 나조차도 몰랐던 일이야.]

칼의 말에 이니안은 고개를 끄덕였다. 그 역시 같은 생각이었다. 인간의 욕망은 무수한 것들을 부수고 만들어낸다.

"저기, 만약 드래곤의 눈물이 그런 용도로 쓰였다면 그 눈물에 묶여 있던 영혼은 어떻게 됩니까?"

이니안의 물음에 칼의 얼굴이 어둡게 변했다.

[사실 눈물의 힘을 인간이 흡수할 수는 있네. 다만 그것이 불가능에 무한히 가까울 뿐이지. 하지만 흑마법사들이 강제로 그 힘을 이용해 기억을 조작했다면 아마 영혼은 소멸했을 걸세. 인간들이 눈물에서 느끼는 마나는 영혼의 존재로 말미암은 것이지. 한데 그런 마나가 완전히 사라졌다면 영혼도 소멸한 것이지.]

이니안은 그의 어두운 말에 아무런 대꾸도 하지 못했다.

드래곤은 오랜 세월을 사는 고차원의 생명체다. 그들의 정신 세계는 인간과 비할 수 없을 정도로 수준이 높다. 너무 높은 정신 수준에 오히려 아무것도 모르는 사람이 보면 어린아이가 아닐까 하는 의구심을 품을 수도 있었다.

그런 드래곤은 죽음을 맞이할 때도 자신의 죽음에 순응한다. 인간과 같은 욕망을 가지지 않기에 생에의 집착을 가지지 않기에 순순히 운명에 순응하는 것이다.

즉, 드래곤이 자신의 영혼을 세상에 묶어두는 일은 결코 흔한 일이 아니다. 드래곤의 눈물이 무척이나 희귀한 이유가 거기에 있었다.

로즈의 기억을 조작하는데 사용된 드래곤의 눈물의 주인도 어떠한 사정이 있어서 자신의 눈물을 남겨 영혼을 이 세상에 묶어둔 것이 분명했다.

그런데 인간의 욕망에 의해 그 영혼이 소멸했다. 칼이 침울해할 만한 일이다. 인간의 추악한 욕망. 그것이 지상에서 가장 신에 근접한 존재라는 드래곤의 생을 마감한 후의 염원을 지워 버린 것이다.

[후우… 인간들이 드래곤의 눈물을 사용해서 인간의 기억을 조작하는 방법을 대강이나마 추측할 수 있겠군.]

칼은 알지 못하는 동족의 영혼의 비참한 최후에 애도를 표하며 무겁게 말을 꺼냈다. 하지만 이니안은 아무런 말도 하지 않았다. 이니안은 느낄 수 있었다. 지금 칼은 그저 자신의 아픈 마음을 누군가에게 말하고 싶은 것이다. 지금 이니안이 칼에게 해줄 수 있는 최선의 배려는 그저 가만히 들어주는 것이다.

[세상에 존재하는 마나는 사실 두 가지의 성질을 띠고 있지.]

그것은 이니안도 알고 있는 사실이다. 플러스와 마이너스로 이름 붙인 마나. 그중 이니안은 일반인들이 그 존재도 모르는 마이너스 마나를 사용하고 있었다.

[어떻게 설명해야 할지 모르겠지만 하나가 아무튼 정반대의 성질을 지닌 마나가 신기하게 융합해 조화하면서 세상에 존재해. 그중 보통 사람들이 말하는 마나와 정반대의 성질을 띤 마나. 그것이 영혼을 구성하는 힘 중 하나이지. 그리고 흑마법사들은 그 마나를 다룰 줄 알아.]

이니안 자신이 처음 영혼을 보게 되었을 때 케라우에게 들은 내용과 비슷한 말이었다.

[그래서 그들은 눈물에 담긴 마나가 가진 성질을 읽었겠지, 자신들의 마법에 사용할 수 있는 마나라는 것을. 게다가 그건 단순한 마나가 아니야. 우리의 영혼이지. 아마도 그들은 그 영혼을 잘라서 피술자의 영혼에 덧씌웠을 거야. 전혀 새로운 영혼을 덧씌웠으니 본래의 영혼은 봉인이 되는 거지. 게다가 덧씌운 영혼은 이미 그 과정에서 죽어버리고 피술자의 생명 에너지를 받아 새로운 영혼이 되어버리는 거지.]

과연 지상 최고의 마법 종족이라는 드래곤이었다. 단지 기억을 조작하는데 쓰인다는 말만을 듣고 칼은 자신의 동족의 영혼이 어떻게 사라졌는지를 차근히 설명하고 있는 것이다.

[케이로스가 그 아이에게서 눈물의 기운을 느낀 것도 그 때문일 거야. 쯧쯧. 그 아이도 참 불쌍하구나.]

칼은 진정으로 안타까운 듯 말했다. 로즈의 이야기에 이니안의 얼굴도 어두워졌다.

[역시 인간들은 욕망이라는 핵을 가진 혼돈의 존재야. 그 욕망이 어디로 튀느냐에 따라 어떤 존재로 변모할지 모르니.]

칼은 안타까운 듯 중얼거렸다. 이니안은 그런 칼을 가만히 지켜보았다.

[이런. 내가 괜히 분위기를 어둡게 만들었나 보이. 이미 다 지난 일인데… 나와 같은 동족이 그렇게 소멸했다는 생각에 마음이 심란했나 보네. 살아서는 이런 감상을 느끼지 못했는데 영혼이 되고 나니 살아생전과는 조금 달라지는군.]

칼은 이니안을 보며 잔잔한 어조로 중얼거렸다.

"아닙니다, 칼."

이니안은 자신은 괜찮다는 듯 담담한 미소를 지어 보였다.

[고맙네.]

칼은 이니안을 마주 보며 웃었다.

칼은 오천 년 만에 만난 눈앞의 이 인간이 상당히 마음에 들었다. 어쩌면 자신의 마지막 유희를 도와줄지도 몰랐다. 단 한 번의 유희를 더 하기 위해 세상에 남았다.

눈물을 사용해도 겨우 한 번의 유희를 할 수 있을 뿐이었다.

그래서 준비를 철저히 했다.

케이로스를 두어 이곳으로 들어오는 이를 거르게 했다. 그 기준은 인간 세상에서 소드 마스터라 불리는 정도의 강함이었다. 하나 눈물로 인해 예외가 발생할 줄은 몰랐다. 하지만 케이로스를 탓할 수는 없었다. 그는 자신의 창조주와 같은 냄새를 가진 이에 반응했을 뿐이다.

아니, 그 덕에 처음으로 자신을 알아보는 이를 만났다.

지난 오천 년 간 이곳에 들어온 이는 이니안 혼자가 아니었다. 몇몇 인간이 들어왔으나 곧 아무것도 없는 공간에 실망하고 돌아갔다. 개중에 눈물을 가져가려 시도한 자도 있었지만 그것은 꿈쩍도 하지 않았다. 칼 자신이 직접 절대 뽑지 못하게 안배해 둔 것이다.

나름대로 강하다고는 하나 인간의 힘으로 드래곤의 안배를 깨는 것은 불가능했다.

그런 가운데 갑자기 들어온 이니안이라는 존재는 신기했다. 자신의 기준을 채우지 못했는데 케이로스가 들여보냈다. 분명 연유가 있으리라 생각하고 가만히 지켜보았다.

재미있었다.

이 인간은 시일이 지남에 따라 강해졌다. 자신이 본 적도 없는 검법을 펼치며 나날이 강해져 갔다. 게다가 얼마 전에는 자신이 기준으로 세운 조건도 충족시켰다. 놀라운 발전이다.

더욱이 그는 자신의 눈물을 탐하지 않았다. 그게 더욱 마음에 들었다. 거의 모든 조건에 들어맞았다. 자신을 알아보기까지 했으니 더 말할 필요도 없었다.

'그럼 나도 이제 오천 년을 기다려 온 마지막 유희를 시작해 볼까?'

오천 년을 기다려 온 유희라 하지만 별것없었다. 이번 유희는 자신이 주재자가 아니다. 그저 철저한 방관자일 뿐이다.

한 인간의 생을 살게 되는 방관의 유희. 그것은 영혼이 되어야만 가능한 유희였다. 그랬기에 유희를 무척이나 좋아하는 드래곤 칼그레이언은 눈물을 남긴 것이다.

영혼이 되어서 하려는 유희였기에 그 대상을 정하는데도 엄격했다. 그리고 이제 그 조건을 충족시키는 이가 나타난 것이다.

[이니안.]

결심을 마친 칼이 여전히 변함없는 목소리로 이니안을 불렀다.

"예."

[지금까지의 이야기로 미루어 자네는 힘이 필요하겠군.]

"그렇습니다. 그래서 이곳에 머물며 수련 중입니다."

이니안의 대답에 칼은 고개를 끄덕였다.

[그렇군. 자네는 상당히 강한 적을 상대해야 할 것 같아. 이곳에서 자네 개인의 힘을 한계까지 단련해도 힘들 정도로. 게다가 그 정도로 강해지려면 시간의 제약 역시 존재하겠지. 인간의 생은 짧으니 말이야.]

칼의 분석은 정확했다.

이니안은 대체 자신이 상대해야 할 적의 규모가 어느 정도인지 짐작이 되지 않았다. 일단 제국의 칸세르 공작가에 의심이 가기는 했다. 문제는 그 공작가 하나의 힘만 하더라도 어마어마하다는 것이다, 이니안 개인으로는 절대 상대할 수 없을 정도로.

이니안은 아무런 말도 못하고 어두운 얼굴로 시선을 아래로 향했다.

[이니안, 나의 힘을 가지지 않겠는가?]

갑작스러운 칼의 물음에 이니안의 얼굴이 들렸다.

"그것이 무슨 말이지요?"

[말 그대로일세. 내 힘을 가져 보지 않겠는가?]

"그것이 가능합니까?"

칼은 고개를 저었다.

[불가능에 무한히 가까운 일이지.]

그 말에 이니안은 피식 웃었다. 실망한 것이 웃음으로 표출된 것이다.

[나는 불가능하다 하지 않았네. 불가능에 무한히 가깝다 했을 뿐.]

"같은 말 아닌가요?"

이니안은 이해할 수 없는 듯 물었다.

[절대로 다른 말이네. 불가능하다와 불가능에 무한히 가깝다는 말은 전혀 다른 말이야. 자네 수학을 아는가?]

칼의 물음에 이니안의 얼굴이 대번에 일그러졌다. 수학이라면 왕립학교 시절부터 질색하던 학문이다.

[허허, 자네가 대답하지 않아도 얼굴이 알려주는군 그래.]

칼이 재미있다는 듯 웃었다.

[내 그렇다면 쉽게 설명해 주지. 0이 큰가? 1이 큰가?]

"당연히 1이지요."

칼은 고개를 끄덕였다.

[그렇다면 0이 큰가? 1/2이 큰가?]

"1/2이지요."

이번에도 이니안은 쉽게 대답했다.

[그렇지. 그렇다면 1/2을 계속 잘라가면 어떻겠는가? 1/4, 1/8, 1/16… 이런 식으로 말일세.]

"점점 더 작은 수가 되겠지요."

이니안은 어렵지 않게 대답했다.

[그렇지. 그래, 자네 수학을 싫어하는 것치고는 이해력은 빠르구만.]

칼의 칭찬에 이니안은 머쓱하게 웃었다. 수학에 대한 것으로 칭찬을 듣기는 이니안의 기억에는 태어난 이후 처음인 것 같았다.

[자네가 말한 것처럼 숫자를 계속 잘라가면 점점 작아지네. 점점 0에 가까운 수로 변하는 거지. 그렇다면 그 수를 계속해서 자르면 0이 되겠는가?]

이번에는 이니안은 잠시 생각에 잠겼다. 그의 수학 지식은 여기까지가 한계였다. 이니안이 고개를 갸웃거리자 칼은 웃음을 띠었다.

[그렇다면 다르게 이야기해 보지. 자네는 검을 익힌 듯하니 검으로 설명하는 것이 쉽겠군. 자, 여기 하나의 돌멩이가 있네.]

칼은 주변에서 굴러다니는 주먹만 한 돌을 하나 집어 들었다. 이니안은 현재 칼의 설명에 완전히 몰입해 있었기에 영혼인 그가 물리력을 발휘했다는 것을 간과했다. 본디 이 세상의 존재가 아닌 영혼은 물리력을 발휘하지 못하는 것이 당연함에도 말이다.

[이니안, 자네가 검으로 이 돌멩이를 계속해서 잘라서 완전히 소멸시

킬 수 있겠는가?]

이니안은 생각해 볼 것도 없다는 듯 고개를 저었다. 돌멩이를 아무리 잘라도 돌멩이는 남는다. 설령 그것이 가루가 되어 사방으로 흩뿌려진다 하더라도 존재하는 그 자체를 지울 수는 없었다.

"불가능한 일이지요."

[헐헐. 그렇지. 아까 내가 말한 것도 같다네. 수를 0에 무한히 가깝게 자를 수는 있겠지만 0으로 만들 수는 없지.]

"아!"

칼의 설명에 이니안은 찬탄을 터뜨렸다.

[그렇다면 어느 쪽이 크겠는가? 완전한 무인 0과 비록 0에 무한히 가깝다 하더라도 아주 미세하나만 존재가 남아 있는 것.]

"당연히 0에 무한히 가까운 것이지요."

이니안은 이제 칼이 설명하는 개념을 완전히 이해했다는 듯 자신있게 대답했다. 칼은 이니안의 대답에 똑똑한 제자를 바라보는 스승의 흡족한 얼굴을 하고는 웃었다.

[허허허. 그렇지. 이게 바로 수학에서 '극한'이라고 부르는 것의 기본 개념이지.]

어려운 말이 나오자 이니안의 얼굴이 대번에 딱딱하게 굳었다.

[쯧쯧. 자네 정말로 수학을 싫어하는군.]

칼의 말에 이니안은 어색하게 머리를 긁적였다.

[자, 그럼 0의 자리에 0 대신 불가능이라는 말을 집어넣어 보게. 어떤가?]

이니안은 그제야 칼이 말하고 싶어하는 것을 알아차렸다. 과연 그의 말대로 불가능과 불가능에 무한히 가깝다는 것은 전혀 다른 말이었다.

[허허. 어떤가? 언어가 가진 의미의 차이를 이렇게 수학으로 풀어내 보니? 뭐, 수학을 싫어하는 자네는 재미있지 않으려나.]

칼의 추측대로 분명 재미는 없었다. 하지만 한 가지 분명한 사실은 알 수 있었다. 불가능에 무한히 가깝다는 말은 결국 불가능하지 않다. 즉 가능하다는 말이었다. 비록 그 가능을 이루기는 무척이나 힘들겠지만.

칼은 손쉽게 그런 이니안의 변화를 알아차렸다.

[어떤가? 이제 할 마음이 생겼는가?]

칼의 물음에 이니안은 고개를 끄덕였다.

칼의 말대로 이니안에게는 힘이 절실했다. 강하면 강할수록 좋았다. 자신이 칼을 처음 보았을 때 느꼈던 그 어마어마한 존재감. 그 힘을 자신이 가질 수 있다는 생각에 온몸이 짜릿하게 저려왔다.

[사실 보통 인간에게는 불가능한 일이네. 하나 자네는 그렇지 않아. 나는 지금까지 자네를 유심히 살폈어. 자네가 날 알아본 그 순간부터. 자네는 영혼과 같은 마나를 품고 있더군.]

칼의 말에 이니안은 고개를 끄덕였다.

[원래 살아 있는 인간은 영혼의 마나를 품을 수 없네, 내가 아는 한은. 유일한 예외가 흑마법사들이지. 하나 자네는 검사야. 그런데 자네는 품고 있어. 그것도 흑마법사들이 가진 탁하고 음울하며 사악한 탁기를 함께 가진 것 따위와는 비교도 되지 않는 순수한 영혼의 마나를 말이야.]

칼의 설명에 이니안은 고개를 갸웃거렸다. 케라우는 자신의 마이너스 마나를 어둠의 힘이라 칭했다. 그런데 칼은 그것을 영혼의 마나라 한다. 분명 같은 것을 칭하는데 서로 다른 말이다.

[그 말은 자네가 영혼의 마나를 움직일 수 있는 어떠한 특수한 방법을 익히고 있다는 말이겠지. 그 특수한 방법으로 이 눈물을 자네의 몸

에 흡수하면 되네.]

"그러면 칼이 소멸되지 않습니까?"

칼이 말한 방법은 흑마법사들이 인간의 기억을 조작할 때 눈물을 사용하는 방법과 유사했다. 하지만 칼은 이니안의 물음에 가만히 고개를 저었다.

[그건 한쪽에서 일방적으로 영혼을 소거한 것이지. 눈물에 일단 깃들면 외부의 힘에 저항할 방도가 없으니까.]

칼의 말은 곧 이니안이 눈물을 흡수하려 하면 자신은 소멸한다는 말과 뜻이 같았기에 이니안은 도통 이해할 수 없었다.

[하지만 자네는 영혼의 마나를 가지고 있어. 내가 나의 힘을 가지고 자네의 힘에 순응하면 나는 내가 깃들 그릇을 나의 눈물에서 자네로 바꾸게 되는 거지.]

그제야 이니안은 조금 이해가 되었다. 결국 칼이 말하는 것은 자신의 힘을 주는 대신 이니안의 몸에 칼이 머물게 허락해 달라는 것이었다.

"그렇다면 유희라는 것이……."

[허허. 이제야 이해했군. 그렇네. 내가 자네의 남은 인생을 지켜보는 것. 어떤가? 물론 내가 자네의 삶에 아주 약간 간섭할 수도 있네만.]

칼의 말에 이니안은 잠시 고민에 빠졌다.

어마어마한 힘을 얻는 대신 이니안은 개인의 자유를 완전히 버려야 했다. 자신의 몸에 다른 영혼이 깃든다는 것. 그것은 결국 자신을 항시 보는 존재가 있다는 것이다. 그것은 어떤 면에서 무척이나 기분 나쁜 일이다.

인간은 분명 사회성을 가지고 있어 서로 만나려 하고 모이려 한다.

반면 또한 인간은 고독을 추구하기도 한다. 아무도 없는 곳에서 혼자만의 시간을 가지려고도 하는 것이 그것이다. 무리와 고독, 그 둘의 조화를 통해 인간은 삶을 영위해 가는 그런 존재인 것이다.

"항상 저와 함께하는 것인가요?"

[자네가 무엇을 걱정하는지는 알겠네만… 나는 드래곤일세. 인간과는 달라. 그저 지켜볼 뿐이지. 같은 인간이 지켜본다면 분명 무척이나 기분이 나쁠 테지만 전혀 다른 생물인 데다 인간보다 한 차원 위의 종족이야. 그렇게 생각한다면 크게 거리낄 것도 없을 걸세.]

칼의 말에는 묘한 설득력이 있었다. 역시나 만 년을 산 드래곤다웠다.

[게다가 난 자네에게 내 경험을 살려 충고를 해줄 수도 있네. 물론 그 충고를 따르거나 혹은 거부하거나는 전적으로 자네의 몫이지만. 결코 자네에게 나쁜 일은 아니야.]

이니안은 고개를 끄덕였다. 점점 칼에게 설득당하고 있는 것이다. 특히나 칼이 보여준 그 어마어마한 힘의 유혹은 엄청났다.

"그런데……."

[뭔가?]

"흑마법사들은 왜 눈물에 담긴 어마어마한 힘을 가지지 못하는 거지요?"

[눈물에 담긴 힘은 눈물과 영혼을 이어주는 끈일 뿐이지. 다만 그 끈을 뽑으면 영혼도 그 모든 힘을 잃고 끈에 딸려와. 하지만 눈물을 고스란히 흡수하면 영혼을 자신의 몸에 한 겹의 옷처럼 입는 것이 되네. 즉, 영혼이 가진 힘을 모두 가지는 것이지. 본디 영혼은 살아 있는 세계에 일정한도 이상의 물리력을 가하지 못하네. 그렇기에 내가 가진 엄청난

힘도 무용지물이나 다름없어.]

그제야 이니안은 칼이 돌멩이를 아무렇지도 않게 집어 올린 것을 떠올렸다. 그 정도의 물리력은 영혼이 힘을 가지고만 있다면 발현이 가능한 듯했다.

[하지만 자네가 눈물을 완전히 자신의 것으로 흡수한다면 이야기는 달라져. 내가 자네라는 물질계의 매개를 통해 나의 영혼이 가진 모든 힘을 고스란히 발휘할 수 있지.]

"잠깐만요."

이니안은 곧 칼의 설명에서 이상한 부분을 발견했다.

"나를 통해서 칼의 힘을 칼이 사용한다고요?"

[그렇네.]

"그렇다면 그 힘을 내가 가지는 것이 아니잖아요."

칼은 고개를 끄덕였다.

[하지만 나는 자네의 동의가 없으면 힘을 사용하지 못한다네.]

"저는요?"

[나의 동의 없이 나의 힘을 1할까지는 끌어 사용할 수 있지.]

상당히 제약이 많은 힘이었다. 결국 자신의 육체에 두 개의 영혼이 서로를 도와가면서 공생하는 것이다. 이니안은 다시 고민에 빠졌다. 엄청난 힘이기는 하지만 자신은 그 힘을 무조건적으로 사용할 수 없었다. 다시금 고민이 될 만한 일이었다.

하지만 이내 결정을 내렸다. 자신에게는 분명 힘이 필요했다. 그리고 그 힘을 줄 수 있는 존재가 있었다. 제약이 있는 힘이지만 이니안은 그 제약을 감수할 수 있는 정도라 평가했다.

"알겠어요. 눈물을 흡수하겠어요."

이니안의 결심에 찬 대답에 칼은 빙그레 웃었다.

[잘 결정했네. 그렇다면 자네는 앞으로 더욱 강해져야 할 것이야.]

"그게 무슨 말이죠?"

[지금의 자네는 눈물을 흡수할 수 없네. 나의 영혼을 몸에 담기에는 그릇이 너무 약해.]

칼의 말을 이니안은 이해할 수 있었다. 자신이 아직은 칼이 주려는 힘을 감당하지 못한다는 말. 감당하지 못할 힘에 욕심을 부려서는 안 된다.

"그렇다면 일단 내가 강해지는 것이 먼저겠네요."

[그렇지.]

이렇게 둘의 동거가 시작되었다. 이니안은 여전히 드래곤의 눈물 근처에서 열심히 수련에 임했고, 칼은 인간의 모습으로 한쪽에서 그 모습을 재미있게 지켜보았다.

*   *   *

시간을 다시 거슬러 올라 이니안이 칼그레이언을 만나기 3주 전.

미오나인 제국의 수고 미오나인에 위치한 칸세르 공작가의 저택 현관 앞에 호화로운 마차가 서 있었다. 그 앞뒤로는 햇빛에 반짝이는 플레이트 메일로 무장한 기사 열두 명이 칼날 같은 기세를 뿜어내고 있었다. 마차의 뒤에 서 있는 기사들 뒤편으로 군기가 잘 든 병사들이 창을 곧추세우고 열과 오를 맞춰 엄정한 모습을 보였다. 그 뒤로 시종들로 보이는 이들이 여러 가지 짐을 지고 서 있었다. 그 외 짐마차로 보이는 마차가 세 대는 더 있었다.

그들은 그렇게 모든 준비를 갖춰놓고 누군가를 기다리는 듯했다.

아직 아침이 된 지 얼마 지나지 않은 시간. 아직 태양은 동쪽 하늘 중간쯤에 머물러 있었다.

그때 저택의 현관문이 천천히 부드럽게 열렸다. 현관문이 열리자 칸세르 공작과 공작 부인, 그리고 그들의 딸인 포르시아가 모습을 드러냈다.

딸의 손을 꼬옥 잡은 칸세르 공작 부인의 두 눈은 퉁퉁 부어 있었다. 자신을 알아보지 못하는 딸의 모습에 그녀는 포르시아가 돌아온 후 눈물이 마를 날이 없었다. 그녀는 아무것도 몰랐다, 그저 남편의 말을 믿을 뿐.

마음이 심란한 것 같아서 잠시 여행을 보냈다는 말을 믿었는데 돌아온 모습을 보니 기억을 잃고 있었다. 어릴 때부터 금이야 옥이야 소중하게 보듬고 키워온 딸이다.

그런 딸이 자신을 알아보지 못한다니… 공작 부인으로서는 하늘이 무너질 일이다.

반면 포르시아는 무덤덤한 얼굴이다. 아니, 그녀도 괴로웠다. 자신을 이렇게 사랑해 주는 어머니가 존재하는 데 자신은 그런 어머니를 떠올릴 수가 없었다.

기억해야 할 것을 기억하지 못한다는 것. 주변에서 자신을 아는데 자신은 주변을 알지 못한다는 것.

그것은 엄청난 고통이었다. 그 고통이 포르시아의 얼굴을 무표정하게 만들었다. 이니안이 자신의 맹세를 외면하기 위해 차가운 얼굴로 변한 것처럼 지금 포르시아는 자신의 고통을 감추기 위해 무표정한 얼굴을 하고 있는 것이다.

"포르시아, 잘 다녀오너라. 여기 클레비클 경이 잘 보살펴 줄 것이다."

칸세르 공작은 따뜻한 눈으로 자신의 딸 포르시아를 지그시 내려보더니 곧 자신의 품에 꼭 껴안았다. 이어서 공작 부인이 눈물을 흘리며 포르시아를 꼭 껴안았다.

"오래지 않아 기억을 되찾을 수 있을 게다. 여기 클레비클 경은 알려지지는 않았지만 무척이나 뛰어난 마법사란다. 영지에 그의 연구실이 있으니 영지에 휴양을 하면서 클레비클 경의 치료를 잘 받도록 하거라."

칸세르 공작의 말에 뒤에 서 있던 회색 머리칼의 노인이 살짝 앞으로 걸어나오며 포르시아에게 허리를 숙였다. 얼굴의 주름은 그가 상당한 나이의 노인이라는 것을 알려주었지만 신기하게도 수염이 하나도 없었다. 그 모습이 묘한 분위기를 풍기는 마법사였다.

"본 클레비클이라고 합니다, 공녀님. 앞으로 영지까지의 여정, 최선을 다해 모시겠습니다."

"잘 부탁드릴게요, 클레비클 경."

포르시아는 클레비클에게 마주 고개를 숙여 인사를 했다.

"자, 그럼 이만 출발하도록 해라. 영지까지는 먼 길이니 몸조심하고."

칸세르 공작의 말에 포르시아는 마차에 올랐다. 그녀가 마차에 오르자 그녀의 수발을 들 시녀와 클레비클, 그리고 그녀의 호위 임무를 맡은 기사 한 명이 같이 마차에 올랐다. 마차를 타고 함께 이동하며 근접 경호를 할 것을 생각해서 그 기사는 마차 주변의 기사들과는 달리 가죽 갑옷의 경장을 하고 있었다.

일행이 모두 마차에 오르고 문이 닫혔다. 하나 마차의 유리창을 통해 안이 들여다보였다. 공작 부인은 딸의 모습을 보며 연신 눈물을 흘리고 있었다. 그녀의 오른손에 들린 손수건은 마를 새도 없이 눈물을 닦고 있었다.

선두에 선 기사가 공작에게 다가와 예를 취했다. 공작은 그를 보며 고개를 끄덕였다. 기사는 곧 선두로 돌아가 크게 외쳤다.

"출발!"

그의 외침과 함께 마차가 천천히 움직이기 시작했다. 천천히 구르기 시작하는 마차 바퀴. 때마침 불어온 바람에 마차에 달린 칸세르 공작가의 문장이 그려진 깃발이 펄럭였다. 기사들이 조금 속도를 올리자 마부의 채찍질에 마차도 그에 보조를 맞추었고 뒤이어 병사들과 하인들의 행렬도 움직였다.

제국의 공작가의 딸이 움직이는 행렬치고는 무척이나 간소했다.

천천히 움직이는 포르시아의 마차는 어느새 저택의 정문에 도달해 병사들의 예를 받으며 저택을 벗어나고 있었다.

"포르시아……."

공작 부인은 마차의 흐릿한 잔영이 사라질 때까지 하염없이 저택의 정문을 바라보고 있었다.

"부인, 진정하시오. 포르시아는 꼭 기억을 되찾을 것이오. 클레비클 경은 시메티딘 경 못지않은 마법사라는 걸 당신도 알지 않소. 자, 믿고 기다립시다. 아직은 날이 차니 그만 들어가요."

칸세르 공작은 부인을 위로하며 저택으로 손을 잡아끌었다. 공작 부인은 공작의 인도에 떨어지지 않는 발을 떼며 저택으로 들어갔다.

저택을 빠져나간 포르시아의 마차는 쉬지 않고 수도의 성문으로 향해 달렸다. 감히 칸세르 공작가의 행렬을 방해할 것은 없었기에 빠른 속도로 수도를 가로지를 수 있었다.

마차는 얼마의 시간을 달려 미오나인의 북문에 도착할 수 있었다. 성문에서 마차는 별다른 검문 없이 수도를 벗어났다. 마차에 달려 펄럭이는 하늘을 향해 포효하는 사자의 문장이 수놓인 깃발. 칸세르 공작가임을 알리는 그 깃발에 성문의 병사 중 그 누구도 마차를 제지하지 않았다. 드디어 미오나인을 벗어난 마차는 평원을 가로지르며 속력을 올려 달리기 시작했다.

덕분에 고생하는 것은 뒤에서 따라오는 병사들과 하인들이었다. 하지만 이들은 이런 일에 익숙한 듯 속보로 처지지 않고 마차의 뒤를 잘 따랐다.

'확실히 이상하군.'

이들의 모든 행동을 지켜보고 있는 은밀한 눈의 주인은 고개를 갸웃거렸다. 그들은 누구도 자신들이 감시당하고 있다는 것을 알아차리지 못했다, 바로 곁에 그들을 지켜보는 존재가 있음에도.

'으음… 로즈 양이 칸세르 공작의 딸인 것은 확실한 것 같고……'

짐마차의 천장 위에 누워 따스한 햇살에 일광욕을 즐기는 케라우의 머릿속에 수많은 생각들이 지나갔다. 이들을 지켜보는 은밀한 눈의 주인은 바로 케라우였다. 이니안의 부탁으로 로즈, 아니, 포르시아를 감시하는 중이었다.

"그나저나 확실히 생각보다 편하군."

케라우의 중얼거림을 누구도 듣지 못했다. 케라우는 같이 있으되 완벽히 다른 곳에 있었다. 훤히 드러난 마차의 천장에서 기분 좋은 미소를 지으며 햇볕을 쬐는데도 불구하고 누구도 알아차리지 못하는 은신술. 뱀파이어이기에 가능한 일이었다.

케라우는 지난 며칠 간 자신이 지켜본 것들을 다시 떠올리며 고개를 갸웃거렸지만 알 수가 없었다. 이곳에서 어떤 음모가 피어오르고 있는지는 케라우로서는 알아낼 수는 없었다.

"쩝. 하지만 흑마법사라니… 귀찮게 됐군. 저 녀석이 로즈의 근처에 있는 이상 나는 이 이상은 로즈에게 다가갈 수 없는데……."

로즈가 포르시아라는 본명을 찾았음에도 케라우는 여전히 로즈라고 불렀다. 그에게는 그것이 익숙했다. 현재 포르시아와 함께 있는 클레비클이라는 흑마법사 때문에 케라우는 더 이상 포르시아가 탄 마차에 접근하지 못하고 있었다, 이 이상 접근한다면 그가 알아차릴 것이기에.

자신이 흑마법사의 존재에 민감하듯 흑마법사들도 어둠의 힘을 사용하는 족속들에 관해서는 민감했다. 그 어떠한 사람도 클레비클이 흑마법사라는 것을 알아보지 못한 상태다, 현재 그는 일반적인 마법사의 복장이었기에.

"흐음… 드래곤의 눈물로 인해 모든 기억을 잃은 여자와 그와 함께 가는 흑마법사라… 분명 무슨 냄새가 나는 것 같기는 한데… 흑마법사를 붙여준 사람이 그 부친이니… 이거야 원 머리가 아파서……."

케라우는 다시 한 번 자신이 알아낸 사실들의 퍼즐 조각을 머릿속에서 맞춰보려 했으나 이내 포기하고 머리를 헝클어뜨렸다.

"확실히 이렇게 머리를 쓰는 건 나한테는 맞지 않아. 후… 그냥 있는 대로 받아들이면 되는 거지. 그나저나 이니안 녀석도 나와 비슷한 부류로 보였는데 대체 어쩌려고 그러는 건지……."

곧 머릿속에서 복잡한 생각을 지운 케라우는 다시 기분 좋은 햇볕에 몸을 맡겼다. 어차피 자신이 할 일은 로즈의 행동을 감시하는 것. 자신이 괜히 음모를 파헤치겠다고 머리를 쓸 필요는 없는 것이다. 부탁받은 일만 해주고 그 대가를 받으면 된다. 케라우는 그렇게 쉽게 생각하기로 했다.

짐마차 위에 전혀 다른 존재가 그런 생각을 하면서 편히 누워 있다는 사실을 모르는 포르시아 일행은 북쪽으로 쉬지 않고 이동했다.

칸세르 공작의 영지는 대륙의 북쪽에 위치했다. 제국을 동서로 나누며 대륙의 북쪽으로 거대하게 뻗어나가는 미오나인 강. 이 강의 하류 서쪽의 비옥하고도 광대한 평원이 칸세르 공작의 영지였다.

대륙의 북부이지만 신기하게도 미오나인 강의 서쪽은 겨울이 그다지 혹독하지 않았다. 가장 살기 좋은 기후를 가졌다고 하는 대륙의 중부 해안가와 비슷하게 온화한 기후를 가지고 있었다. 물론 겨울은 추웠지만 제국의 동북부에 비하면 그렇게 추운 것도 아니었다.

일부 학자들은 미오나인 강을 중심으로 제국의 동북부와 서북부의 시후의 차이를 바운더리 산맥에서 찾았다. 대륙의 동북부 끝을 장벽처럼 둘러친 바운더리 산맥이 바닷물의 온기가 대륙으로 넘어오는 것을 막기에 서부에 비해 동부가 춥다는 견해가 지배적이었다.

미오나인 제국의 이름과 수도의 이름인 미오나인 모두 제국을 반으로 가르는 강 미오나인에서 따온 것이다. 미오나인 강은 제국에 유일하게 존재하는 커다란 강이었다. 대륙에서 다섯 번째로 큰 강으로 고대로부터 이곳의 사람들의 젖줄이었다.

칸세르 공작의 영지는 그 미오나인 강에서도 가장 비옥하다는 하류의 서쪽 평원이었다. 수도는 미오나인 강의 중류 동쪽에 위치하니 배를 타고 이동하면 무척이나 손쉬운 여정이었다.

그럼에도 굳이 포르시아는 육로로 이동했다. 이유는 알 수 없었지만 공작의 명이었다.

"휘유~! 저게 바로 미오나인 강이로군!"

마차 지붕 위에 누워 있던 케라우가 몸을 일으켰다. 마차의 왼편으로 넓고도 도도히 흘러가는 푸른 물의 거대한 줄기를 발견했기 때문이다. 주로 바운더리 산맥 근처에서 활동을 했던 그로서는 처음 보는 엄청난 광경이었다.

그것은 포르시아도 별반 다르지 않았다. 마차의 창가에서 감탄한 듯 미오나인 강을 바라보고 있었다. 그녀의 눈은 강을 바라보며 맑게 빛나고 있었다. 포르시아의 녹색 눈동자에 비친 푸른 강물 빛이 묘하게 어울리며 조화를 이루고 있었다.

미오나인 강을 옆으로 끼고 마차는 계속해서 북으로 북으로 나아갔다.

*　　　*　　　*

한 달의 시간이 더 흘렀다. 이니안이 칼의 레어에 들어온 지도 어느새 두 달하고도 며칠의 시간이 더 흐른 것이다.

"우웃."

이니안은 신음을 흘리며 뒷걸음질쳤다. 왼손으로 오른손을 감싸 쥔 이니안의 얼굴은 땀범벅이었다.

[으음. 아직도 무리인가 보군.]

칼은 그런 이니안을 보며 침중한 어조로 중얼거렸다.

이미 이니안은 소드 마스터 중급의 경지에 들었다. 소드 마스터의 실력을 되찾고 불과 한 달만의 성과라 하기에는 믿을 수 없는 성취였다.

"왜 이럴까? 칼, 네 말로는 지금의 나 정도면 가능해야 하는 것 아니야?"

[그건 나도 잘 모르겠군.]

칼은 곤혹스러운 얼굴로 이니안에게 대답했다. 한 달의 시간은 두 사람을 친구로 만들어놓았다. 이니안은 더 이상 칼에게 경어를 쓰지 않았고 칼 역시 세상을 달관한 노인네 같은 말투로 이니안에게 말하지 않았다.

[이니안 너는 분명히 마이너스 마나를 사용할 수 있어. 네가 몸에 흡수하는 것이 마이너스 마나이니까. 그런데 왜 눈물을 흡수하지 못하는 걸까?]

칼은 이미 이니안에게 자신이 영혼의 마나라고 부르는 존재를 이니안은 마이너스 마나라고 부른다는 사실을 들었다. 그 이후 그도 마이너스 마나라고 부르기 시작했다.

"글쎄… 그건 연구해 봐야겠어."

그렇게 말한 이니안은 자리에 주저앉고 명상에 들어갔다. 운공을 겸한 명상이다. 이니안은 마나 스피어에서 마나를 끌어올리며 마령천참심법의 구결대로 마나를 움직였다. 그러는 중에 마령천참심법의 구결을 다시 한 번 깊게 음미하며 하나하나 되뇌었다.

[으음… 또 저 자세로군. 저렇게 명상에 들어가면 기이할 정도로 많은 양의 마나를 몸으로 흡수한단 말이야.]

칼은 이미 여러 번 본 광경이지만 아직 익숙해지지 않은 듯 신기하다는 얼굴로 이니안을 바라보았다. 칼의 그런 시선을 느끼지 못하는지 이니안은 점차 명상 속으로 빠져들어 갔다.

이니안은 마령천참공이라는 제목의 무공서의 모든 글자를 하나하나 다시 음미해 갔다. 문장을 다시 한 번 떠올리며 되뇌이고 단어를 다시 한 번 살피고 글자를 또 한 번 살피고 그 글자를 쪼개어 보기도 하면서 이니안은 완벽하게 마령천참공 속으로 빠져들었다. 그렇게 이니안은 시간의 흐름도 잊고 명상에 몰입했다.

[으음… 저 상태라면 또 며칠은 지나야 눈을 뜨겠군.]

칼은 홀로 중얼거렸다. 칼은 신기한 물건을 관찰하듯 이니안을 관찰했다. 오랜 시간 같은 모습으로 가만히 있다가 언제 변화를 일으킬지 몰랐다. 언제 있을지는 모르지만 확실히 있을 이니안의 성장. 칼은 그 것을 기대하며 눈을 반짝인 채 이니안을 주시했다.

그렇게 한 사람이 눈을 감고 가부좌를 틀고 앉아 명상에 빠지고 다른 영혼이 기대 가득한 눈으로 그 사람을 지켜보며 시간은 흘러갔다. 시간이 얼마나 흘렀을까? 깔끔하던 이니안의 입 언저리와 턱 주변에 수염이 거뭇거뭇해지고 있었다.

며칠에 한 번씩만 면도를 하면 깔끔하게 정리되던 부분들이 거뭇거뭇해질 정도로 시간이 흐른 것이다.

이니안은 시간의 흐름을 완전히 잊은 채 마령천참공과 하나가 되어 갔다.

마령천참공은 개새의 무공이다. 아니, 무공이 아닐지도 모른다. 음기를 몸에 쌓는 무공이기에 보통 사람은 볼 수 없는 것을 보게 되고 들을 수 없는 것을 듣게 된다. 바로 혼백(魂魄)을 보게 되는 것이다. 황천을 건너 죽은 자들의 세상으로 가야 할 영(靈)들이 황천을 건너지 않고 이 세상에 머무를 힘을 주는 것이 음기이다. 세상 사람들이 귀신이라 부르는 존재가 바로 음기의 힘을 빌려 세상에 존재하는 영인 혼백인 것이다.

혼백들은 힘을 가지고 있다. 혼백들의 힘이란 티끌보다 보잘것없을 수도 있고, 태산보다 거대할 수도 있다. 영에 따라 그들이 가질 수 있는 음기가 다르기에 생기는 차이이다. 마령천참공은 그런 혼백의 힘을 빌릴 수 있는 무공이다.

마령천참공을 극성으로 익힌다면 그 아무리 강대한 힘을 지닌 혼백이라도 그 힘을 빌릴 수 있다. 세상에 있어서는 안 될 존재들이 억지로 이 세상에 있으려 하는 것이기에 이 세상에 본디 존재하는 조화로운 존재를 이길 수 없기에 가능한 일인 것이다.

마령천참공에 이런 힘이 있다는 것을 알고 난 후에 나는 그 힘을 이용해 마령천참검법의 후반 3초식을 완성할 수 있었다. 마령천참공의 후반 3초식은 자신이 부리는 혼백을 얻지 못하면 완전한 힘을 낼 수 없다.

마령천참검법의 마령이 곧 마령천참공을 사용해 얻은 혼백을 지칭하는 말이다. 마령을 얻지 못하였는데 어찌 마령이 나타나며, 분노의 외침을 토하고 하늘을 가르겠는가?

마령천참공은 어쩌면 세상에 존재해서는 안 되는 무공일지도 모른다. 이미 세상에 있어서는 안 되는 존재들을 보게 되고 또 그 힘을 이용한다는 것은 세상의 조화를 깨뜨리는 일. 도가의 길을 걷는 나로서는 나의 호기심이 이러한 무공을 만들게 된 것을 후회하였다. 하나 또한 내가 만들어낸 이 결과물을 세상에 남기고픈 보잘것없는 욕망에 결국 마령천참공을 남기나 아무나 그 진실한 실체를 알 수 없게 반쪽짜리 마령천창공 속에 진정한 마령천창공을 숨겼다.

　진실한 마령천창공을 얻으려면 반쪽 마령천창공을 궁구하고 또 궁구하여야 하거끔 안배하였다. 나는 마령천창공을 반쪽으로 만들며 도가의 이치를 같이 담았다. 마령천창공을 궁구하다 보면 자연히 도가의 이치도 습득할 것이니.

　연자가 결국 이 길에 도달하였다면 도가의 이치 역시 느끼고 있을 것이라 생각한다.

　연자여,

　부디 세상의 조화를 깨뜨리는 나의 부덕한 유산으로 세상의 조화를 지켜주길 바라노라.

만천자(滿天子).

　어느 순간 이니안의 뇌리에 박혀들 듯 무수한 말들이 머리에 떠올랐다가 사라졌다.

　그리고 그 말이 끝나는 순간 흰수염을 탐스럽게 기르고 인자한 얼굴을 한 백발의 노인이 이니안을 바라보며 웃고 있었다. 이니안은 자신의 내면에 실체화하여 나타난 그 노인을 마주 보았다.

　노인은 인자한 웃음을 머금으며 고개를 끄덕였다. 이니안이 마음에 들었다는 듯 허허로운 웃음을 터뜨렸다. 이니안은 그 노인을 향해 천천히 무릎을 꿇었다.

　자신이 취하는 동작이 무엇인지 알 수 없었다. 이 대륙에 이러한 인사법은 없었다. 양 무릎을 바닥에 꿇고 양팔을 앞으로 내밀며 손으로 땅을 짚고 가슴이 바닥에 닿을 정도로 상체를 숙이고 고개를 숙이는 동작.

이니안 자신이 알고 있는 대륙의 어떠한 인사법보다 극상의 예를 취하는 듯했다. 자신이 알기로 제국의 황제에게도 이러한 동작은 취하지 않는다. 아니, 신전의 사제들도 이러지 않는다고 알고 있었다.

하지만 자신의 내면 세계에 나타난 노인에게 이와 같은 인사를 해야할 것 같았다. 머리가 알기 전에 마음이 느끼고 몸이 움직이고 있었다. 이니안은 자신의 내면 세계에서 이렇게 같은 동작을 아홉 번에 걸쳐 반복했다.

"허허허. 반듯한 아이로구나. 깊은 아픔을 가진 듯하다만 그 아픔이 너를 반듯하게 해주었어. 아이야 기억하거라. 그 아픔은 항상 너와 함께하며 너를 바른 길로 인도해 주며 또한 지켜줄 것이다. 기억하기 싫은 아픔일지라도 항시 가슴에 품고 있거라. 그리고 내가 남긴 것을 부디 조화 속에 존재하게끔 해다오."

이니안의 귀에 생생히 들려오는 목소리.

이니안은 가만히 고개를 숙였다. 그리고 엄숙하게 대답했다.

"네."

솔직히 이니안은 노인의 말을 이해할 수 없었다. 하지만 자신은 노인의 말을 따라야 할 것 같았다. 반드시 그래야 했다.

"허허허. 그럼 부탁한다. 너라면 아마 마령천참검의 열 번째 검도 찾을 수 있겠구나."

"열 번째 검이요?"

의외의 말에 이니안이 반문했다.

"그래, 열 번째 검. 마령천참검은 마(魔)의 검이 아니란다. 오히려 천명(天命)을 진 검이지. 마령천참검의 천명은 열 번째 검을 찾았을 때야 비로소 열릴 것이다. 마령천참공의 진정한 모습은 천명의 길이 열릴 때에야 완전히 드러날 것이다. 마령의 모습을 벗고 진정한 천령의 모습으로. 찾거라, 열 번째 검 천령개벽(天靈開闢)을."

그 말이 끝이었다. 그 말이 끝남과 동시에 노인의 모습도 사라졌다. 대신 이니안의 머릿속에 무수한 무공의 초식과 구결들이 흘러들어 왔다. 그와 함께 무공을 펼치는 동작들도 생생히 뇌리에 각인되었다.

이니안의 내면 세계의 변화와 함께 외부도 변화를 시작했다. 머리끝 정수리에서 솟아오른 오색찬란한 기운이 이니안의 몸을 서서히 감쌌다. 바닥에 가만히 가부좌를 틀고 앉아 있던 이니안의 몸이 천천히 떠올랐다.

이니안의 몸을 감싼 기운은 천천히 이니안의 배꼽 아래로 스며들어 갔다.

그러한 과정은 아주 천천히 진행되었다. 얼마나 시간이 흘렀을까? 이윽고 이니안의 몸을 감싼 기운이 완전히 이니안의 몸속으로 흘러들어 갔을 때 이니안의 몸은 천천히 바닥으로 내려왔다. 이니안의 엉덩이가 바닥에 닿은 그 순간. 이니안은 두 눈을 떴다.

눈을 뜬 이니안은 한참을 그대로 앉아 있었다. 어딘가 정신이 나간 듯한 멍한 얼굴. 이니안은 아직 자신이 겪은 일을 확실히 받아들이지 못하는 것 같았다.

'뭐였지? 그 경험은?'

정신을 차릴수록 찾아오는 혼란. 이니안은 천천히 혼란을 수습했다. 분명히 일어난 일이고 겪은 현실이다. 받아들여야 했다.

이니안은 천천히 몸을 일으켰다. 그리고 양손을 쥐었다 펴보기도 하고 몸을 이리저리 움직여 보기도 했다.

"변했어, 확실히."

이니안은 가만히 고개를 끄덕였다.

"약해졌어."

[그게 무슨 말인가, 이니안?]

그때 옆에서 칼의 목소리가 들렸다. 칼은 이니안의 몸에서 일어난 신기한 현상에 지금까지 이니안의 행동을 지켜보고 있었다.

"말 그대로야. 난 약해졌어."

칼은 이해할 수 없다는 듯 고개를 갸웃거렸다. 지난번 이니안이 오랜 시간 동안 명상에 들었다가 깨어났을 때는 분명 강해졌었다. 그것도 믿을 수 없을 정도로 강해졌다. 하지만 이번에는 깨어났을 때 반대로 약해졌다고 한다. 분명 이번에는 확연히 강했졌다는 느낌은 없었다. 하지만 그렇다고 약해진 것 같지도 않았다.

더군다나 지난번보다 오랜 시간 명상에 잠겼었고 또 지난번에는 없었던 신비한 현상까지 일어났음에도 약해졌다니 이해할 수가 없었다.

"훗. 그렇게 심각하게 고민하지마. 약해져야 해서 약해졌으니까."

칼의 모습에 이니안이 가볍게 웃으며 말했다.

[그게 무슨 말이지?]

"더 강해지기 위해서 약해졌다고 해야 하나? 앞으로 더 강해지는데 방해가 될 만한 것들이 사라진 거야. 물론 그것들 역시 나의 힘을 이루는 것들 중 하나였기에 당장은 약해진 듯 보이는 거야. 하지만 앞으로는 더욱 강해질 거야."

이니안은 쥐었다 폈다 하는 오른손을 바라보며 자신에 찬 목소리로 말했다. 그의 눈에 가득한 자신감을 본 칼은 고개를 끄덕였다.

[이니안, 너의 눈을 보니 이제 곧 눈물을 흡수할 수 있겠군.]

"그래, 이제는 마음먹으면 언제든지 할 수 있어. 이제 내가 익히고 있는 심공은 반쪽짜리가 아니니까 말이야."

칼의 말을 이니안은 당당한 표정으로 받았다.

'그건 그렇고 상당히 짓궂으시군요.'

숨겨진 나머지 반을 찾아내자 자신을 찾아온 마령천참공의 창시자 만천자. 어떠한 안배로 자신을 찾아왔는지는 모르겠지만 참으로 짓궂은 안배라는 생각이 들었다.

"천령개벽, 열 번째 검이라……."

만천자의 마지막 말을 떠올린 이니안의 두 눈은 새로운 열기로 불타올랐다.

이니안은 천천히 양손을 가운데로 모았다. 여전히 검이 없었기에 가상의 검을 머리에 그리고 그 검을 잡은 것이다. 하나 그것은 가상의 검이 아니다.

이니안이 검을 잡은 모양을 취하자 그곳에 실제로 검이 있는 듯 날카로운 예기가 사방으로 번져 나갔다.

'역시. 항상 보아도 대단하군.'

칼의 혼자만의 생각이었기에 이니안은 듣지 못했다.

이니안은 칼의 시선은 느끼지도 못한 채 다시 마령천참검을 펼쳤다. 만천자가 보여주었던 그 동작을 하나하나 되새기며 천천히 펼쳤다. 달랐다. 같았지만 달랐다.

이전에 이니안이 펼치던 마령천참검에서 빠졌던 것들이 그 자리를 꽉 채운 듯 충만함이 느껴지는 검의 움직임이었다. 이니안은 조금도 멈추지 않고 천천히 그러나 지속적으로 마령천참검의 아홉 초식을 모두 펼쳤다.

정적이고 느린 움직임이었음에도 이니안의 몸은 땀으로 흠뻑 젖어 있었다. 마령천참검의 이치를 생각하며 펼치느라 심력의 소모가 큰 탓이었다.

"후우~ 이게 진정한 마령천참검이란 말이지."

이니안의 얼굴에는 만족한 웃음이 떠올랐다.

칼은 그 모습에 머리를 갸웃거렸다. 그가 보기에는 변한 것이 없었기 때문이다.

'하지만 분명 검의 움직임에서 느껴지는 힘만은 달라졌군.'

검을 익히지 않은 드래곤 칼의 한계였다. 그로서는 검에 담긴 지극한 이치를 알아볼 수 없었다. 하지만 이니안의 마령천참검이 담은 그 거대한 힘만은 느낄 수 있었다.

"후아. 지쳤다. 칼, 얼마나 시간이 흘렀지?"

이니안은 바닥에 벌렁 드러누우며 칼을 향해 물었다.

[얼굴을 만져 봐.]

이니안은 칼의 말을 따랐다. 까칠까칠했다. 수염이 상당히 자란 듯했다.

"쩝. 시간이 흘러도 많이 흐른 것 같군. 수염이 이 정도라니."

[두 달 정도 지났다. 어떻게 먹지도 마시지도 그리고 배설도 하지 않고 두 달을 지낼 수가 있지?]

칼의 의문에 찬 물음에 이니안은 피식 웃었다.

"난들 알까? 잠시 명상을 하고 정신을 차렸다 싶으면 한두 달이 후딱 지나가 버리는데, 나도 조금은 어이가 없다고."

이니안은 어느새 예전의 모습을 찾아가고 있었다. 동굴에서 홀로 지내다가 칼을 만난 후 이니안에게서 예전의 그 차가운 얼음 가면을 찾을 수 없었다.

포르시아의 말 때문인지 아니면 칼의 영향인지는 몰랐지만 확실히 이니안은 자주 웃었고, 밝은 표정을 지었다. 확실히 이니안의 얼굴에는 차가움보다는 따뜻함이 어울렸다.

"이젠 난 좀 쉴래. 두 달 동안 한 자세로 가만히 있었더니 몸이 쉬라고 호소하는군."

[그렇게 해.]

칼은 빙긋 웃으며 말했다. 사르르 눈을 감는 이니안의 모습을 지켜보는 칼의 외모가 변해 있었다. 처음 이니안 앞에 나타났던 노인의 모습이 아니었다.

날카로운 인상을 가진 흑발과 흑안의 청년이었다. 이니안과 친구처럼 편안하게 지내면서 외모도 바뀌었다.

차가운 눈빛과 날카로운 눈, 그리고 과묵하게 다문 입술. 마치 차가운 가면을 쓰고 있을 때의 이니안의 분위기를 그대로 가진 듯했다. 하지만 차가운 가운데 깊은 눈빛은 묘한 매력을 풍기고 있었다.

잘 벼려진 명검과도 같은 외모. 칼이 살아 있을 때 유희를 즐기면서 즐겨했던 모습이었다.

빙설의 귀공자. 그때 칼의 별명이었다.

칼의 외모를 너무나 잘 표현한 별명. 그래서 칼도 썩 마음에 들어 하던 호칭이었다. 이왕 이니안과 생을 함께하게 된 것, 이니안에게 맞추기로 결심한 칼은 자신이 가장 즐겨했고 마음에 들어 했던 빙설의 귀공자가 되어 있었다.

"흐음. 이제 시작해 볼까?"

이니안이 손을 닦으며 자리를 털고 일어났다. 이니안이 앉아 있던 자리에는 닭의 몸을 지탱하고 있었으리라 생각되는 뼈들이 여기저기 놓여 있었다. 손의 기름기를 입고 있던 로브에 대강 닦아낸 이니안은 눈물을 향해 다가갔다.

천천히 눈물을 향해 손을 뻗는 이니안. 이니안의 손끝에서 청량한 기운이 서서히 흘러나와 눈물을 감싸 안았다.

'지금까지와는 다르군.'

그날 이후 이니안은 꼬박 이틀을 잤다. 그리고 눈을 뜨자마자 닭 한 마리를 꿀꺽한 것이 지금이다.

'그런데 저 손은 좀 어떻게 해줬으면 좋겠는데……'

칼의 눈이 이니안의 손에 멈췄다. 아니, 정확히는 눈물을 향해 뻗은 오른손 곳곳에 여전히 남아서 번들거리는 닭기름에 머물러 있었다.

자신을 이 세상에 있게 해주는 눈물에 저렇게 기름이 묻은 손을 뻗다니 솔직히 기분이 별로였다. 하지만 이니안은 그런 칼의 심정을 전혀 모른다는 듯 점점 눈물을 잡아갔다.

이니안의 손에서 뻗어 나온 기운이 눈물을 완전히 감쌌을 때, 이니안의 손바닥이 눈물과 닿았다.

'으윽.'

그때 손바닥의 닭기름이 살짝 눈물에 묻는 모습에 칼이 눈살을 찡그렸다. 하지만 이니안은 기름 따위에 아랑곳 않고 손바닥을 눈물에 밀착시켰다. 그리고 두 눈을 감았다.

마령천참공의 구결에 따라 이니안은 천천히 단전에서 마이너스 마나를 일으켰다. 단전에서 뻗어 나온 마나는 천천히 이니안의 경맥을 따라 흐르며 손바닥 끝으로 흘러나왔다. 이니안이 미리 눈물을 둘러싸게 한 기운을 따라 마이너스 마나는 눈물을 덮었다.

'지금까지와는 다르다.'

이니안의 손에서 뻗어 나온 마이너스 마나가 눈물을 완전히 감싸는 순간 칼은 지금까지와는 다른 느낌을 받았다.

눈물을 둘러싼 마이너스 마나는 쉬지 않고 눈물에 들어갔다가 나왔다를 반복했다. 그러면서 서서히 눈물의 마이너스 마나와 이니안의 마이너스 마나가 그 성질이 같게 변했다.

이윽고 두 개의 성질이 하나와 같이 완전히 일치하는 순간 눈물이 찬란한 빛을 뿌렸다.

[성공했군. 이니안, 축하한다.]

그 말을 남기고 칼의 몸이 서서히 사라졌다. 찬란한 광채가 사라지자 이니안의 손에는 아무것도 남지 않았다. 그저 눈물이 박혀 있었을 거라 생각되는 푹 파인 자국만이 땅에 남아 있었다.

이니안은 숙였던 몸을 일으켰다.

"재미있군."

이니안은 눈물을 흡수하자 온몸을 감싸고 있는 거대한 기운을 느낄 수 있었다. 정말이지 이질적이고 신기한 기운이었다. 자신의 것이 아니지만 자신의 것인 듯한 이 기운.

"옷을 입는 거란 말이지?"

정말 그랬다. 자신의 몸을 감싸고 있는 소유물이지만 몸의 일부는 아닌 옷. 지금 이니안이 느끼는 칼의 힘이 꼭 그랬다.

옷을 입고 있는 것과 같은 익숙함과 동시에 몸의 일부가 아니라는 이질감.

"칼."

[불렀나?]

이니안의 부름에 그의 머리에 칼의 목소리가 울렸다.

"지금 어디에 있지?"

이니안은 주위를 두리번거리며 말했다. 눈물을 흡수한 순간 칼이 사라지는 것을 느꼈다. 눈물이 흡수되는 과정에서 일어나는 일이라 생각하고 다시 나타날 것이라 추측했는데 그의 모습이 보이지 않아서 부른 것이다.

[너의 영혼 곁에.]

그렇다. 이니안이 칼의 눈물을 흡수함으로써 이니안 자신의 육체를 칼에게 머물 곳으로 빌려주게 된 것이다.

"그럼 이제는 볼 수 없는 거야?"

칼이 자신의 육체를 빌려 머문다는 이야기를 들었기에 별다른 동요는 없었다. 다만 칼의 모습이 더 이상 보이지 않자 무언가 조금 아쉬운 듯했다.

[그건 아니지. 물론 모습을 나타낼 수 있어. 그러자면 힘을 써야 하지. 그리고 힘을 쓰자면 너의 허락이 필요하지.]

칼의 대답에 이니안은 빙그레 웃었다.

"어디까지 실체화할 수 있지?"

[이제 네 허락이 있으면 난 나의 힘을 얼마든지 쓸 수 있어. 너의 몸이 내 힘을 버틸 수 있는 한도까지는 말이야. 그러니 물질화하는 것도 가능하지. 그 정도의 힘은 있으니까.]

칼의 대답에 이니안은 고개를 끄덕였다.

"좋아. 그렇다면 물질화해서 실제 모습을 가지는 데까지는 언제든지 네 의지로 힘을 사용하는 것을 허락하지."

"고맙군."

대답은 이니안의 앞에서 들렸다. 어느새 사람의 모습으로 실체화한 칼이 서 있었다. 물질로서 실체화했기에 머리에 공명하는 듯한 목소리가 아닌 고막을 울리는 실제 소리였다.

"신기하군."

"그건 나도 마찬가지야. 눈물에 영혼을 의탁할 때 이런 일이 가능할 거라 생각하지도 못했거든. 어쨌든 한도 내에서의 자유로운 힘의 사용에 대한 허락, 고마워."

　칼의 인사에 이니안은 별것 아니라는 듯 손을 내저었다.

"아아, 귀찮았을 뿐이야, 네가 모습을 드러낼 때마다 내가 일일이 허락을 해야 한다는 과정이."

　그 말에 칼은 빙그레 웃었다.

"역시. 너는 재미있는 녀석이야. 그런데 언제 나갈 거지?"

"나의 힘을 어느 정도까지 얻은 후에."

　이니안의 대답에 칼은 의외라는 듯한 얼굴을 했다.

"아직 만족하지 못한 거야? 너의 힘에?"

"당연하지. 나는 불과 이틀 전에 새로운 힘을 얻을 실마리를 얻었어. 적어도 그 힘의 일부라도 마음대로 쓸 수 있게 된 다음에 나가야지. 이곳만큼 힘을 기르기 좋은 곳도 없다고."

　이니안의 대답에 칼은 고개를 끄덕였다. 이니안은 드래곤의 강대한 힘의 일부를 얻었음에도 그 힘을 자신의 힘이라 생각하지 않는 듯했다. 그 모습이 더욱 칼의 마음에 들었다.

'나의 힘은 어디까지나 만약을 대비한 최후의 한 수 정도로 생각하는군.'

　육체를 공유하는 영혼이라 할지라도 상대의 생각까지는 읽을 수 없다. 어디까지나 머무는 곳을 공유할 뿐, 서로 독립된 영혼이기에. 하지만 그릇을 공유하기에 서로 원할 때는 영혼과 영혼의 교감은 가능했다.

"그런가? 그럼 선물을 하나 하도록 하지."

칼의 말에 이니안은 무슨 말이냐는 얼굴로 그를 바라보았다.

그때 이니안은 자신의 몸을 싼 기운이 움직이는 것을 느꼈다. 그리고 일부가 덩어리져서 그 기운에서 떨어져 나갔다.

"이 정도의 힘을 지금 사용할 수 있게 해주겠어?"

힘의 사용에 대한 허락을 구하는 말. 이니안은 고개를 끄덕이는 것으로 허락의 말을 대신했다. 그 순간 칼의 손이 밝게 빛났다. 덩어리진 기운이 칼에게로 간 것이다.

칼은 손을 휘저으며 나직이 중얼거렸다.

"언락(Unlock)."

칼의 주문과 함께 칼이 휘저은 손에서 뻗어나간 기운이 동굴 곳곳으로 퍼져 나가 감쌌다. 그 순간 동굴 전체가 짧은 섬광에 휩싸였다. 아주 잠깐의 섬광이 지나가자 동굴의 풍경이 변했다.

거대한 동공은 그대로였지만 여태껏 보이지 않던 곳곳의 통로가 눈에 들어왔다.

"훗. 이게 나의 레어의 진짜 모습이야. 나의 힘으로 봉인했기에 나의 힘으로만 풀 수 있지."

칼의 웃음에 이니안은 신기하다는 듯 주변을 두리번거렸다.

"드래곤의 마법이란 대단하군."

"마음만 먹으면 너도 사용할 수 있다. 나의 힘이 곧 너의 힘이니."

"뭐, 필요하면. 참고할게."

이니안은 천천히 가장 가까운 곳에 새로이 모습을 드러낸 통로로 들어갔다.

"그곳은 재미없을 거야."

이니안이 향하는 통로를 본 칼이 말한다. 그 말에 이니안이 우뚝 멈춰 섰다.

"왜?"

"거기에는 책밖에 없어, 학문과 마법에 대한."

그 말이 끝나기도 전에 어느새 이니안은 몸을 180도 돌린 상태다.

"푸흣."

칼은 그 모습에 웃음을 터뜨리지 않을 수가 없었다.

"뭐, 이제 이곳에 있는 모든 것은 네 것이다. 내가 마지막 유희를 즐길 수 있게 해준 데에 대한 대가라고 할까? 그냥 보답의 선물 정도로 생각해."

"휘유~ 이거 내 몸이 엄청 비싸군. 몸에 영혼 하나 넣어준 대가로 드래곤의 레어를 하나 통째로 가지다니."

"쿡쿡. 과연 세상에서 가장 비싼 몸인 듯하군."

이니안은 예전에는 하지 않던 농담을 하며 걸음을 옮겼다. 그곳은 책밖에 없다고 했던 통로 옆의 방이었다.

이니안은 확실히 변해 있었다. 내면의 세계에서 만천자를 만난 이후 확실히 변해 있었다. 그의 그 인자한 웃음이 이니안의 심경에 어떤 변화를 준 것일까? 그의 충고가 이니안의 결심에 어떤 변화를 준 것일까?

포르시아의 부탁에 조금씩 깨어져 가던 이니안의 얼음 가면은 완전히 녹아서 사라졌다. 그 사건이 있기 전 어린 시절의 밝고 쾌활한 성격으로 완전히 돌아와 있었다.

"이번에는 제대로 골랐어. 그 방이 무기가 있는 방이지."

칼의 말에 이니안의 얼굴에 빙그레 미소가 떠올랐다.

과연 통로 끝에 나타난 방 안에는 갖가지 무기들이 들어차 있었다. 공작가의 아들인 이니안이 보기에도 과연이라는 감탄이 터져 나올 만한 무기들만이 진열되어 있었다.

"마음대로 얼마든지 골라. 이게 다 네 것이니까."

하지만 칼의 말에도 이니안은 크게 기쁜 얼굴을 하지는 않았다. 그저 훌륭한 무기들에 대한 감탄만을 할 뿐이다.

"고맙긴 한데… 이 방에는 당분간 임시로 쓸 검밖에 못 구할 것 같군."

"응? 그게 무슨 말이지? 이 방에는 세상에 나가면 당장 명검이나 보검이라는 이름을 얻을 정도의 검밖에 없는데."

칼은 기분이 상한 듯한 얼굴로 말했다.

인간을 뛰어넘은 고등한 지적 생명체 드래곤. 그런 그들에게도 욕망이란 것은 존재했다. 지상에서 가장 고등한 생명체이기는 했지만 그들도 결국은 신의 피조물. 불완전한 존재인 것이다.

그들이 공통적으로 가진 유일한 욕망이 바로 수집이었다. 보물의 수집. 갖가지 보물들을 수집하여 자랑스러워하는 것이 드래곤들의 유일하게 공통된, 본능적 욕망이었다.

그런데 그런 자랑스러운 수집품들이 임시로 쓸 검밖에 되지 않는다니 드래곤인 칼로서는 기분이 상하지 않을 도리가 없었다.

"뭐, 그렇게 기분 상한 얼굴 하지 말라고. 어디까지나 나라는 놈에 한정해서 하는 말이니까. 그리고 잘 찾아보면 내가 쓸 검이 있을지도 모르고."

"그게 무슨 말이야?"

이랬다저랬다 하는 이니안의 말에 칼은 더욱 기분이 상한 듯했다.

"너 정말 검에 대해서는 아무것도 모르는구나."

이니안의 말에 칼은 고개를 끄덕였다. 검 따위 몰라도 드래곤은 지상 최강의 생명체다. 검으로 찔러 오기 전에 마법으로 날려 버리면 되는 것을 드래곤이 검 따위를 알 리가 없었다.

"검을 쓰는 사람에게 있어서 검이란 몸의 일부야. 그저 단단하고 잘 자른다고 되는 것이 아니지. 몸의 일부가 되어야 해. 처음 잡아도 몸의 일부가 될 수 있는 검. 그런 검이 진정한 명검이지."

칼은 이니안이 무엇을 말하려 하는지 알 수 있었다.

"훗. 뭐, 진정한 실력자라면 산길에 나뒹구는 나뭇가지도 명검같이 사용하겠지만 난 아직 그 정도는 아니야. 게다가 경험이 있거든."

"경험?"

"그래. 경험. 검병을 잡는 순간 마치 내 몸에서 떨어져 나갔던 부분을 되찾은 듯한 느낌을 경험했었지."

"호오. 대단한 검이군."

이니안의 설명에 그가 경험했다는 검이 얼마나 대단한 명검인지 알 수 있었다.

"그런 명검을 어떻게 하고 지금은 빈손인 거지?"

"버렸어."

이니안은 짧게 대답했다. 너무 짧은 대답에 칼은 다시 한 번 물어보려다가 그만 두었다. 이니안의 두 눈 깊이 자리한 아픔을 보았기에 더 이상 묻지 않았다. 사람은 저마다의 사정이라는 것이 있는 법이니까.

"그럼 어디 나에게 맞는 검이 있는지 찾아볼까?"

이니안은 언제 그랬냐는 듯 빙긋 웃으며 잔뜩 진열된 무기들 사이로 걸어 들어갔다. 다양한 종류의 무기들 중 검이 진열된 곳으로 간 이니안은 주변을 훑어보더니 몇 개의 검을 집어 들었다가 놓았다. 그리고는 곧 한 자루의 검을 들고 다시 동굴로 나왔다.

"고마워. 이 정도면 그럭저럭 새로운 검을 만들 때까지 쓸 수 있겠어."

이니안의 말에 칼은 쓴웃음을 지었다.

'오리하르콘으로 만든 검을 보고 그럭저럭 쓸 만하다니. 대체 어떻게 생겨 먹은 녀석인지…….'

지상 최강의 금속, 신의 금속이라고 불리는 오리하르콘. 그 오리하르콘을 드워프들이 제련해서 만든 검이 지금 이니안이 들고 있다. 그것을 아무것도 아닌 것처럼 말하는 이니안의 모습에 칼은 질렸다는 표정을 지었다.

이니안은 칼이 자신의 행동을 보고 어떤 행동을 하는지는 상관없다는 듯 휘적휘적 걸어서 동굴의 중앙에 섰다. 이제는 그곳에 눈물이 없었지만 익숙한 곳에 습관처럼 섰다.

호흡을 고르게 하고 눈을 감았다.

검집을 허리에 있는 검대에 매고 서서히 검을 뽑아 양손으로 쥐었다. 동굴 천장의 마법 등의 빛이 검에 부딪쳐 날카롭게 반사되어 빛난다.

숨을 들이쉰다. 내쉰다. 그리고 숨을 멈추는 순간 이니안은 두 눈을 뻔쩍 떴다.

파아아아!

그 순간 엄청난 기세가 동굴에 휘몰아쳤다. 드래곤이 누워 어느 정도 움직일 수 있는 넓은 동굴을 어마어마한 바람이 가득 채웠다.

'우웃. 엄청나군. 자신이 약해졌다고 하지 않았던가? 나의 힘은 전혀 사용하지 않았는데…….'

강한 바람에 휘날리는 머리칼을 정리하며 칼은 질린 눈으로 이니안을 바라보았다.

"좋은 검이야. 나의 기세를 오히려 증폭해서 사방으로 뿌리다니."

이니안은 만족한 듯 검을 한 번 쳐다본 후 천천히 마령천참검을 펼치기 시작했다.

"과연."

칼은 그 모습에 고개를 끄덕였다. 가상의 검을 쥐고 수련을 할 때와는 달랐다. 이니안이 움직이는 검에서 뿜어져 나오는 날카로운 기운에 온몸이 찌릿찌릿 했다.

'기다려라. 반드시 엮이고 꼬인 사건의 매듭을 풀어내고 말 테니까.'

검을 움직이는 이니안의 두 눈은 자신에 대한 결심으로 빛났다.

Chapter 5

확실히 기억이 돌아올까요?

밝은 햇빛이 내리쬔다. 이제 계절은 완연한 봄으로 접어들어 사방에 초록 잎들이 피어나고 있다. 따뜻하게 몸을 감싸오는 봄볕을 맞으며 테라스에서 나와 앉아 있는 기분은 정말이지 포근하고도 상쾌하다.

포르시아는 자신 앞에 놓인 티 테이블 위의 찻잔을 가만히 들여다보았다. 칸세르 영지에 들어온 지도 어느새 두 달이 지났다.

제법 긴 여행이 지루하긴 했지만 그럭저럭 견딜 만은 했다. 그보다도 더한 강행군도 한 경험이 있지 않았던가.

두 달이 지나자 이제 포르시아는 영지의 생활에 어느 정도 적응을 했다. 아직 자신이 포르시아 오마 칸세르 공녀라는 사실을 받아들이지는 못해도 그 생활에는 익숙해졌다. 사람이란 적응의 동물이란 말이 맞는 듯했다.

"하아… 얼마나 더 기다려야 하지?"

포르시아는 한숨과 함께 작게 중얼거렸다. 기억을 찾기 위해 요양차 온 영지. 하지만 처음 떠날 때 아버지라는 칸세르 공작이 말한 시일은 이미 지나 버렸다. 그럼에도 자신의 기억을 되찾게 도와줄 사람이라는 클레비클은 아직 준비가 부족하다고 한다.

이런 여유로운 곳에서 한가로운 생활도 좋았다. 하지만 그녀가 이곳에 온 이유는 쉬기 위해서가 아니었다. 기억을 찾기 위해서 이곳에 온 것이다. 하지만 그 실마리가 보이지 않았다.

그랬기에 이토록 좋은 환경에서 뛰어난 차를 마시면서 한숨을 쉬는 것이다.

"뭔가 마음에 안 드시는 것이라도 있으신지요, 공녀님?"

포르시아의 한숨에 즉각 옆에서 반응이 왔다. 캐서린이었다. 수도의 저택을 떠날 때 포르시아의 전속 시녀로서 따라온 그녀는 포르시아의 뒤에 조용히 서 있다가 그녀의 한숨에 반응한 것이다.

"아, 아니야, 캐서린. 신경 쓸 거 없어."

포르시아는 이제 자연스럽게 시녀에게 하대를 할 수 있게 되었다. 처음 수도를 떠났을 때 시녀와 하인들에게 하대를 하기 어려워 경어를 쓰곤 했던 것에 비하면 많이 적응한 것이다.

"네."

포르시아의 대답에 캐서린은 다시 그림자가 된 것처럼 그녀의 뒤에 가만히 서 있었다. 포르시아는 티 테이블 위의 찻잔을 조심스레 들어 입으로 가져갔다.

'쩝. 지루하군. 벌써 몇 달이 지난 거야?'

테라스 아래의 아름드리 나무의 굵은 가지 위에 편안한 자세로 누운 케라우가 힐끗거리며 포르시아를 쳐다보았다.

'분명 로즈는 아무것도 아는 것이 없어. 드래곤의 눈물에 기억을 조작당한 피해자일 뿐인 것 같군. 역시 클레비클이라는 그 흑마법사 영감이 수상하단 말이야.'

케라우는 턱을 문지르며 생각에 잠겼다. 하지만 이내 머리를 털며 그 생각을 버렸다. 확실히 무언가를 깊게 생각한다는 것은 케라우의 적성에 맞지 않았다.

어두운 지하의 복도를 느릿느릿 걷는 걸음이 있다. 복도의 양쪽 벽에 드문드문 걸린 초들이 어둠을 겨우 밝힐 뿐이었다. 촛불에 비친 로브를 입은 사내의 그림자가 복도 뒤로 길게 이어졌다.

"휴우… 이제야 겨우 준비가 끝났군. 그 빌어먹을 녀석 때문에 준비하는 데 두 달 이상 시간을 잡아먹다니."

안도의 한숨 뒤에 이어진 분노에 찬 중얼거림. 하지만 이내 그는 입을 다물고 천천히 걸음을 옮겼다. 좁은 지하 복도는 미로처럼 구불구불 이어지고 또 곳곳에 다른 곳으로 이어진 통로가 나타났다.

사내는 촛불 빛에 의지해 한참을 걸었다. 더 깊은 지하로 내려가는 것인지 그가 향하는 길 곳곳에 아래로 향하는 계단이 나타났다. 얼마나 그렇게 걸었을까? 드문드문 걸려 있던 초의 수가 점점 줄어 깊은 어둠이 내리기 시작했다. 이제 겨우 어둠 속에서 사물을 식별해 걸음을 옮길 수 있을 정도의 밝기일 뿐이다.

사내가 걸음을 멈춘 곳.

그곳에는 굵은 쇠창살이 있었다. 한눈에 보아도 지하 감옥이었다.

"클클클. 기분이 어떤가, 호크?"

사내는 쇠창살 안을 향해 누군가를 불렀다.

철그렁.

굵은 쇠사슬이 움직이는 소리가 울린다. 그러더니 감옥 안에서 무언가가 쇠창살 쪽으로 천천히 움직여 왔다. 사내가 호크라고 부른 인물이다.

"후우. 또 자네인가, 클레비클?"

사내는 고개를 끄덕였다.

"이번에는 어쩐 일인가? 지겹군, 그래. 그만 날 죽여."

호크는 힘없는 목소리로 중얼거렸다.

"물론 넌 죽었어."

"그게 무슨 말이지?"

호크는 알 수 없다는 듯 클레비클에게 물었다.

"공작님은 네가 죽은 걸로 알고 계시지. 그렇게 보고했으니까. 하지만 난 결코 네놈을 편하게 죽일 수 없다. 나의 필생의 노력이 담긴 마법의 발현을 네놈이 망쳤으니까."

그 말을 하는 순간 클레비클의 눈에서 짙은 살기가 쏟아져 나왔다.

"후우. 그렇군. 그래서 나의 귀를 잘라서 가지고 갔군. 하지만 말이야, 설마 그 대상이 그분인 줄 알았다면 나는 너의 연구에 협조하지 않았을 거야."

호크는 후회가 가득한 목소리로 힘없이 중얼거렸다.

"크크크. 주인없이 떠돌아다닌 흑마법사를 거두어주었더니 감히 배신을 해? 네놈도 드래곤의 눈물이 얼마나 귀중한 재료인 줄 알 텐데 감히 그것을 날려 버려? 세 번에 걸쳐 쓸 수 있도록 준비한 것 중 하나가 날아갔다. 덕분에 앞으로의 시술 예정을 변경해야 했지."

"후우… 나는 몰랐어. 그분이 대상이 될 줄. 알았으면 애초에 너의 요청에 응하지도 않았을 거야. 홀로 세상을 떠도는 쪽이 훨씬 나았지. 내가 미쳤었어. 욕심에 눈이 멀었지."

호크의 말에는 절절한 후회와 한이 스며 있었다.

"흥. 아무튼 네놈을 죽이지 않고 살려둔 보람은 있게 되었어."

"그게 무슨 말이지?"

"네놈은 칸세르 공작가의 힘을 너무 우습게 보았어. 그분은 돌아오셨다."

"뭐야?"

어디서 그런 기력이 솟았을까? 곧 죽을 사람처럼 바닥에 앉아 힘없는 목소리로 중얼거리던 호크는 용수철처럼 튕겨 올라 쇠창살을 잡고 으르렁거렸다.

"흐흐흐. 네놈의 방해로 마법이 제대로 발현을 안 했어. 부작용으로 모든 기억을 잃었더군. 칸세르의 기억도 그 이전의 기억도."

뿌드득.

호크는 더 이상 아무런 말도 하지 않았다. 이를 갈며 사나운 눈으로 클레비클을 노려볼 뿐.

"난 이 말을 해주러 왔을 뿐이야. 이제 폐인이 된 8서클의 흑마법사 호크 말라온이여, 이제 어둠과 절망 속에서 몸부림치거라. 하하하하!"

크게 웃은 클레비클은 미련없이 몸을 돌려 걸음을 옮겼다. 몇 걸음 움직였을까? 클레비클은 그 자리에 멈춰 섰다. 그리고 몸을 돌리지 않고 호크가 들을 만한 목소리로 말했다.

"아, 깜빡했군. 네놈 덕에 준비에 애를 먹었지만 어쨌든 준비는 마쳤어. 마침 내일이 그믐이라 내일 다시 한 번 마법을 실행할 거야. 하하하!"

그 말이 끝나자 클레비클은 다시 걸음을 옮겨 감옥을 벗어났다.

"크아아아악! 네 이놈!! 클레비클! 내 죽어서도 네놈을 절대 용서하지 않을 것이다!!"

홀로 남은 호크의 절규가 복도를 울렸지만 어떤 마법이 걸려 있는 듯 어느 한도 이상은 퍼지지 않았다.

"공녀님, 몸은 좀 어떠십니까?"

"늘 그렇죠. 좋아요."

클레비클의 물음에 포르시아는 별다른 표정 없이 대답했다.

"다행이군요. 이제야 준비를 마쳤습니다."

클레비클이 고개를 숙이며 말하자 포르시아의 얼굴에 표정이 나타났다. 그것은 기대와 걱정이었다.

"그 말은?"

"네. 내일 밤 마법을 사용해서 공녀님의 기억을 되돌리는 방법을 써 볼 생각입니다."

"그런가요?"

"네."

포르시아는 고개를 돌려 테라스 밖의 정원을 바라보았다.

"하긴 오래 기다렸으니까요. 확실히 기억이 돌아올까요?"

"제가 생각하는 성공 확률은 9할 이상입니다."

"그래요? 수고하셨어요."

"제 할 일을 했을 뿐입니다."

"알겠어요. 혼자 있고 싶군요."

"네."

포르시아의 말에 클레비클은 허리를 숙이고 테라스에서 물러났다.

포르시아가 혼자 있고 싶다 했기에 캐서린도 테라스 밖으로 움직였다.

정원을 바라보는 포르시아의 얼굴 표정은 묘했다. 기대와 걱정이 뒤섞인 얼굴이었으나 이내 그것도 사라졌다. 그리고 포르시아의 얼굴을 차지한 감정. 그것은 그리움이었다.

"이니안 오빠, 나 기억을 되찾으면 어떻게 될까요? 보고 싶네요."

작은 중얼거림이 그녀의 입 안에서 맴돌았다. 그녀가 바라보는 정원에 이니안의 모습이 떠올랐다 사라진다.

잠시 동안 정원에 시선을 던지던 포르시아는 이내 티 테이블에서 일어나 저택 안으로 들어갔다. 그녀가 일어난 빈 티 테이블 위로 따뜻한 바람이 살짝 머물렀다 지나갔다.

"흐음. 내일이라… 그러고 보니 내일 밤은 그믐이군. 내일 마법을 사용한다라… 분명 드래곤의 눈물을 사용하는 것이겠지?"

나뭇가지 위에서 클레비클의 말을 들은 케라우의 두 눈이 빛났다.

"이제 어떻게 한다. 밤이라면 움직이기 힘든데… 마법을 방해해야 할까? 놔둬야 할까? 일단 저 녀석이 로즈의 기억을 되돌리려 한다는 것만은 사실인데……."

어느새 자세를 바꿔 나뭇가지 위에서 다리를 꼬고 앉은 케라우는 고민에 빠졌다. 지금까지 머리 쓰기 귀찮아서 무시하던 때와는 다른 모습이었다. 한쪽 다리 위에 얹혀 진 다른 다리가 위아래로 리듬감있게 움직인다.

"쳇. 이니안 녀석, 이럴 때는 어떻게 대처하라는 정도는 말해줬어야지. 감시만 하라고 했지만 이런 경우는 애매하잖아."

머리를 긁적이며 이 자리에 없는 이니안을 향해 토해진 케라우의 불만.

"뭐. 일단은 놔둬야 하겠군. 드래곤의 눈물을 사용해서 무언가를 하려 한다는 것은 알겠지만, 일단 그것이 로즈의 기억을 되찾는 것이니. 하지만 클레비클, 저 녀석은 유심히 지켜봐야겠어."

케라우의 모습이 곧 나뭇가지 위에서 사라졌다.

그냥 관망하기로 결정한 케라우가 모르는 사실이 하나 있었다. 이니안은 알고 케라우는 모르는 사실. 그것은 케라우가 드래곤의 눈물의 기운이라고 말한 것이 포르시아를 두 겹으로 싸고 있었다는 것이다.

이니안 정도로 기감이 뛰어나지 않았기에 케라우는 그저 하나의 기운을 느꼈을 뿐이었고, 그랬기에 그런 결정을 내린 것이다. 지금 포르시아는 세 번째로 드래곤의 눈물을 이용한 마법의 시전 대상이 되었다는 것을 모른 채.

＊　　　　　＊　　　　　＊

거대한 성벽이 보이는 언덕. 그곳에 이니안의 세 누나가 성벽을 바라보고 서 있었다.

"흐음. 저기가 미오나인이란 말이지?"

"크네."

크게 대단할 것 없다는 말과 같은 감상이 로레인과 이리아의 입에서 흘러나왔다.

"후우. 겨우 미오나인까지 오는데 이렇게 시간이 많이 걸려서야. 앞으로 어쩌겠다는 거야?"

두 사람의 모습에 메이린이 고개를 저으며 입을 열었다.

"급할 건 없잖아? 덕분에 이니안의 흔적으로 보이는 것들도 찾았고."

로레인의 말에 이리아 역시 동의한다는 듯 고개를 끄덕였다.

"이리아 언니, 우리는 로레인 언니 신랑감을 찾으러 온 거라고. 언니가 더 늙기 전에 얼른 신랑감 찾아야지."

"아, 잊고 있었네."

메이린의 말에 이리아가 깜빡했다는 듯 말했다.

"우리 막내가 남긴 흔적이 너무 흥미로워서 말이야."

이리아가 방긋 웃으며 말했다.

"너희들……."

로레인의 눈이 심하게 떨렸다. 어느새 잊었는가 싶었더니 자신의 두 동생은 집요하게 자신을 시집보내려 하고 있었다.

"그건 그거고 그곳의 흔적 무척 흥미로웠지?"

"그래."

이리아의 물음에 메이린이 고개를 끄덕인다.

"그 사고뭉치 녀석 설마 무공을 회복했을 줄은 몰랐어."

로레인이 진중한 얼굴로 두 동생의 대화에 끼어들었다.

"그렇지. 거기에 있던 흔적은 우리 가문의 무공이 아니면 나타날 수 없는 흔적들이니까."

무공을 익히지 않았지만 사이몬 가의 무공에 가장 정통한 메이린이 말했다.

"설마 그 말썽쟁이 녀석, 마나 스피어를 파괴하지 않고 파괴했다고 한 거 아냐?"

이리아가 고개를 갸웃거리며 말한다.

"그 녀석 성격 몰라? 절대 그럴 리 없어."

"그건 로레인 언니의 말이 맞아. 오빠가 조사했을 때도 이니안의 생활은 완전히 평범한 용병의 그것이었다는 걸."

"그럼 어떻게 된 거야? 그 상태에서 무공이 회복될 리 없잖아. 물론 나도 무공을 익히지 않았지만 그 정도는 안다고, 마나 스피어가 파괴되면 우리 가문의 무공은 더 이상 익히지 못한다는 건."

이리아의 말에 로레인과 메이린이 동시에 고개를 끄덕였다. 이 셋 중 가문의 무공에 대해 제대로 알지 못하는 사람은 이리아가 유일했다. 로레인은 실제로 자신이 무공을 익혔고, 메이린의 경우 집안의 모든 무공서를 읽어 이론에 밝았다.

"내 생각도 이리아와 같아. 그런 일이 가능해, 메이린?"

로레인의 시선이 메이린을 향한다.

"흐음… 내 상식 안에서는 불가능해. 우리 집안에 있는 어떠한 책에도 파괴된 마나 스피어를 복구시키는 방법은 없었어. 혹시 드래곤 하트가 있다면 모르지만 말이야."

"그럼 어떻게 된 거지? 그 녀석이 드래곤 하트를 구했을 리가 없잖아. 하지만 그곳에 남아 있는 흔적은 시시껄렁한 피어스 브레이크 따위의 것이 아니었어. 분명 연계된 초식의 흔적이었지."

로레인의 말에 메이린은 고민에 빠졌다. 차타르 마을에서 수소문을 하고 메이린의 추적술을 발휘해 이니안이 엄청난 싸움을 벌인 것 같은 장소를 찾을 수 있었다. 그리고 그 장소에 남아 있는 흔적을 토대로 대강의 추측을 한 사람은 로레인이었다. 그 이후 이곳에 오는 동안 시간만 나면 같은 내용의 대화를 반복하고 있었다.

"더군다나 더 열받는 것은 가문의 무공의 흔적이 피어스 브레이크에게 깨졌다는 걸 나타내고 있었다고. 멍청한 녀석. 나보고 약하다고 놀리던 녀석이 겨우 피어스 브레이크 따위에 깨질 것은 뭐야?"

로레인은 그 흔적에서 이니안의 패배를 읽을 수 있었다.

"흐음. 결국 또 결론이 나지 않네. 그만 하자고. 어차피 아무것도 못 찾았잖아. 이니안의 흔적으로 보이는 것을 찾아서 뒤쫓아가 봤지만 절벽만 나타나고 절벽에는 아무것도 없었어."

"그것도 신기해. 어떻게 그렇게 사라질 수가 있지?"

이리아가 이상하다는 듯 고개를 갸웃거렸다. 그녀는 그 장소에서 분명 어떠한 마법의 흔적을 느꼈었다. 하지만 그것이 무엇인지를 끝내 알아내지 못했다.

"그건 이제 그만 이야기하자. 결국 결론은 난 거잖아. '알 수 없다'. 이렇게 말이야. 이니안이 다시 모습을 드러낸다면 용병 길드에 들를 테니 오빠가 알 수 있을 거야. 이니안 찾기는 거기까지 진행이 됐으니까 이제 진정한 목표를 달성해야지."

메이린의 말에 로레인은 주춤거렸고 이리아는 메이린을 바라보았다. 눈동자가 마주친 두 자매의 얼굴에는 굳은 결의가 떠올랐다.

*   *   *

서재의 문이 열리고 열린 문 사이로 나타난 인물. 카르세온이었다.

"부르셨습니까?"

카르세온은 소파에 앉아 책을 펼쳐 들고 있는 아버지의 앞으로 걸음을 옮겼다.

"아, 페르마타, 어서 오너라. 너에게 손님이 찾아와 이렇게 불렀다. 일단 앉거라."

"손님이라니요?"

카르세온은 아버지의 맞은편 소파에 앉으며 물었다. 아들의 물음에 카데오드 카르세온 백작의 입에 미소가 걸렸다. 아버지의 미소가 불길하게 느껴진 것이 기우이기를 카르세온은 진심으로 바랐다.

"올 해 네 나이가 몇이지?"

"스물여덟입니다."

뭔가 심상치가 않았다. 갑자기 뻔한 자신의 나이를 묻다니.

"크흠."

헛기침으로 주위를 환기시키는 카르세온 백작.

"무슨 일입니까?"

카르세온이 다시 묻는다.

"사실 네게 청혼이 들어왔다."

"네?!"

순간 카르세온은 자리에서 벌떡 일어났다. 도무지 믿어지지 않은 소리였기 때문이다. 아니, 믿을 수 없는 상황이라고 할까?

사실 카르세온에게는 예전부터 많은 청혼이 들어왔었다. 솔직히 카르세온 정도라면 제국 제일의 신랑감이라 할 만했다. 외모, 능력, 가문. 무엇 하나 빠지는 것이 없지 않은가.

하지만 카르세온은 모든 청혼을 거부했다. 그리고 부모를 설득하여 애초에 청혼의 이야기가 자신에게까지 오지 않도록 차단했다. 덕분에 요 몇 년간 청혼 이야기는 들리지 않았다. 친구를 위해 포르시아를 포기했지만 그렇다고 그의 감정이 완전히 정리된 것은 아니었다. 그런 상황에서 청혼이라니 가당치도 않은 말이었다.

그가 청혼을 거부하는 이유는 누구도 알지 못했다, 오직 그 혼자만의 비밀이었기에. 아버지와 어머니는 카르세온이 가진 특유의 밀어붙이기로 설득을 했었다. 그런데 지금 청혼 이야기라니…….

"크흠. 물론 네가 먼저 말하기 전에는 결혼 이야기는 꺼내지 않기로 했다만 이번에 청혼이 들어온 상대가 너무 아까워서 말이다."

"아버지!"

아들의 외침에 카르세온 백작은 움찔했다. 자랑스러운 아들이기에 항시 부드럽게 대했다. 아니, 굳이 엄하게 하지 않아도 알아서 반듯하게 자라준 아들이었기에 항시 부드럽게 대했던 건지도 몰랐다. 그런데 카르세온이 아버지에게 소리를 질렀다.

움찔한 기색도 잠시 카르세온 백작의 얼굴에 노기가 서렸다.

"이놈, 페르마타. 지금 네 행동이 감히 이 아비 앞에서 할 짓이란 말이냐?"

카르세온 백작의 호통에 카르세온이 움찔했다. 너무 흥분했다. 분명 백작가의 자제로서 자신의 행동은 상식을 벗어나도 크게 벗어나 있었다.

"죄송합니다."

카르세온은 즉각 고개를 숙여 잘못을 빌었다.

"험. 알면 되었다."

카르세온 백작은 아들의 행동에 만족했다. 잠시 흥분해 무례하게 굴었지만 즉시 잘못을 인정하고 용서를 구하는 태도. 자신의 아들이라지만 너무나 마음에 들었다.

"그리고 이번의 청혼 상대는 네가 결혼하고 싶어도 못할 상대다."

"네? 그게 무슨 말씀이십니까?"

카르세온은 의아한 듯 고개를 갸웃거렸다. 말이 안 되었다. 자신과 결혼을 하기 위해 청혼을 한 것일 텐데 자신이 결혼을 하고 싶어해도 결혼을 할 수 없을지도 모른다니. 말이 앞뒤가 맞지 않았다.

"허허허. 그건 내일이면 알게 될 것이야. 먼 길을 왔기에 내 오늘은 쉬라고 처소를 마련해 주었다. 그리 알고 내일 오전에 응접실로 오너라."

자신에게 청혼의 뜻을 전하던 검은 머리의 당돌한 아가씨를 떠올리며 백작은 웃음을 터뜨렸다. 그렇게 유쾌한 사람을 만난 것이 얼마 만이던가.

'과연 사이몬이라는 이름이야.'

백작은 잠시 테이블 위에 놓아두었던 책을 집어 들었다. 그 모습에 카르세온은 조용히 소파에서 몸을 일으켰다. 아버지의 행동은 이만 나가보라는 말이었기에.

'대체 무슨 일인지.'

서재를 나서는 카르세온은 여전히 어안 벙벙했다.

다음날 오전.

간단히 식사를 마친 카르세온은 응접실로 향했다. 아직 이른 시간이었지만 도저히 궁금해서 견딜 수가 없었다. 그랬기에 일단 응접실로 향한 것이다.

벌컥.

카르세온은 응접실의 문을 거칠게 열었다. 그의 시선에 들어온 사람은 모두 세 명의 여인이었다. 똑같이 흑발에 흑안을 가진 묘한 매력을 풍기는 여인들. 그녀들은 소파에 앉아 편안한 자세로 차를 즐기고 있었다.

"응?"

세 명 중 한 명의 시선이 카르세온과 마주쳤다. 카르세온은 그 시선에서 강렬한 기세를 느낄 수 있었다.

'강하다.'

카르세온은 대번에 그 여인이 자신 못지않은 강자임을 알아보았다. 두 사람은 꼼짝도 않고 서로의 눈을 응시했다. 모르는 사람이 보면 선남선녀의 교감이라 착각할지도 모르지만 그렇지 않았다. 지금 두 사람은 눈빛으로 기세 싸움을 벌인 것이다.

"허허, 페르마타, 손님을 앞에 두고 무슨 무례한 태도냐. 네게 청혼키 위해 먼 길을 와주신 귀한 손님인 것을."

언제 들어온 것일까? 카르세온 백작이 카르세온을 작은 소리로 꾸지람을 했다.

"죄송합니다."

카르세온은 아버지의 말에 즉각 눈빛을 거두고 허리를 숙여 인사를 했다.

"호호호. 아니에요. 우리 언니가 먼저 잘못했죠."

메이린이 웃으며 말했다.

"처음 뵙겠습니다. 메이린 케이 사이몬이라고 합니다. 카일로니아의 사이몬 공작가의 셋째 딸입니다. 오늘은 저희 큰언니의 청혼 문제로 이렇게 찾아뵈었습니다."

메이린이 소파에서 몸을 일으켜 허리를 숙이며 카르세온에게 인사를 했다.

"페르마타 카르세온이라 합니다."

메이린의 인사에 카르세온은 자신도 모르게 허리를 숙여 인사를 했다. 숙였던 허리를 펴는 순간 한 가지 단어가 그의 귓속에서 맴돌았다.

'사이몬, 사이몬, 사이몬.'

그 단어가 맴도는 순간 카르세온의 얼굴이 살짝 찌푸려 들었다.

"백작님, 그럼 이제 시작해도 될까요?"

카르세온과 눈이 마주쳤던 여인 로레인은 카르세온에게는 더 이상 시선을 주지 않고 카르세온 백작을 보며 물었다.

"허허. 그렇게 하도록 할까? 그럼 날 따라오도록 하게."

백작은 웃음을 터뜨리며 걸음을 옮겼다. 메이린을 비롯한 나머지 두 여인은 카르세온 백작의 뒤를 따랐다.

"페르마타, 너도 따라오너라."

아버지의 말에 카르세온도 그 뒤를 따랐다.

'이곳은?

카르세온 백작이 이들을 이끌고 간 곳은 연무장이었다. 도무지 청혼을 하러 온 여인과 왜 이곳에 왔는지 이해할 수가 없었다.

"준비하시죠?"

처음 자신과 눈을 마주쳤던 여인이 가검을 들고 연무장 한가운데로 가며 그에게 말했다.

"대체 무슨?"

자신은 철저히 배제한 채 진행되는 상황에 카르세온은 정신을 차릴 수가 없었다.

"가검을 들고 나가거라."

아버지의 말에 카르세온은 곁에 있는 검대에서 가검을 하나 집어 들고 흑발의 여인 앞에 섰다.

"잘 부탁해요."

카르세온에게 살짝 고개를 숙이는 여인의 두 눈은 투지로 불타고 있었다.

"잠깐만요. 그 말은 저와 대련을?"

"몰랐나요?"

돌아온 대답에 카르세온은 황당했다. 청혼을 하러 왔다는 여인이 아침부터 드레스를 입은 채 대련을 신청하다니.

"후… 그 차림으로 대련을 하겠다는 건가요?"

카르세온의 말에 로레인은 자신의 차림을 살폈다.

"드레스를 입은 사람을 상대하기는 그렇다는 말인가요?"

카르세온은 고개를 끄덕였다.

"뭐, 그렇다면."

로레인은 생각할 것도 없다는 듯 등 뒤 드레스의 매듭은 단 번에 잘라 버렸다. 그리고는 곧 드레스를 벗었다.

"언니!"

그 모습에 이리아와 메이린의 입에서 동시에 비명과 같은 외침이 터져 나왔다.

"대체 이게!"

카르세온은 눈앞의 여인의 행동에 놀라 얼른 고개를 돌렸다.

"순진하군요, 겨우 이 정도에. 걱정 말아요. 안에 다른 옷을 입고 있으니까."

그 말에 시선을 다시 돌린 카르세온. 눈앞의 여인은 적당히 몸에 붙는 움직이기 편한 형태의 연무복을 입고 있었다. 하지만 카르세온의 얼굴은 이미 붉게 물들어 있었다.

"하아. 언니는 저 드레스가 얼마짜린데……."

메이린은 고개를 저었다.

"그러게. 미리 벗어놓고 검을 집던지. 아무튼 성격은 급해서."

두 사람은 연무장 바닥에 아무렇게나 떨어져 있는 드레스를 보며 푸념을 했다. 청혼을 하고 그 상대를 만나는 날이라 일부러 입은 드레스이다. 그런 드레스가 저런 꼴이라니.

"허허허. 재미있군."

카르세온 백작은 그 모습마저 재미있다는 듯 웃었다.

"이제 진정이 되었나요?"

여인의 말에 카르세온의 얼굴은 다시 붉어졌다. 마치 눈앞의 여인이 작정을 하고 자신에게 시비를 거는 것 같았다.

"제 이름은 로레인 케이 사이몬이라고 해요. 당신에게 청혼을 한 장본인이죠."

그 말을 꺼내는 로레인의 얼굴이 편치 않아 보였다.

"날 검으로 꺾으면 결혼해 주겠어요."

마지막 말. 그 말에 카르세온은 어이가 없었다. 이 어이없는 대련은 둘째치고라도 청혼하러 와서 이기면 결혼해 주겠다니 그게 대체 어느 나라의 청혼 방법이란 말인가? 더군다나 자신은 소드 마스터다. 그런 소드 마스터를 상대로 검으로 이기면 결혼해 주겠다니 자신이 너무 우습게 보였다는 생각에 다시 얼굴이 붉게 물들었다. 이번은 분노가 그 원인이었다.

하지만 곧 카르세온의 표정이 변했다. 자신은 완벽하게 배제된 채 너무나 정신없이 일이 진행되어 상대의 이름을 흘려들었다. 하나 곧 그 이름이 강렬하게 그의 귀에 울렸다.

로레인 케이 사이몬. 대륙제일의 여기사라 불리는 사이몬 가의 인물이다. 여인의 몸으로서는 유일하게 소드 마스터의 경지에 오른 이다. 결코 자신에 비해 하수가 아니었다. 아니, 카르세온이 전력을 다해 상대를 해도 결과를 알 수 없는 상대다.

그 사실을 깨닫는 순간 예리한 기운이 그의 양미간을 파고들었다. 깜짝 놀란 카르세온은 즉각 검을 들었다. 하지만 기운만이 다가왔을 뿐 로레인은 어떠한 동작도 취하지 않았다.

"이번은 그냥 경고예요. 하지만 다음은 진짜입니다."

그 말에 카르세온은 퍼뜩 정신을 차렸다. 너무 빠른 전개에 대한 당황에 이은 로레인의 이름에 대한 놀람으로 잠시 얼이 빠져 있었다.

'나도 아직 멀었군.'

카르세온은 스스로를 다잡았다.

'사이몬이라…….'

카르세온은 바운더리 산맥의 어딘가에서 대결을 벌였던 이니안이라는 녀석을 떠올리며 준비 자세를 취했다. 그 순간 로레인의 입술에 미소가 떠올랐다.

챙!

그 순간 요란한 소리를 내며 부딪치는 검. 그 소리를 신호로 두 사람은 어지러이 얽혀 검을 교환하기 시작했다.

"으음… 역시 강하구나."

이리아는 고개를 끄덕이며 중얼거렸다.

"오빠가 추천한 사람인걸."

이리아의 말에 메이린이 조용히 대꾸했다. 귀에 들려오는 두 사람의 대화에 카르세온 백작은 그저 웃었다. 절로 웃음이 나오게 하는 대화였기에.

'허허. 이거 아주 얕보이고 있구나. 역시 사이몬 가라는 것인가? 페르마타도 이제 중급의 경지를 바라보는 소드 마스터이거늘. 아무리 대륙제일의 여기사이자 소드 마스터라지만 대체 로레인 양의 실력은 어느 정도란 말인가?'

카르세온의 백작이 시선이 미치는 곳 그곳에서는 두 사람이 격렬히 싸우고 있었다. 한 치의 양보도 없는 팽팽한 접전이 펼쳐지고 있었다.

하지만 그것은 겉보기일 뿐이었다.

'크윽. 젠장. 무슨 여자가 이렇게 강하단 말이야. 사이몬 가에는 괴물밖에 없단 말인가?'

일검, 일검을 부딪칠 때마다 카르세온은 자신의 열세를 느꼈다.

'흐음. 제법이긴 한데 아직 부족해. 조금 더 경험을 쌓으면 더 강해질 것 같기는 하지만.'

로레인의 검이 카르세온의 옆구리를 찔러갔다. 카르세온은 황급히 몸을 틀며 회피 동작을 취했다. 그와 동시에 반격을 위해 곧장 로레인의 허리를 쓸어갔다.

하지만 분명 완전히 피할 수 있는 공간으로 몸을 틀었음에도 불구하고 로레인의 검은 여전히 그의 옆구리를 찌르고 있었다. 카르세온은 황급히 로레인을 쓸어가던 검을 회수해 옆구리를 찔러오는 검을 쳐냈다. 그 순간 검이 허깨비처럼 사라졌다. 아니, 검만 사라진 것이 아니었다. 로레인도 사라졌다.

'젠장.'

카르세온은 즉시 주변의 기적을 살폈다. 곧 기적을 느낄 수 있었다. 느끼자마자 카르세온은 검을 뽑았다. 생각하고 움직이면 늦는다. 그건 이미 한 번 경험했었다.

챙!

카르세온을 곧장 베어가던 검이 카르세온의 검에 막혔다.

"제법이군요."

로레인은 의외라는 눈으로 카르세온을 바라보았다. 그 눈이 카르세온의 자존심에 상처를 만들었다.

"훗. 처음이 아니라서요."

로레인의 검을 튕겨내는 카르세온의 검에는 어느새 황금빛 오러가 넘실거리고 있었다.

'저 사람!'

카르세온이 로레인에게 하는 말을 메이린은 분명히 들었다. 대륙에서 사이몬의 검을 꺾기란 쉬운 일이 아니다. 좀처럼 타국으로 떠나지 않고 자국 내에서도 타인과의 대련을 잘 하지 않았기에. 그런데 처음 겪는 것이 아니라고 했다.

조금 전 로레인의 공격은 아무나 펼칠 수 있는 것이 아니었다. 사이몬의 검법과 보법을 익혀야만 가능한 연환 공격이었다. 그 검법과 보법의 종류에 상관없이 조금 전 로레인이 보여준 한 수는 검법과 보법의 가장 기본적인 조합이었다.

메이린의 생각과는 상관없이 대련은 계속됐다. 어느새 로레인도 활활 타오르는 붉은 오러 블레이드를 생성시켜 카르세온의 오러 블레이드와 부딪치고 있었다.

"황금빛의 오러라… 처음 보는데?"

이리아는 신기하다는 듯 카르세온의 오러를 바라보았다. 오러는 개인마다 특징적인 빛을 띤다. 이니안의 오러는 푸른빛의 청색이었고 이슈데인은 순은빛, 그리고 사이몬 공작의 오러는 백색이었다. 덕분에 사이몬 공작은 백광의 기사라는 별명도 가지고 있었다.

그사이 오러의 불꽃을 피어 올리며 격렬하게 싸우던 두 사람은 어느 정도 물러서 대치 상태에 들어갔다.

"흐음… 로레인 언니가 기회를 주려고 하는구나."

그 모습에 메이린은 중얼거렸다.

"벌써? 생각보다 빨리 끝났네."

메이린의 말에 이리아의 시선이 두 사람 사이로 향했다. 두 사람의 승부가 이미 갈렸다는 것은 누가 보더라도 분명했다.

카르세온은 땀에 흠뻑 젖어 거친 숨을 몰아쉬고 있었고 로레인은 여전히 처음의 모습 그대로였다. 단지 뺨 한가운데로 흐르는 땀 한 방울이 그녀가 격렬하게 움직였다는 유일한 증거였다.

"헉헉. 대단하군요."

"보통이죠. 자, 이제 피어스 브레이크를 한 번 구경해 볼까요?"

로레인의 말에 카르세온의 이마에 불끈 힘줄이 솟았다. 로레인의 그 한마디는 그에게 크나큰 상처가 되어 남았다.

"원하신다면."

그 말과 동시에 카르세온의 검에 맺힌 황금빛 오러가 격렬하게 타오르기 시작한다. 검에서 타오르기 시작한 황금빛 오러는 곧 광휘와 같은 빛을 쏟아낸다. 하늘에 있는 태양과는 또 다른 지상의 태양이 나타난 듯한 빛의 세례.

"아앗. 눈 부셔."

카르세온을 광원으로 자신에게 강렬하게 쏟아지는 빛에 메이린은 손을 들어 눈을 가렸다.

"흐음. 이 기술만은 언제 봐도 화려하군."

카르세온 백작은 오랜만에 보는 아들의 피어스 브레이크를 담담하게 바라보았다.

"흐음. 온몸의 마나를 한 번에 쏟아내서 강렬한 빛과 함께 파괴력을 극대로 올리는 기술인 모양이네."

어느새 마법으로 얼굴 주변에 검은 막을 쳐 카르세온의 검이 쏟아내는 빛으로부터 눈을 보호한 이리아는 찬찬히 그의 기술을 분석했다.

로레인은 두 눈을 감는다. 너무나 강렬한 빛이었기에 그냥 쳐다보고 있으면 자신의 눈만 상할 뿐이라는 것을 잘 아는 그녀다.

"샤이닝 소드!"

그 순간 카르세온은 로레인을 향해 빠르게 치달리며 검을 휘두른다. 두 눈을 감고 있음에도 불구하고 그에 맞춰 로레인의 검도 움직인다.

"매화춘개(梅花春開)."

담담한 목소리와 함께 로레인의 검이 부드럽게 움직인다. 모든 것을 부수어 버리겠다는 듯 패도적으로 자신을 향해 다가오는 카르세온의 검을 향해 봄바람처럼 부드럽게 다가가는 검. 검은 유려한 곡선을 그리며 카르세온의 검을 맞이한다.

천천히 로레인의 검이 그리는 궤적. 그것은 봄날 화사하게 몸을 드러내는 한 송이 꽃잎이다. 그 꽃잎은 단 한 송이였지만 강맹한 기운을 봄눈 녹이듯 흩어버린다.

눈을 멀게 하는 황금빛 광휘 속에서 벌어진 일은 누구도 제대로 보지 못했다.

빛이 사라지고 드러난 광경.

로레인의 검끝이 정확히 카르세온의 목울대 앞에 멈춰 있다. 카르세온의 검은 허망하게 로레인 발 앞의 땅에 박혀 있었다. 로레인이 펼친 검의 유도에 의해 완전히 엉뚱한 길로 그 힘이 뻗어가 땅에 박힌 것이다.

이리아와 메이린은 당연하다는 눈으로 결과를 지켜보았다.

"허허허. 역시 대륙을 울리는 명성은 한 점의 거짓도 없단 말인가?"

카르세온 백작은 아들의 패배에도 불구하고 웃음을 터뜨렸다. 그도 소드 마스터의 경지에 오른 기사다. 두 사람이 검을 나누는 것을 보는 것만으로도 누가 더 강한지 정도는 알 수 있었다. 자신의 아들의 완벽한 패배였다.

'저 아이에게는 이번의 패배가 약이 되겠지. 지금까지 하늘 위에 하늘이 있다는 사실을 모르고 성장해 왔으니까.'

카르세온 백작은 그것만으로도 만족이었다. 게다가 소문으로만 듣던 사이몬의 검까지 보았으니 오늘은 그의 눈이 호강한 날이었다.

"역시… 이것이 진정한 사이몬의 검이란 말이군……."

로레인이 검을 거두자 카르세온은 허망하게 중얼거렸다. 허망한 목소리와는 다르게 검을 쥔 그의 손에 힘이 들어갔다.

패배의 치욕이 온몸을 엄습했다. 상대가 아무리 사이몬 가의 사람이고 소드 마스터라지만 여자다. 검을 든 이후 여자에게 패하는 날이 올 줄은 몰랐다.

"당신……."

그때 로레인이 카르세온을 보며 입을 열었다. 어느새 이리아와 메이린도 그녀의 곁에 다가와 있다.

"이니안과 무슨 관계죠?"

로레인의 입에서 나온 물음. 그 말에 카르세온은 숙이고 있던 머리를 번쩍 들었다.

"역시 알고 있군요."

이니안이라는 말에 카르세온은 즉각 반응했다. 더 볼 것도 없었다. 그는 이니안을 알고 있다.

"언니, 어떻게 알았어?"

이리아가 신기하다는 듯 물었다.

"똑같았어. 이니안을 꺾은 기술과 이 사람의 피어스 브레이크. 피어스 브레이크는 절대 같은 것이 둘 존재할 수 없어. 사람마다 마나의 폭주로 인해 생기는 마나의 길이 선천적으로 다르니까. 더 생각할 것도 없잖아."

"허허. 이제 다 끝난 줄 알았는데 또 다른 일이 있나 보군. 그럼 여기서 이럴 것이 아니라 들어가서 이야기하도록 하는 것이 어떤가? 사이몬 공작가의 아가씨들."

어느새 다가온 카르세온 백작의 권유대로 그들은 저택의 응접실로 자리를 옮겼다.

응접실에서 세 자매는 카르세온에게 대강의 이야기를 들을 수 있었다. 물론 자세한 이야기는 빠져 있었다. 그것은 제국의 일이었기에 이들에게 말할 이유가 없다고 판단한 카르세온이 빠뜨린 것이다.

"흐음. 그렇군요. 고마워요. 뜻밖의 수확을 얻었네요."

로레인은 동생의 소식을 전해준 카르세온에게 진심으로 감사의 말을 전했다. 그가 비록 자신의 동생을 꺾은 동생의 적이라 할지라도 그것은 그녀와 상관없었다. 카르세온은 본인의 역할에 충실했을 뿐이다. 로레인 그녀 역시 기사였기에 그의 입장을 충분히 이해할 수 있었다.

"사이몬 공작 영애, 당신은 당신의 남편이 되려면 자신의 검을 꺾어야 된다고 했지요?"

"물론이죠."

카르세온의 물음에 로레인은 고개를 끄덕이며 당연하다는 듯 말했다.

"그렇다면 제가 당신을 꺾어드리지요. 당신에게 청혼을 할지는 모르겠지만."

그 말을 하는 카르세온의 두 눈은 투지로 불타고 있었다. 오늘의 치욕을 반드시 갚고 말겠다는 투지.

그 모습에 로레인의 표정이 살짝 변했다. 지금까지 그에게 패한 남자들과는 다른 반응이었다. 자신에게 패한 남자들은 뒤도 돌아보지 않고 돌아갔다, 망신만 당했다고 투덜거리며.

카르세온처럼 다시 도전하겠다는 남자는 단 한 명도 없었다.

"호호호. 당신 조금은 마음에 드는군요. 기대하겠어요. 언제든 사우론의 사이몬 공작가로 찾아와요."

로레인의 말에 이리아와 메이린이 두 눈이 마주쳤다. 두 사람의 얼굴에 희망의 미소가 감돌았다. 둘은 알 수 있었다. 로레인이 카르세온이라는 남자를 제법 마음에 들어 하고 있다는 것을.

"그럼 저희는 이만 가보도록 하겠습니다."

로레인이 자리에서 일어났다. 그와 함께 이리아와 메이린도 자리에서 일어나 언니의 뒤를 따랐다.

"대접이 변변치 않아 이틀간 불편한 건 없었나 모르겠군. 레이디들 덕에 페르마타 이 부족한 녀석에게 새로운 세상을 보여준 듯하니 정말 고맙네."

저택의 현관까지 배웅을 나온 카르세온 백작이 진정을 담아 말했다. 그 말에 로레인은 겸양의 미소를 지으며 대답했다.

"아닙니다. 오히려 저희가 폐만 끼쳤습니다."

"다음에 이기는 것은 나일 겁니다."

그런 로레인을 향해 카르세온은 투지가 가득한 목소리로 말했다. 그 모습에 로레인은 피식 웃으며 몸을 돌렸다. 천천히 정원을 가로질러 세 자매는 걸음을 옮겼다.

[마나를 움직이는 길은 하나만 있는 게 아니에요. 메이린이 전해 달라고 하네요.]

카르세온은 몸을 돌려 저택으로 들어가다가 갑자기 들려온 메시지 마법에 고개를 돌렸다. 그의 시선에 살짝 뒤를 보며 작게 손을 흔드는 로레인의 두 동생의 모습이 보였다. 그녀들의 행동에 카르세온은 피식 웃고 말았다.

[그래도 우리 형부가 될 가능성이 제일 높은 분이라 살짝 힌트를 드리는 거예요. 저는 이리아. 이 힌트를 주라고 부탁한 동생은 메이린이에요. 잊지 말아요.]

그 메시지 마법을 끝으로 세 자매의 모습은 저택의 정문을 벗어나 사라졌다.

'이리아와 메이린이라……'

두 사람의 이름을 잠시 되뇌어보던 카르세온은 저택으로 들어갔다. 그녀들이 남겨준 힌트, 마나가 흐르는 길은 하나가 아니다란 말을 계속해서 생각하면서.

메이린은 살짝 뒤를 돌아보았다. 자신들이 나온 카르세온 백작가의 저택. 그 저택을 바라보는 메이린의 눈에 아련한 그리움이 물들었다.

'이니안… 대체 어디로 간 것이니?'

로레인의 앞에서는 그녀를 시집보내기 위한 여행이라 하고 있지만 실상 메이린이 이 여행을 나선 것은 자신의 막내 동생을 찾기 위해서다. 이니안의 흔적이 끊어진 차에 그 흔적에 관한 최근 소식을 카르세온에게서 들은 것은 분명 큰 소득이다. 하지만 여전히 이니안의 행방은 알 수 없었다. 그 사실이 메이린의 눈동자에 슬픔이라는 감정을 만들고 있었다.

*　　　*　　　*

하늘에 총총히 걸린 별들이 밤을 밝히고 있다. 하지만 하늘 가운데에서 은은한 빛을 세상에 뿌려주던 달이 모습을 드러내지 않아 역부족인 듯 하늘 아래 땅은 짙은 어둠에 잠겨 있다. 한 치 앞도 보이지 않는 어둠. 달이 숨은 그믐날에나 가능한 일이다.

칸세르 영지의 영주성도 짙은 어둠에 감싸여 침묵을 지키고 있다. 인간들이 어둠을 쫓기 위해 켜놓은 촛불 덕에 영주성 안까지는 어둠이 침습하지 못하고 있다.

하지만 영주성 안에서도 점점 어둠이 스며든 곳이 있었으니. 지하로 내려가는 복도였다. 그 복도를 클레비클과 포르시아가 걷고 있었다.

두 사람은 아무런 말이 없었다. 그저 두 사람의 발자국 소리만이 복도의 벽에 반사되어 길게 울리고 있었다.

"이 방입니다."

클레비클은 말없이 걷다가 음습한 기운을 풍기는 낡은 문 앞에 섰다. 클레비클이 문을 열자 존재해 온 세월을 반증하듯 문은 요란한 비명 소리를 지르며 두 사람에게 길을 열어주었다.

"뭔가 으스스하네요."

안으로 들어선 포르시아는 양팔로 어깨를 감싸 안으며 불안한 듯 중얼거렸다.

"마법사라는 인종들의 성격이 음침하다 보니 거기에 영향을 받아서 그런 모양입니다."

포르시아의 말에 클레비클은 자신은 마법사가 아닌 양 남의 일 이야기하듯 무심하게 말했다.

포르시아는 불안한 듯 방 안을 두리번거렸다. 클레비클이 미리 켜놓은 듯 네 군데의 벽과 천장에서 초가 자신의 몸을 희생하며 어둠을 쫓고 있었다. 덕분에 방은 제법 밝아 내부를 둘러보는 데는 어려움이 없었다.

하지만 방 안에는 아무것도 없었다. 한가운데 허리 높이로 올라온 사람이 누울 수 있는 돌로 된 제단과 같은 것이 있었고 그 외에는 그저 빈방이었다.

'어떻게 이런 곳에서 음침한 기운이 느껴지는 것일까?'

포르시아는 의아하다는 듯 고개를 갸웃거렸다. 음침하다든가 으스스하다든가 하는 느낌은 방 안의 물건들의 영향을 강하게 받는다. 가령 이를테면 마법사들의 방이라면 누구나 상상하는 사람의 해골이라든가 갖가지 이상한 냄새를 풍기는 시약들, 여기저기 모습을 드러내는 벌레들 같은 것들 말이다.

하지만 이 방은 제단으로 보이는 것이 방 한가운데 있을 뿐, 나머지는 그저 단출한 빈 공간이었다. 그런데도 불구하고 포르시아는 음침하면서도 불길한 기운을 강하게 느끼고 있었다.

"아무것도 없는데 이 방에서 무얼 하는 거죠?"

"이미 준비는 마쳐 두었습니다. 공녀님께서는 저 위에 올라가셔서 편안하게 누우시면 됩니다."

클레비클은 방 안에 있는 유일한 구조물인 제단인 듯 보이는 낮은 바위를 가리키며 말했다.

"으음."

클레비클의 말에 포르시아는 가만히 그 바위를 바라보았다. 정사각형으로 반듯한 모양에 기이한 문양들이 위에 그려진 바위. 무언가 제물을 바치는 제단을 연상케 하는 바위다.

'저 위에 누워야 한다니. 기분 나빠, 마치 내가 제물이 된 것처럼. 그래서였나? 내가 으스스하고 음침한 기운을 느낀 것은?'

포르시아는 기분 나쁜 듯 제단을 쳐다보았다.

"공녀님, 곧 자정입니다. 오르시지요. 그믐 날 밤 자정이 세상의 마력이 가장 강성한 때. 공녀님의 기억을 되찾기 가장 좋은 때입니다."

클레비클의 재촉에 포르시아는 께름칙한 얼굴로 천천히 재단을 향해 다가갔다. 그리고 내키지 않은 표정으로 천천히 재단에 올랐다. 재단 한쪽에 발판으로 보이는 작은 돌이 있어 오르는데 불편함은 없었다.

포르시아는 심장의 박동이 빨라지는 것을 느꼈다.

두근.

두근.

두근.

계속해서 두 방망이질 치는 심장. 그녀의 의지와는 상관없이 전신 곳곳으로 세차게 피를 보내고 있다.

꼬옥 모아진 두 손은 포르시아의 가슴 앞에 자리했다. 살며시 감기는 눈꺼풀. 속눈썹이 가늘게 떨리고 있다.

기대와 불안이 뒤섞인 혼돈.

"그럼 시작하겠습니다."

클레비클의 목소리가 포르시아의 고막을 울리며 들린다. 포르시아는 작게 고개를 끄덕인다. 하지만 클레비클은 그것은 못 본 듯 곧 주문을 외기 시작했다.

클레비클의 주문 영창이 시작되자 포르시아가 누운 제단이 푸른빛을 토해내기 시작했다. 곧 푸른빛에 휩싸인 포르시아. 하지만 그녀는 두 눈을 감고 있었기에 그러한 변화를 알지 못했다. 제단의 빛에 완전히 감싸이자 포르시아는 자신도 모르게 스르르 잠에 빠져들었다.

"태고에서부터 이어져 내려온 기억의 씨줄과 날줄이여. 위대한 존재의 영혼을 벗 삼아 존재하는 세상의 기억이여. 위대한 영혼을 세상에 이어주는 영롱한 빛이여. 그 빛의 힘을 빌어 하늘에서 내린 영혼의 씨줄과 날줄을 엮어 새로이 영혼의 비단을 재단하려 하나니 그 영롱한 광채를 새로운 비단에 비추어 그 앞길을 축복하기를."

클레비클의 주문이 이어짐에 따라 재단은 강한 빛을 토해냈다. 그리고 재단의 빛에 호응하듯 천장에서 붉은 빛이 쏟아져 내린다. 포르시아가 미처 발견하지 못한 보석이 천장의 한가운데에 박혀 있었다. 그 위치는 정확히 포르시아의 가슴 위였다.

"어둠 속에 홀로 존재하는 고독이여. 지금 그 벗이 될 영롱한 빛을 어둠 속에 보낼지니 심원한 어둠은 영롱한 빛을 삼키리라. 암흑 속의 영혼은 씨줄과 날줄이 되어 새로이 재단되리니 어둠의 힘은 베틀이 될 지어다."

클레비클의 주문이 절정에 이른 듯 제단의 푸른빛과 보석의 붉은빛이 만나 뒤섞이기 시작했다. 붉은빛과 푸른빛은 서로 뒤섞여 자홍의 빛을 띤 마젠타 레드(Magenta Red)로 화했다.

이윽고 그 빛은 방 안을 가득 채워 그 무엇도 알아볼 수 없게 되었을 때 클레비클의 입에서 시동어가 터져 나왔다.

"리크리에이트 메모리(Recreate Memory)!"

시동어와 함께 방 안을 가득 채운 빛은 순식간에 포르시아의 정수리로 빨려 들어갔다.

그리고 방은 다시 처음의 모습을 되찾았다. 처음과 달라진 것은 단하나. 클레비클의 모습이었다.

온몸이 땀으로 흠뻑 젖어 팔다리를 후들거리며 떨고 있는 모습. 지친 기색이 역력했다.

"헉헉. 역시… 힘들군. 이제는 깨어나기만 기다리면 되나? 포르시아 공녀여, 부디 공녀로 돌아오길. 우리를 위해서 너는 반드시 그러해야 해."

그 말을 끝으로 클레비클은 포르시아를 제단에 홀로 두고 방을 빠져나왔다. 그녀가 정신을 차리면 제단의 마법진이 자동적으로 반응해서 알려줄 테니 자신은 일단 극심한 마나의 소모로 지친 몸을 추슬러야 했다.

"적어도 이틀은 잠들어 있을 테니까."

클레비클은 힘없이 걸음을 옮겼다. 이 방으로 들어올 때와는 사뭇 대조되는 모습이다.

"여긴 어디지?"

포르시아는 주변을 두리번거렸다. 아무것도 존재하지 않는 암흑이란 것이 이런 것일까? 포르시아는 까맣기만 한 세상에 홀로 서 있었다. 자신의 몸에서 은은히 새어 나오는 빛만이 이 세상에 있는 유일한 빛 듯했다.

포르시아는 암흑 속에서 한발 한발 걸음을 옮겼다. 넓기만 하고, 아무도 없는 오로지 암흑이 지배하는 공간에서 혼자만 남겨졌다는 것이 무서웠다. 누군가 다른 이가 이 공간에 존재하기를 바라며 그렇게 걸음을 옮겼다. 이곳에 존재하는 빛은 자신의 몸에서 새어 나오는 것이 유일했기에 그것이 그녀의 길잡이였다.

오래 걷지 않아 포르시아는 자신 이외의 사람을 발견할 수 있었다. 다른 이를 발견했다는 기쁨에 포르시아는 빠른 걸음으로 그 사람을 향해 다가갔다. 가만히 앉아 무릎 사이에 얼굴을 묻고 있는 작은 여자아이. 그 아이의 몸에서도 역시 포르시아처럼 은은한 빛이 새어 나오고 있었다.

"얘, 이곳에서 뭘 하고 있니?"

비록 작은 꼬마였지만 자신과 함께해 줄 누군가가 생겼다는 기쁨에 포르시아는 조심스레 말을 걸었다.

"언니는 누구?"

포르시아의 물음에 작은 소녀는 고개를 들어 그녀를 보며 물었다.

"나? 나는 포르시아라고 해."

포르시아는 어린 소녀가 자신을 경계하지 않도록 방긋 웃었다.

"포르시아? 나랑 이름이 같네."

소녀는 신기하다는 듯 포르시아를 바라보았다.

"그래? 재미있는 우연이구나."

포르시아는 소녀의 얼굴에서 자신에 대한 우호적인 감정을 보았기에 그 곁에 앉았다.

"그런데 너는 어쩌다가 이런 곳에 있니?"

"몰라. 어느 날 갑자기 이곳에 던져졌어. 그리고 계속 이러고 있었어."

소녀는 우울한 목소리로 대답했다. 그녀의 대답에 포르시아의 얼굴에 안타까운 기색이 어렸다. 그때 또 다른 곳에서 은은한 빛이 그녀의 눈에 들어왔다.

"응? 저건?"

"왜 그래, 언니?"

소녀의 시선이 포르시아의 시선을 따라 움직였다. 처음에는 희미하게 보이던 빛이 점차 선명해졌다. 어둠밖에 없는 이 세계에 존재하는 빛은 오직 사람의 몸에서 뿜어져 나오는 것만이 전부인 듯했다. 포르시아 자신과 눈앞의 소녀를 보면 분명 그랬다. 포르시아는 이 세계에 또 다른 사람이 있다는 사실에 기대하는 눈으로 희미한 빛이 선명해지는 곳을 바라보았다.

끝이 어디인지 모르는 이 넓고 어두운 세계에서 소녀와 자신 단둘밖에 없다는 것은 솔직히 무서웠다. 자신을 바라보고 있는 소녀 때문에 그런 내색을 하지 않을 뿐이었다.

점차 선명해지는 빛의 가운데 사람의 모습이 보였다.

"저건……."

포르시아는 자신의 눈에 들어온 모습을 믿을 수 없다는 듯 입을 벌렸다. 절대 믿을 수 없는 현실이 눈앞에 벌어져 있었다.

"이거 혹시 꿈인가?"

포르시아는 잠시 그렇게 생각했다. 생각해 보면 지금의 상황은 인간의 상식으로는 말이 안 되는 일이다. 애초에 자신이 존재하고 있는 이 암흑의 세계 자체부터 말이 안 된다.

포르시아는 자신이 이곳에서 정신을 차리기 전의 일을 떠올렸다.

'그래. 분명 클레비클 경이 나의 기억을 되찾아주기 위해 나에게 마법을 걸었지. 그리고……'

포르시아가 잠시 생각에 잠긴 사이 그 빛의 주인은 어느새 포르시아와 소녀의 지척에 이르러 있었다.

"어라? 언니가 둘이네?"

그 빛의 주인을 본 소녀가 신기하다는 듯 둘을 번갈아 보며 말했다.

"너, 너는 누구지?"

포르시아는 떨리는 목소리로 새로이 나타난 자신과 한 치도 다르지 않은 인물에게 물었다.

"난 포르시아."

상대의 대답에 포르시아의 눈이 크게 뜨였다.

"그럴 리가… 포르시아는 난데……."

포르시아의 중얼거림에 눈앞의 여인은 가볍게 고개를 저었다.

"아니, 포르시아는 나야. 너는 로즈."

돌아온 대답에 포르시아는 전신을 부르르 떨었다. 로즈라는 이름이 그녀의 전신을 관통하는 충격을 만들었다.

"이 세계는 기억이 혼재된 내면의 깊은 곳. 저 아이도 나도 너도 모두 포르시아야."

새로이 나타난 여인은 포르시아의 반응에는 아랑곳 않고 묵묵히 자신의 이야기를 했다. 침착하고도 잔잔한 모습이 포르시아와는 사뭇 달랐다.

"저 아이는 너와 나의 어린 시절. 그리고 나는 포르시아. 로즈 네가 태어나기 전의 존재. 이곳에 저 아이를 남겨두었지. 그리고 네가 태어나면서 나도 이곳에 갇혔지."

여인은 알 수 없는 이야기를 계속했다. 이해할 수 없는 상황으로부터의 혼란이 포르시아의 얼굴에 극명하게 드러났다.

"그리고 지금 너도 이 세계에 들어온 거야. 그리고 네가 들어옴으로 인해 내가 나갈 수 있게 된 것이지, 누군가의 부름으로. 아니, 그 누군가 때문에 본디 하나였던 우리가 이렇게 셋으로 나뉜 것이지."

그 말을 하는 순간 여인의 눈에 진한 안타까움이 묻어났다.

그때 어둠으로 물들인 이 세계에 진동이 느껴졌다.

"이제 내가 나가야 하는 시간인가? 이곳은 기억의 깊숙한 내면, 무의식의 세계. 보통의 사람이라면 절대 기억할 수 없는 감추어진 세계지. 그리고 지금 나는 우리 셋을 갈라놓은 힘의 부름에 의해 의식의 세계로 나가게 될 거야. 대신 너희 둘이 이 세계에 있어야 하겠지. 하지만 반드시 기억해 낼게, 너희를. 너희도 나고, 나도 너희니까."

그렇게 말한 여인은 한 발 더 소녀와 포르시아에게 다가와 그 둘을 꼬옥 껴안았다. 그 순간 포르시아는 알 수 없는 온기가 자신의 몸에 흐르는 것을 느꼈다. 그리고 무언가 하나가 된 일체감. 이 순간만은 그들 셋이 본디 하나였다는 여인의 말을 믿을 수 있을 것 같았다.

"그럼 이제 가야 할 때야. 기다려 줘, 반드시 기억해 낼 테니까. 다시 하나가 될 테니까."

그렇게 말하면서 점점 희미하게 사라져 가는 여인의 눈에는 진실로 가득한 소망이 담겨 있었다. 포르시아는 그 눈에서 믿음을 얻었다. 그녀의 모습이 완전히 사라졌을 때 이 암흑의 세계의 진동도 멎었다.

"왜 이렇게 졸리지?"

그때 포르시아는 알 수 없는 강렬한 졸음을 느꼈다. 눈꺼풀이 세상 그 무엇보다도 무겁게 느껴졌다.

"나도 그래, 언니."

포르시아의 품에 있던 소녀도 힘겹게 중얼거리더니 곧 눈을 감았다. 포르시아도 이윽고 눈을 감았다. 그리고 두 사람의 몸에서 은은히 새어 나오던 빛은 하나가 되었고 곧 두 사람도 하나로 화했다. 아니, 정확히 말하자면 소녀가 포르시아에게 흡수되었다고 할까? 이제 이 세계에서 소녀는 사라지고 오직 포르시아만이 남았다.

정확히는 소녀 역시 포르시아이지만.

Chapter 6

그럼 이제 약속을 지키러 가볼까

그럼 이제 약속을 지키러 가볼까

이틀이 지났다.

지난 이틀간 내린 비가 새벽에야 그쳤다. 여명과 함께 모습을 드러낸 태양의 빛 아래 나뭇잎에 매달린 빗방울이 영롱하게 빛났다.

"으음……."

대법이 시행된 방. 그곳의 단상에 누워 있던 포르시아가 가는 신음과 함께 눈꺼풀을 움직였다. 곧이어 몸 이곳저곳이 조금씩 떨리더니 그녀의 두 눈이 뜨였다.

"아, 이제야 대법이 끝난 건가?"

포르시아는 현재 자신의 상태를 인지하고 있는 듯 몸을 일으켜 단상에서 내려왔다.

"하지만 머리가 조금 아픈데?"

살짝 찡그려지는 얼굴.

방 밖으로 나가 저택 위로 올라가는 그녀의 모습은 무척이나 자연스러웠다. 대법 이후 그녀는 분명히 변했다. 이제껏 느낄 수 없었던 기품과 위엄이 자연스레 그녀의 몸에서 흘러나왔다.

"아침이구나. 공기가 상쾌하네."

1층으로 올라온 그녀는 열려진 창으로 들어오는 시원한 아침 공기를 가슴 깊이 빨아드렸다. 음습하고 축축한 지하의 방에서 얼마나 보냈는지도 모르는 지금으로서는 이 시원하고 상쾌한 아침 공기가 얼마나 고마운지.

"깨어나셨습니까, 공녀님?"

언제 나타난 것일까? 그녀의 곁에 클레비클이 고개를 숙이고 서 있었다.

"여전히 기척도 없이 움직이시네요, 클레비클 경은. 적어도 제게 올 때는 기척을 내주세요."

포르시아는 갑작스레 들려온 말소리에도 당황하지 않고 웃으며 담담히 말했다.

"제가 잠시 깜빡했습니다. 무례를 용서해 주십시오."

허리를 숙여 용서를 구하는 클레비클의 입에는 진한 미소가 걸려 있었다.

'대법은 성공했다.'

기품과 위엄이 넘치면서 여유로운 지금의 포르시아의 모습은 이전의 대법이 실패하기 전의 그 모습 그대로였다.

"시간이 많이 흐른 듯하네요."

포르시아는 저택의 커다란 창문 앞으로 걸음을 옮기며 말했다. 그녀의 시선은 창밖의 정원을 향했다. 싱그러운 신록의 잎들이 파릇파릇

돋아나 있는 정원의 나무들. 그 모습이 그녀에게 시간의 흐름을 알려주었다.

"대법을 시작했던 날은 분명 단풍이 들어 정원이 화사하게 울긋불긋했던 것 같은데 지금은 초록잎들이 피어나 있네요."

"네. 예상치 못한 돌발 상황에 대법의 기일을 늘릴 수밖에 없었습니다."

클레비클의 대답에 포르시아는 고개를 끄덕였다.

"그때는 이틀 정도 걸린다고 했던 거 같은데요. 얼마나 흐른 거죠?"

"네, 반 년 정도 흘렀습니다."

포르시아는 로즈라는 이름으로 살았던 몇 달간의 기억을 완전히 잊었다. 그리고 그 이전의 기억을 모두 찾았다. 현재의 그녀에게 있어서 급박했던 지난 몇 달은 그저 대법으로 인해 가만히 누워 있었던 시간에 불과할 뿐이다.

"그래서 대법은 성공한 건가요? 전 별다른 변화를 모르겠는데."

"분명 성공했습니다. 이제 포르시아님은 잔병치레 없이 건강히 지내실 수 있을 겁니다. 황태자비 마마가 되신 후에 건강한 황손을 생산하심은 물론이고요."

창밖을 바라보는 포르시아는 묵묵히 클레비클의 이야기를 들었다.

포르시아는 제1황자의 약혼녀다. 큰 이변이 없는 한 황태자비가 될 것이고 곧 황후가 될 것이다. 그랬기에 제국의 국모가 되기에 부족함이 없는 건강한 신체를 얻기 위해 대법을 받아야 한다. 이것이 포르시아가 알고 있는 자신이 받은 대법에 대한 내용이다.

물론 그 이야기는 그녀에게 말하기 위해 만들어진 그럴듯한 핑계에 지나지 않았다.

"좀 쉬고 싶네요."

가만히 창밖을 바라보던 포르시아는 조용히 말했다.

"네. 알겠습니다."

클레비클은 조용히 포르시아의 곁에서 물러났다. 포르시아는 익숙한 걸음걸이로 계단을 올라 자신의 방으로 향했다. 그녀가 깨어난 것을 언제 알았는지 어느새 그녀의 뒤에 캐서린이 따르고 있었다.

포르시아가 계단을 오르는 것을 확인한 클레비클은 자신의 연구실이 있는 지하로 내려갔다. 연구실에 들어서자마자 수정구슬을 꺼내 곧 마법 통신을 시도했다.

"자넨가?"

수정구슬에 시메티딘의 얼굴이 나타났다.

"그래."

"자네가 연락을 한 것을 보니 대법이 끝난 모양이군."

"그렇네."

클레비클의 대답에 고개를 끄덕인 시메티딘은 몸을 일으켰다.

"공작 각하를 모셔오겠네."

그 말과 함께 시메티딘의 몸이 사라지고 오래지 않아 곧 수정구슬에 칸세르 공작의 얼굴이 나타났다.

"오랜만이로군."

"공작 각하를 뵙습니다."

클레비클은 수정구슬 앞에서 극상의 예를 취했다.

"아, 인사는 그 정도로 됐네. 그래 어떻게 되었나?"

"성공입니다."

클레비클의 대답에 공작의 얼굴은 눈에 띄게 밝아졌다.

"그래? 그럼 전에 방해를 받아 실패를 한 부분은?"

"그것까지 완벽하게 성공했습니다. 남아 있는 드래곤의 눈물을 모두 사용하였기에 완벽한 기억 조작과 암시가 가능했습니다."

클레비클은 대답을 마친 후 공손히 허리를 숙였다.

"수고했네. 그럼 암시의 발동은 언제부터 가능한가?"

"기억 조작과 암시를 동시에 행해서 뇌에 부담이 많이 간 상태입니다. 그래서 암시는 일단 걸어두었으되 발동은 1년 후부터 가능합니다. 지금은 암시해 둔 상황이 오더라도 아무런 반응이 없을 겁니다."

칸세르 공작은 고개를 끄덕였다.

"그렇군. 잘 알겠네. 다시 한 번 말하지만 정말 수고했네."

"아닙니다."

"그럼 당분간은 그곳에서 쉬고 있게."

"네."

마법 통신을 마친 클레비클은 근처에 있는 소파에 몸을 묻었다.

"후우… 이제야 마음 편히 쉴 수 있겠군."

대법을 펼치느라 기진맥진한 상태에서 성공 여부 때문에 제대로 쉬지를 못했었다. 지난 이틀을 신경이 곤두선 상태로 1층에서 포르시아를 기다리고 있었던 것이다. 모든 것이 다 잘 끝난다는 것을 확인하고 보고를 마치자 잊고 있었던 피로가 몰려왔다. 소파에 몸을 기대고 오래지 않아 클레비클은 깊은 잠에 빠져들었다.

포르시아는 자신의 방에 있는 티 테이블에 턱을 괴고 가만히 앉아 있었다. 깊은 생각에 잠긴 듯, 아무 생각 없이 멍하게 있는 듯 도무지 알 수 없는 얼굴이었다.

'바뀌었다.'

포르시아의 방 창밖의 커다란 나무에 몸을 숨기고 있는 케라우는 대번에 포르시아가 전혀 다른 사람으로 바뀌었다는 것을 알아봤다.

'저 사람은 로즈가 아니라 그야말로 칸세르 공녀야. 과거의 기억을 되찾으면서 로즈의 기억은 모두 잊은 듯하군.'

사람은 각기 가지고 있는 기질과 분위기라는 것이 있다. 기억을 찾은 포르시아는 로즈의 그것과는 완전히 다른 그것을 풍기고 있었다.

'으음… 점점 뭐가 뭔지 알 수 없게 되어가는군. 그나저나 이니안 녀석은 무얼 한다고 아직 코빼기도 안 보이는 거야. 나랑 헤어지고 벌써 세 달이 넘게 지났는데.'

케라우는 포르시아를 지켜보며 자신에게 이렇게 귀찮은 일을 떠맡긴 이니안을 향해 투덜거렸다. 드래곤의 레어에서 열심히 수련 중인 이니안이 그 사실을 알 리 없지만 말이다.

*　　　*　　　*

"하하하하!"

유쾌하게 웃는 커다란 소리가 방 안을 가득 채웠다.

"어서 오게. 여인에게 패한 미오나인 제국 최고의 기사 카르세온이여~"

카르세온은 자신을 향한 카르발의 말에 인상을 찡그렸다.

"오오. 아주 좋은 표정이군. 내가 너의 이런 표정을 보는 날이 올 줄이야. 후후훗."

"이제 그쯤 하지. 비록 여인이었다고는 하지만 상대는 사이몬 가의 소드 마스터였어."

심기가 불편한 듯 카르세온의 말은 퉁명스러웠다.

"아아, 하지만 너무 놀라운 소식이라서 말이야. 후훗."

카르발의 얼굴에는 여전히 웃음이 가득했다.

"하하하. 이제 그만 할 테니까 그만 인상 풀어, 페르마타. 이젠 충분히 즐겼으니까."

자신의 웃음에 카르세온의 얼굴이 더욱 딱딱하게 굳어가자 카르발은 손을 내저으며 너스레를 떨었다. 하지만 그것이 오히려 더 카르세온의 얼굴을 험상궂게 만들었다.

"부른 용건이 뭐야?"

카르세온은 짧고 간결한 물음으로 자신의 기분을 나타냈다.

"미안하다니까 그러네."

카르발은 머쓱한 표정으로 카르세온을 달랬다.

"용건이나 말해."

하지만 카르세온의 화는 좀처럼 풀어지지가 않았다.

"후우. 알았다, 알았어."

카르세온을 달래기는 포기한 카르발은 자신의 용건을 이야기하기 시작했다.

"포르시아가 기억을 되찾았다고 한다."

그 말에 카르세온의 표정이 변했다.

"어제 칸세르 공작에게서 연락이 있었어."

"다행이군."

그 말은 카르세온의 진심이었다. 그것은 카르발 역시 마찬가지인지라 그의 입에는 어느새 미소가 맺혀 있었다.

"한데 지난 몇 달간의 기억은 사라진 모양이야. 자신의 기억을 되찾으면서 말이야."

"그것 또한 다행이군. 그런 기억 따위 없는 것이 나아."

카르세온은 단호히 말했다. 도저히 카르발에게는 이야기할 수 없었던 일들이 포르시아의 기억에서도 사라진 것이다. 그것만큼 다행한 일은 없었다. 서로를 위해서는 그것이 최선이었다.

"그래. 나도 그렇게 생각해. 비록 처음 예정된 시간보다 시일이 좀 많이 걸렸지만 말이지.

"그런데 뭐가 문제야?"

"조금 혼란스러운가 봐."

"으음……."

카르발에 대답에 카르세온은 침음을 삼켰다.

"사실 그녀가 사라진 것도 나와의 결혼 이야기가 나올 때쯤이었지. 그리고 몇 달의 기억을 잃었어. 그리고 지금 기억을 되찾았으니 혼란스러울 만도 하지."

카르발은 안타까운 표정으로 말했다.

"그래서 당분간 여행을 하면서 혼란을 좀 추스르고 싶다나 봐. 나야 당장에라도 그녀를 이곳으로 데리고 와서 결혼식을 치르고 싶지만 그녀의 입장을 생각하자니 그럴 수도 없을 것 같아."

"그러니까 네가 하고 싶은 말은 나보고 그녀를 따라다니며 지켜달라 이건가?"

"그렇지. 뭐, 내 부탁이 아니더라도 너는 그녀의 호위 기사잖아."

카르발이 싱긋 웃으며 자신의 친구를 바라보았다. 하지만 카르세온은 고개를 저었다.

"아쉽지만 거절해야겠군."

그 말에 카르발의 얼굴이 딱딱하게 굳어들었다. 조금 전 카르발이 카르세온을 놀릴 때와는 정반대의 상황이었다.

"왜 그러지, 페르마타?"

이유를 묻는 카르발의 어조에는 잔잔한 살기마저 감돌았다.

"휘유… 연인에 대한 사랑이 지극하시군요, 황자 저하. 비가 되실 분을 모시지 못한다 하여 오랜 친구에게 살기를 내뿜으시다니요."

카르세온은 카르발의 살기에는 아랑곳 않고 빙긋 웃으며 말했다. 그 말에 카르발의 얼굴이 더욱 딱딱하게 굳어들었다.

"잘렸어."

카르발의 얼굴을 지켜보던 카르세온이 담담히 말했다. 하지만 그 말에 카르발의 표정이 변했다.

"그게 무슨 말이야?"

"말 그대로야. 잘렸어, 포르시아 공녀님의 경호 기사에서."

"뭐?"

카르세온은 그런 카르발의 거친 반응에 어깨를 으쓱하며 말을 이었다.

"게다가 칸세르 기사단의 부단장 자리에서도 잘렸지, 사이몬 가의 여인에게 패했다는 이유로."

"칸세르 공작이 고작 그런 이유로 그럴 사람이 아니라는 것쯤은 나도 알아."

"아아. 물론 그렇지. 공작이 나를 잘랐다기보다는 배려를 해주었다 해야 하나? 여기 오기 전 오늘 아침에 나를 불러서 그러더군. 사이몬에 지지 않을 검을 갈고 닦으라고. 그때까지 모든 직책에서 쉬라고 말이야. 그러니까 수련할 시간을 준다는 거지."

하지만 그렇게 말하는 카르세온의 얼굴에는 공작을 향한 고마움은 눈을 씻고 찾아봐도 없었다.

"그런……."

카르발은 알 수 없다는 듯 중얼거렸다. 공녀가 여행을 떠나는 이 시점에서 가장 든든하다 할 수 있는 카르세온을 경호 기사의 자리에서 빼다니 도무지 이해할 수 없는 처사였다.

'도무지 이게 어찌 된 것인지. 난 점점 더 공작이 수상해진다. 조심해라, 카르발.'

카르세온은 입 밖에 그 말을 내지는 않았다, 칸세르 공작은 장차 카르발의 장인이 될 사람이기에.

"그리고 내가 빠진다고 해도 감히 누가 칸세르 공작가의 공녀에게 위해를 가하겠어? 설사 타국으로 여행을 한다고 해도 말이지."

카르세온의 말이 맞았다. 미오나인 제국의 칸세르 공작의 딸이라는 지위. 그것만으로도 대륙에서 거의 완전한 안전을 보장받을 수 있었다.

"나도 물론 그건 안다. 하지만 그래도 불안해. 네가 곁에 있어준다면 든든할 텐데."

"뭐, 아쉽지만 어쩔 수 없지. 게다가 나도 마침 수련을 하고 싶던 차야."

"네가? 수련이야 항상 하는 것 아니었나?"

"아, 그거랑은 좀 다른 수련. 마침 사이몬 가의 아가씨 중 하나가 나에게 좋은 말을 해주고 갔거든. 아마도 사이몬의 검의 비밀 중 하나겠지?"

카르세온은 그날 메시지 마법으로 자신에게 한 말을 떠올렸다.

"그래. 그건 엄청난 행운이군. 그렇다면 나도 모처럼 모든 것을 잊고 수련에 매진하겠다는 친구에게 선물을 줄까?"

카르발은 몸을 돌려 자신의 책상으로 다가가 서랍을 열었다. 그곳에서 낡은 책을 한 권 꺼내 카르세온에게 건넸다.

"뭐야?"

"던전에서 나온 고대 마도시대의 검법서."

카르발의 대답에 카르세온의 얼굴에 의외라는 표정이 떠올랐다.

"황자가 이런 제국의 물건을 중간에 가로채도 되는 거야?"

카르세온은 카르발의 말에서 최근에 발견된 고대 마도시대의 거대 던전을 떠올렸다. 그 규모가 엄청나 현재 황궁에서 발굴을 하고 있는 중이었다. 황실에서 주도하는 발굴이었기에 발견물의 대부분의 황제의 것이다. 그중 하나가 지금 카르발의 손에 들려 있는 것이다.

"어차피 내 게 될 건데. 뭐, 미리 좀 가져왔다고 별일이야 있겠어? 고대어 해석 마법까지 걸려 있으니까 보는 데는 별문제 없을 거야. 어쨌든 고대의 검법은 지금과는 전혀 달랐다고 하니까. 사실 소문만 무성했지, 고대 마도 시대의 검법서가 발견된 건 처음이야. 그동안 무수한 마법서는 발견되었지만. 그만큼 소중한 거니까 강해지라고. 그래서 반드시 제국의 검이 결코 사이몬에 비해 약하지 않다는 것을 보여줘."

카르세온을 놀리기는 했지만 사실 카르발 자신도 그 일은 썩 기분이 좋지 않았다. 제국을 대표하는 기사인 카르세온이 사이몬의 여인에게 졌다는 것. 제국은 대륙을 지배하는 국가이기에 제국이다. 그런 제국의 대표적인 기사가 고작 왕국의 여기사에게 패하는 일은 있을 수도 없고, 있어서도 안 된다.

하지만 사이몬이라는 가문의 존재 때문에 이미 그런 일은 수백 년간 있어왔다. 제국의 자존심에 큰 상처가 아닐 수 없다. 그랬기에 카르발은 고대의 귀중한 유산을 아낌없이 카르세온에게 내준 것이다.

"고맙게 받지."

카르세온은 천고의 보물을 받았음에도 그 이상의 감사 인사는 하지 않았다. 그 이상은 그 둘 사이에 필요없다는 것을 서로 너무도 잘 알고 있었기에.

"그래. 그리고 어차피 나 혼자 빼돌린 것도 아니니까 말야."

"그건 무슨 말이지?"

"아무리 내가 황자라지만 내가 어떻게 던전 발굴 현장에서 그런 것을 빼내겠어. 칸세르 공작이 빼내 준거야. 그렇담 그도 분명 하나둘쯤 슬쩍했겠지."

그 말에 카르세온의 눈이 사납게 빛났지만 극히 짧은 순간이라 카르발은 알아차리지 못했다.

"뭐, 그건 내가 황제가 된 다음에 뺏어와야지. 겨우 다섯 권 발견된 검법서야. 폐하께는 세 권으로 보고가 올라갔지만 말이지. 아무리 공작이지만 그런 귀중한 것을 가지고 있도록 할 수는 없지. 안 그래?"

익살스러운 카르발의 얼굴에 카르세온은 같이 웃음 지었다.

'역시 너라는 녀석은⋯ 가슴에 드래곤을 품은 녀석이었지.'

그 모습에서 카르세온은 잠시 자신이 잊고 있던 친구의 진실한 모습을 떠올렸다. 어쩌면 카르발은 자신보다 더 칸세르 공작을 경계하고 있을지도 모른다. 그가 아무리 사랑하는 연인의 아버지라 할지라도 말이다. 황제가 될 사람에게 그런 인척 관계는 오히려 독이다. 카르발은 누구보다 그런 사실을 잘 알았다. 그리고 필요하다면 그런 독을 능히 눈 하나 깜짝하지 않고 쳐낼 인물이다.

"그럼 난 이만 가도록 하지."

"그래. 나도 일이 많으니까."

"앞으로 당분간은 찾지 마라. 정말이지 미친 듯 수련에 빠질 생각이니까."

"후후후. 알았다. 부디 제국의 검을 대륙에 보여줘라."

카르세온은 손을 들어 보이고는 카르발의 방을 벗어났다. 황궁을 벗어난 카르세온은 빠른 속도로 말을 몰아 자신의 집으로 향했다. 한 손은 가슴에 품은 고대의 검법서를 꼬옥 쥔 채로. 그날 이후 누구도 카르세온의 모습을 보지 못했다.

*   *   *

드르르릉.

요란한 소리와 함께 거대한 문이 열렸다.

"내가 이 문밖으로 나가는 날이 올 줄이야."

이니안보다 한 발 앞서 칼이 석문을 통해 나왔다. 석문을 통해 나온 동굴에는 케이로스가 엎드려 고개를 숙이고 있었다.

"오천 년 만이구나, 케이로스."

[마스터를 뵙습니다.]

케이로스의 모습은 공손하기 이를 데가 없었다.

"후훗. 이젠 하나의 영혼에 불과한 것을. 너의 마스터는 이제 내가 아니다. 여기 이 이니안이지."

칼은 자신의 뒤에 서 있는 이니안을 가리켰다.

[마스터께 인사드립니다.]

칼의 말에 잠시 고개를 든 케이로스는 이니안을 향해 공손하게 인사했다.

'홋. 이런 일이 있을 줄은.'

케이로스와의 첫 만남을 떠올린 이니안은 현재의 상황에 고소를 지었다.

"앞으로 잘 부탁한다."

석문 안으로 들어가기 전까지 이니안은 케이로스에게 경어를 사용했다. 하지만 칼과 함께 나와 마스터로 인정받은 지금 너무도 자연스레 평대를 하고 있었다.

"그럼 난, 이만."

그때 간단한 말과 함께 사라졌다.

"응? 갑자기 왜?"

이니안은 갑작스레 물질화를 풀고 영혼의 상태로 돌아간 칼에게 물었다.

[이게 나의 유희야. 내 마지막 유희. 나에게 영혼의 자리를 마련해 준 이의 삶을 그저 지켜보는 것이지. 애초에 너에게 말하지 않았던가?]

분명 칼은 레어에서 드래곤의 눈물을 흡수하기 전에 자신에게 그렇게 말했었다. 이니안은 똑똑히 기억했다. 그런데 레어를 벗어나자마자 영혼의 상태로 돌아간 것이다. 하지만 이렇게 즉시 행동으로 옮길 줄은 몰랐다.

"아아, 분명 그랬었지. 하지만 아직 잠시 물질화해 줘야겠는데."

[왜 그러지?]

"레어를 잠궈야지. 내가 너의 힘을 쓸 수 있다지만 마법을 쓸 수는 없으니까."

[그러니까 마법을 배우래도. 마법을 배우면 어지간한 7서클까지는 무리없이 쓸 수 있어. 그 이상의 마법은 아직 내 힘을 쓰기에 네 몸이 버티지 못하지만.]

"아니, 지금 나는 검을 수련하는 것만으로도 벅차. 다른 길에 눈을 돌릴 여유 따위 없어."

"어쩔 수 없군."

금세 물질화한 칼은 석문을 향해 손을 내밀었다.

"케이로스가 지키고 있는데도 불구하고 굳이 잠그라고 하는 것을 보면 데리고 갈 생각인가 보지?"

"그래."

"락(Lock)."

칼의 간단한 시동어에 그의 손바닥과 석문이 빛을 뿌렸다. 그리고 곧 동굴의 벽에서 석문의 흔적은 사라졌다.

"특별히 네가 접촉하면 일시적으로 풀리도록 해놨어. 그러니까 필요하면 언제든지 찾아와."

"그건 고맙군."

이니안은 싱긋 웃었다.

"그럼."

그 말을 끝으로 칼은 다시 영혼의 상태로 돌아갔다.

"이야기를 들었으니 알겠지? 케이로스 너는 나와 함께 간다."

[알겠습니다.]

"그럼 따라와라."

이니안은 성큼성큼 동굴을 벗어나 곧 몸을 절벽 위로 날렸다. 케라우와 헤어진 그 장소. 그곳으로 가야 한다. 그곳에 가면 케라우가 자신에게 흔적을 남겨뒀을 것이다.

'그날로부터 꼭 다섯 달인가'

드래곤의 눈물을 흡수하고 다시 한 달이 흘렀다. 사실 아직 만족할 만큼 수련을 마치지 못했지만 더 이상 지체할 수 없었기에 레어를 벗어난 것이다. 절벽을 오르며 이니안은 힐끔 뒤를 돌아왔다.

역시 드래곤 레어의 지키는 가디언답게 케이로스는 무리없이 절벽을 박차며 위로 오르고 있었다. 일반인이 봤으면 분명 입에 거품을 물고 기절할 만한 광경이다.

오래지 않아 이니안은 케라우와 헤어졌던 장소에 도착할 수 있었다.

그곳에는 박쥐 한 마리가 낮인데도 불구하고 나뭇가지에 매달려 있었다.

"훗. 저 녀석인가?"

이니안이 웃으며 박쥐에게 다가갔다.

"왔군."

여전히 변함없는 일과를 보내고 있는 포르시아를 지켜보던 케라우의 눈이 빛났다. 자신이 남겨둔 박쥐로부터 자신에게 신호가 온 것이다. 케라우는 잠시 몸을 피했다. 흑마법사가 있는 이 저택에서 이니안에게 소식을 전하기에는 무리가 있었기에 안전한 곳까지 이동하는 것이다.

박쥐와 눈이 마주친 이니안은 가만히 있었다. 박쥐가 자신을 봤으니 분명 케라우로부터 무슨 반응이 있을 거라 생각한 것이다.

그의 생각대로 오래지 않아 반응이 있었다. 박쥐가 날아올라 이니안의 어깨에 앉은 것이다.

[어이, 이니안. 들려?]

[그래.]

박쥐를 매개로 케라우가 이니안에게 의사를 전하고 있었다.

[신기하군, 이런 능력을 가졌을 줄이야.]

[케케케. 내가 보통 뱀파이어가 아니라고 누차 말했잖아. 하지만 너무 늦었어. 무려 다섯 달을 기다리게 하다니.]

[아아. 미안.]

[응? 뭐라고?]

예상치 못한 이니안의 반응에 케라우는 되물었다.

[뭐가?]

이니안이 오히려 의아하다는 듯 물었다.

[아니, 그러니까 조금 전 뭐라고 했냐고?]

[늦어서 미안하다고.]

자신의 머리에 울리는 이니안의 말에 케라우는 잠시 가만히 있었다. 다섯 달 전과는 전혀 다른 모습. 직접 눈으로 보지는 않았지만 머리에 전해져 오는 이니안의 의사만으로도 충분히 느낄 수 있었다.

[푸하하하. 얼음탱이의 얼음이 녹았군. 푸하하하. 축하한다, 사람이 된 걸.]

[뭐라는 거야?]

이니안이 언짢게 말했다.

[뭐, 사실이니까 그런 반응 보이지 말라고. 여튼 너도 변했군.]

이니안은 케라우의 말에 눈을 빛냈다. '너도'라는 단어를 썼다는 것은 다른 누군가도 변화가 있었다는 말이다. 케라우가 변화를 감지할 사람은 하나밖에 없다. 자신이 감시를 부탁한 로즈, 그녀인 것이다.

[그간 무슨 일이 있었지?]

이니안의 물음에 케라우는 자신이 지난 다섯 달 동안 지켜본 것들을 차근차근 이야기하기 시작했다.

[그러니까 기억을 찾고 기억을 잃었다는 것이군.]

[그렇지.]

이니안의 말에 맞장구 치는 케라우의 어조가 조금 무거웠다. 혹시라도 이니안의 마음이 상하지나 않았을까 하는 염려가 들어가 있었다. 하지만 그런 케라우의 걱정과는 달리 이니안은 별다른 변화를 보이지 않았다.

[상관없어. 그런 것. 그리고 앞으로 1년 정도 여행을 할 것이고 그때를 위해 실력 좋은 기사를 모으고 있다는 말이지? 출발은 한 달 후.]

[그래.]

[알았어. 곧 그곳으로 가지.]

[아아, 그럼 그때 보자고. 너무 오랫동안 자리를 비웠어.]

그 말을 끝으로 박쥐가 이니안의 어깨에서 날아갔다. 야행성 동물인 박쥐로서는 이런 낮에 비록 그늘이나마 나와 있는 것은 불가능에 가까운 일이다. 그것을 케라우가 심령을 제압해 이렇게 만들어둔 것이다. 케라우의 제어가 풀리자 곧 본능에 따라 어두운 장소를 찾아간 것이다.

[재미있는 친구로군.]

"그렇지, 칼? 실제로 만나보면 더 재미있는 녀석이야. 후훗. 뱀파이어 주제에 낮에만 움직일 수 있다니."

[저주에 걸렸나 보군.]

칼은 이니안의 말에 대수롭지 않게 대답했다.

"잘 아네?"

[뱀파이어의 종족의 속성을 바꾸려면 그 수밖에 없지. 리버스 스테이트라… 상당히 괴롭겠군. 본능에 반하는 생활을 해야 하니.]

"혹시 푸는 방법 알고 있어?"

[물론이지. 그다지 어려운 방법도 아니야.]

칼은 이니안의 물음에 대수롭지 않게 대답했다.

"그래? 어떻게 하면 되는데?"

[한 번 뒤집은 물컵은 다시 뒤집으면 바로 서는 법이야.]

이니안은 즉각 칼이 말하는 바를 이해했다. 그랬기에 딱딱하게 굳었다.

허무해도 너무도 허무했다. 뱀파이어의 종족의 속성을 바꿔놓는 엄청난 저주가 그렇게 간단한 방법으로 풀 수 있을 줄을 그 누가 상상이나 했겠는가? 그것은 케라우도 모르는 일일 것이다. 그러니 그렇게 끈덕지게 자신을 쫓아다녔으리라.

"너무 허무한걸."

[뭐, 저주라는 이름과 그 엄청난 위력에 다들 너무 어렵게 생각하니까. 게다가 저주를 풀려면 신성마법을 사용해야만 한다는 것이 거의 상식처럼 굳어 버린 탓도 있고. 하지만 저주로도 저주를 풀 수 있지.]

"왜 사람들은 그걸 모르지?"

[같은 저주를 한 사람에게 두 번 걸 일은 없는 법이지.]

칼의 대답에 이니안은 고개를 끄덕였다.

"하긴."

저주란 원한으로부터 나온 상대를 괴롭히기 위한 수단. 그것을 한 상대에게 반복해서 쓸 일은 없는 것이다. 실패했다면 모를까.

이니안은 잠시 뒤를 돌아보았다.

그곳에는 자신이 처박혀 있던 나무가 푸른 잎을 잔뜩 달고 꼿꼿이 서 있었다.

"기억을 찾고 기억을 잃었단 말이지?"

가만히 중얼거리는 이니안.

가슴 한곳이 아려왔다. 대체 왜 그런 통증이 느껴지는지 알 수 없었지만 분명한 것은 찌르는 듯한 아픔이 가슴에서 느껴진다는 것이다.

"오빠는 웃고 있는 모습이 제일 잘 어울려요."

마지막으로 그 아이에게서 들은 말이 떠올랐다. 이미 예전의 차가운 모습은 버린 터다. 이니안은 자신의 얼굴을 손으로 몇 차례 쓸었다.

"칼."

[왜 그러지?]

"나 지금 웃고 있어?"

차가운 모습은 버렸지만 마음껏 웃은 적은 별로 없었다. 간간이 미소를 짓긴 했지만 그건 자연스레 몸이 반응한 것이다. 자신이 웃어야지 하고 웃은 것은 아니다.

지금은 웃어야지라는 생각과 함께 미소를 짓고 있다. 거울이 없는 지금 이니안은 자신이 정말로 웃고 있는지 그 웃음이 자신에게 어울리는지 알 수 없었다.

[분명 웃고 있어.]

"어때?"

[잘 어울리는군.]

"그래?"

칼의 대답에 이니안의 얼굴에 맺힌 웃음은 더욱 진해졌다.

"그럼 앞으로는 계속 이렇게 웃으면서 지내볼까?"

이니안은 곁에 있는 케이로스의 등에 훌쩍 올라탔다.

[이봐, 설마 이러려고 케이로스를 데리고 나온 거야?]

"물론. 제법 괜찮겠다 싶었거든. 아니, 사실은 어릴 때부터 한 번 이 래보고 싶었어. 우연히 읽은 영웅 소설에 나오는 은빛 늑대를 보고는 말이지. 그런 늑대를 타고 달리는 게 어린 시절 내 꿈 중 하나였지. 설 마 이런 식으로 이루어질 줄은 몰랐지만 말이야."

[후우. 어리군, 너도.]

"마음대로 생각해."

이니안은 대수롭지 않게 대답했다. 그는 여전히 웃고 있었다.

"그럼, 이제 약속을 지키러 가볼까? 가자, 케이로스. 방향은 미오나 인이야. 이곳에서 남서쪽!"

이니안의 지시에 케이로스는 훌쩍 몸을 날렸다. 주위의 풍경이 순식 간에 뒤로 지나간다. 이 순간 케이로스는 은빛 바람이 되어 대지를 휘 달리고 있었다.

제국의 수도는 제국의 수도다웠다.

멀리서도 느낄 수 있는 그 웅장함이란… 당당히 대륙에 군림하고 있 는 제국의 위상을 그대로 보여주는 듯했다.

"도착했군."

이니안은 미오나인의 성문을 가만히 지켜보고 있었다.

"그런데 너를 데리고 들어갈 수 있을까?"

이니안은 케이로스의 목덜미를 쓰다듬으며 중얼거렸다. 맹수인 늑대. 그것도 보통 늑대보다 서너 배는 덩치가 큰 늑대를 데리고 성내로 들어가기란 쉬운 일이 아니었다.

"뭐, 일단 부딪쳐 봐야지."

이니안은 결정을 내렸다. 이니안의 결정을 내리자 케이로스는 성문으로 걸음을 옮겼다. 케이로스를 탄 이니안이 가까이 다가옴에 따라 성문은 혼란에 휩싸였다.

거대한 늑대가 성문을 향해 곧장 다가오고 있으니 당연한 일이다.

"사, 사람이다. 사람이 타고 있다."

경비병들은 늑대의 모습에 정신을 빼앗겨 지적에 이르러서야 등에 타고 있는 이니안을 발견할 수 있었다.

"여어, 수고하십니다."

이니안은 케이로스의 등에서 훌쩍 뛰어내리며 인사를 했다.

"무, 무슨 일이시오?"

케이로스의 모습에 압도당했음인가? 경비병의 목소리는 떨리고 있었다.

"아, 칸세르 공작 각하께서 새로이 기사를 모집하고 계신다고 들어서요. 이제 용병짓 해먹기도 힘들어서 혹시라도 넓으신 아량으로 받아주신다면 기사라도 해볼까 해서요."

이니안은 여전히 싱글벙글 웃고 있었다.

'뭐야? 이 녀석은?'

그런 이니안의 태도에 그를 상대하고 있는 경비병은 속에서 욕지기가 치밀어 올랐다. 자신과 같은 말단 병사에게 있어서 기사란 그야말로 하늘 위의 존재다. 그런데 어디서 굴러먹다 왔는지도 모를 용병 녀석이 저렇게 건방지게 웃으며 기사 따위 우습다는 듯 말하고 있으니.

"신분증은?"

"여기 있습니다."

경비병은 이니안이 건넨 용병패를 들여다보았다.

B급 용병 이니안.

용병패에 기록된 용병의 신분이었다. 우스웠다. 조금 전 가슴을 들끓게 했던 분노는 씻은 듯 사라졌다. 대신 눈앞의 용병에 대한 조소가 자리했다.

적어도 A급 용병은 되어야 남작이나 자작의 기사가 될까 말까였다. AA급, 통칭 더블A급 용병이라면 자작의 기사 정도는 무리없을지도 모른다. 그리고 트리플A급이라면 백작의 기사를 넘볼 수도 있다. 하나 공작의 기사라면 대륙 최고의 용병이라는 S급의 용병이라도 힘들다. 그런데 고작 B급 용병 주제에 공작의 기사가 되겠다니. 가소로웠다.

당장 그의 마음은 표정으로 연결되었다. 이니안의 용병패를 보는 순간 그의 얼굴 가득 비웃음이 자리한 것이다.

"무슨 문제라도 있나요?"

이니안은 여전히 웃고 있었다.

"아니, 신분에는 문제가 없어. 하지만 고작 이런 실력으로 공작 각하의 기사가 될 수 있을 거라 생각하나?"

"그거야 해봐야 아는 일이죠."

"훗. 뭐 세상물정 모르는 촌놈이니."

명백한 모욕이다. 하지만 이니안은 그런 것에는 아랑곳 않고 여전히 웃고 있었다.

"그럼 들어가도 되나요?"

'배알도 없는 놈같으니.'

경비병은 이니안이 자신의 놀림에 덤비기를 바랐다. 그러면 당장에 체포해 감옥에 처박을 생각이었던 것이다. 하지만 이니안에게서는 아무런 반응이 없었고 그의 계획은 무산된 것이다.

"그래. 통과."

"들어가자, 케이로스."

경비병의 말에 이니안은 자연스레 케이로스와 함께 성문을 지나려 했다.

"잠깐! 멈춰!"

"네? 왜 그러시죠?"

이니안은 걸음을 멈추고 의아한 표정으로 돌아보았다.

"설마 제국의 수도에 그런 엄청난 맹수를 데리고 들어가려는 것이냐?"

"제 친구입니다만. 그리고 케이로스는 사람에게 해를 끼치지 않아요."

"그걸 누가 믿느냐? 저런 엄청난 덩치의 늑대라니. 보이는 것만으로도 성내는 혼란에 빠질 것이다!"

예상대로 케이로스와 함께 들어가는 것은 쉽지 않았다.

"하지만 그렇다고 성밖에 둘 수도 없지 않습니까? 누군가가 사냥하겠다고 덤빌지도 모르는 일이고. 이 녀석은 나에게는 말과 같은 이동 수단이자 친구예요. 결코 이런 곳에 홀로 둘 수 없습니다."

이니안의 말도 일리는 있었지만 경비병은 성내에 혼란을 일으킬 만한 어떠한 것도 들어가게 해서는 안 되었다.

"그래도 안 되는 것은 안 되는 거야?"

"후우. 어쩔 수 없군. 케이로스 미안하다. 잠시만 참아줘."

이니안은 케이로스의 목덜미를 쓰다듬으며 부드럽게 말했다. 그 말을 알아듣기라도 한 듯—실제로 케이로스는 알아듣는다. 단지 다른 사람들의 눈에 그렇게 보였다는 것이다—고개를 끄덕였다. 그 모습에 경비병을 비롯한 그 주위에 모인 사람들의 눈이 둥그래졌다.

"그럼 입에 재갈을 물리면 어떻겠습니까?"

이니안은 경비병의 대답은 듣지도 않고 케이로스가 입을 벌리지 못하게 재갈을 물리고 있었다. 케이로스는 그런 이니안의 행동을 순순히 받아들였다.

이곳까지 지나온 마을에서는 케이로스의 위용에 사람들은 아무런 말도 하지 못했지만 이곳은 제국의 수도다. 분명 이런 일이 있을 거라 생각하고 지나온 마을에서 재갈을 준비했다.

경비병은 얼떨떨한 얼굴로 그 모습을 지켜보고 있었다. 집에서 키우는 개도 입을 벌리지 못하게 재갈을 물리면 거부의 행동으로 몸부림을 친다. 그런데 맹수인 늑대가 저렇게 순하게 재갈을 받아들이다니, 믿을 수가 없었다.

"어떻습니까?"

재갈을 완전히 물린 이니안이 경비병을 돌아보며 물었다.

"안심이 안 된다면 제대로 물렸는지 확인해 보십시오"

그렇게 말하며 이니안은 재갈을 세차게 당겼다. 경비병은 감히 이니안과 같은 행동을 할 용기가 나지 않았다.

"어… 어쩔 수 없군. 통과."

이 이상은 어찌할 수 없었다. 원칙은 절대 통과시키면 안 되지만 이니안의 행동에 경비병은 기가 질린 것이다. 게다가 결과가 어떻든 제국 최고의 권력가라는 칸세르 공작가로 간다고 하니 자신은 공작의 손님인 줄 알고 말리지 못했다고 하면 그만이라는 생각도 있었다.

이니안이 시가로 접어들자 과연 시가는 혼란에 휩싸였다. 벌건 대낮에 어마어마한 덩치를 자랑하는 늑대가 활보하니 혼란이 일지 않는다면 그것이 오히려 이상했다.

"이거, 안 되겠네."

이니안은 주변의 혼란에 입맛을 다셨다. 이 이상 혼란이 커지면 성내의 치안을 담당하는 경비병들이 출동할 것이 분명했다.

"계속 못할 짓 하게 해서 미안하다, 케이로스. 엎드려라."

잠시 케이로스를 쓰다듬으며 사과의 말을 한 이니안은 곧 지시를 내렸다. 케이로스는 이니안의 지시에 따라 즉시 바닥에 납작 엎드렸다.

케이로스는 케이로스 대로 죽을 맛이다. 아무리 이니안이 자신의 마스터지만 자신은 이래 봬도 위대한 드래곤의 가디언이다. 한데 지금 하찮은 인간들 앞에서 재갈을 물고 바닥에 엎드리는 한심한 꼴이라니.

'내가 어쩌다가……'

케이로스는 현재 자신의 처지에 회의를 느꼈다.

그때.

"굴러."

이니안의 지시가 들렸다. 케이로스는 생각할 것도 없이 지시대로 굴렀다.

그 모습에 시가의 혼란이 조금씩 잦아들었다. 아니, 오히려 호기심에 찬 사람들이 모여들었다. 거대한 늑대가 마치 집에서 기르는 애완견처럼 행동하니 신기했던 것이다.

"자, 보셨죠, 여러분? 케이로스는 전혀 위험한 맹수가 아닙니다. 안심하세요!"

이니안의 말에 사람들은 작게 고개를 끄덕였다. 그 사이 케이로스는 이니안의 지시에 따라 껑충 뛰어오르기도 하고 심지어 늑대로는 절대 불가능한 물구나무를 서기도 했다.

"와아~!"

그 모습에 여기저기서 함성 소리와 박수 소리가 터져 나왔다.

"자, 그럼."

그 모습에 이니안은 가볍게 고개를 숙여 인사를 하고는 곧장 칸세르 공작가로 향했다. 케이로스의 자존심을 무참히 깨부수며 제국의 수도에서의 소요는 진정되었다.

"공작 각하."

"무슨 일인가, 스테판?"

칸세르 공작은 처리 중이던 서류에서 눈을 떼고 자신을 찾아온 집사를 바라보았다.

"이런 자가 기사단에 들어가고 싶다고 찾아왔습니다."

스테판은 공작에게 나무로 된 용병패를 건넸다. 나무패를 본 공작의 인상이 찌푸러 들었다. A급 용병까지는 용병패의 재질이 나무였다. 더블A급은 동, 트리플A급은 은이다. 그리고 S급은 금패였다. 겨우 A급 용병이 감히 공작가에 기사가 되겠다고 찾아왔으니 기분이 언짢아질만도 했다.

아니, 그가 기분이 언짢은 것은 그런 용병 나부랭이를 당장에 내쫓지 않고 굳이 자신에게까지 보고를 하는 스테판의 행동이었다. 자신이 아는 스테판은 50여 년간 이곳에서 집사의 일을 해온 베테랑답게 알아서 일을 처리했다. 하지만 이번에는 하찮은 일고 자신을 귀찮게 한 것이다.

"겨우 이런 하찮은 일로 나를 찾은 것인가?"

스테판은 공작의 심기가 불편한 이유를 쉬이 짐작할 수 있었다. 하지만 그의 집사로서의 경험은 이 패를 반드시 공작에게 보여야 한다고 말하고 있었다.

"물론 겨우 B급 용병입니다만 그 이름이 걸립니다. 해서 공작 각하께서도 한 번 보시는 것이 좋을 것 같아."

"하아."

스테판의 말에 한숨이 새어 나왔다. A급도 아닌 B급 용병이라니. 하지만 스테판이 저렇게까지 말한다면 필시 이유가 있을 것이다. 지난 세월 동안 스테판은 단 한 번도 자신을 번거롭게 하지 않았다.

"이리 줘보게."

칸세르 공작은 스테판에게서 이니안의 용병패를 받았다.

"이건……."

용병패에 적힌 이름을 확인하자 그것들 들고 있는 손이 부르르 떨렸다.

공작의 반응에 스테판은 가볍게 고개를 끄덕였다. 역시 자신의 결정은 옳았던 것이다. 공작이 가진 비밀의 대부분을 알고 있는 스테판이었기에 가능한 판단이었다.

"그는 지금 어디에 있나?"

"응접실에 있습니다."

"만나보도록 하지."

"네."

공작의 대답에 스테판은 먼저 공작의 집무실을 벗어났다. 곧 공작이
찾아올 것이라는 전갈을 손님에게 전해야 했다.

"후후후. 이니안이라… B급 용병 이니안이라. 분명 카르세온이 말
했던 그자이겠지? 사이몬 가의 용병. 그래 분명 있었어, 그때 사이몬
가를 뛰쳐나온 망나니가. 일이 재미있게 되어가는군."

공작은 자신이 검토하던 서류를 빠르게 읽은 후 사인을 하고 자리에
서 일어났다, 자신을 찾아온 이니안을 만나기 위해.

처음에 받은 찻잔을 모두 비우고 두 번째 찻잔의 차가 식을 무렵 집
사가 다시 이니안에게 나타났다.

"공작 각하께서 곧 내려오실 겁니다."

집사가 그 말을 전하고 나서 오래지 않아 칸세르 공작이 나타났다.
이니안으로서는 처음 만나는 인물이다.

'과연 제국의 공작이군.'

가만히 자신을 바라보는데도 이니안은 충분히 그의 몸에서 뿜어져
나오는 위압감을 느낄 수 있었다. 이러한 위압감은 강하고 약하고의
문제가 아니었다. 타고난 신분과 그 신분에 맞는 생활을 하며 사람 위
에서 사람을 부리며 자연스레 생기는 것이다.

"칸세르 공작 각하를 뵙습니다."

이니안은 정중히 예법에 맞게 허리를 숙이며 인사를 했다.

"반갑네. 내가 칸세르 공작일세. 일단 앉지."

공작의 권유에 이니안은 자리에 앉았다.

"차가 식었군."

그 말이 끝나자마자 어느새 시녀가 새로이 차를 내왔다.

"그래, 내 기사단에 들어오고 싶다고?"

"네."

"내가 새로이 기사를 뽑고는 있네만 칸세르 기사단의 기사를 뽑는 것은 아니야. 칸세르 기사단에 아무 기사나 들일 수는 없지. 어려서부터 엄격한 교육을 받은 명망있는 귀족가의 자제들에게만 그 자격이 있어. 결코 이런 식으로 기사를 충원하는 곳이 아니라는 말이지."

칸세르 공작은 이니안의 반응을 유심히 살피며 천천히 자신이 모으고 있는 기사에 관한 설명을 했다.

"그런데 최근 피치 못할 일로 기사단에 결원이 생겼지. 물론 일시적이야. 길어야 2년이 안 걸릴 거라 생각하네. 하지만 그사이 그 인원이 필요해서 기사를 모집하고 있지. 즉, 2년간 한시적으로 기사의 대우를 해줄 이들을 모으고 있단 말이야. 그래서 신분에 상관없이 모은다고 알린 것이네. 그래도 할 마음이 생기는가?"

"물론입니다."

말이 기사지 완전히 용병이었다. 하지만 공작가의 이름으로 부리는 것이기에 체면상 기사를 모은다고 한 것이다.

"이번에 새로 뽑은 이들의 일은 내 영지에 있는 딸아이의 여행 호위일세. 괜찮겠지?"

"물론입니다."

이니안은 웃으며 대답했다. 아니, 실상은 공작을 처음 봤을 때부터 웃고 있었다.

"그럼 자세한 이야기는 집사와 하게. 나는 이만."

"감사합니다."

칸세르 공작은 간단한 이야기를 한 후 자리를 떠났다.

'듣던 것과는 다르군. 얼음처럼 차가운 자라 하더니……'

카르세온에게 들은 것과는 전혀 다른 이니안의 모습에 칸세르 공작은 고개를 갸웃거렸다.

'하지만 과연 사이몬의 인물. 제국의 공작인 나를 앞에 두고 한 치도 흔들림이 없다니. 재미있군, 재미있어. 과연 포르시아와 함께 있는 동안 어떤 일이 있었기에 이렇게 다시 찾았을까? 뭐, 카르세온을 잠시 일선에서 물러나게 한 지금 저자라면 안심하고 포르시아를 맡길 수 있겠지. 일단 카르세온에게 거의 이길 뻔했다고 하니. 후후후.'

그런 공작의 속마음을 아는지 모르는지 이니안은 담담히 스테판에게 앞으로의 이야기를 듣고 있었다.

'칸세르 공작이라… 과연이라고 해야 하나? 분명 카르세온 그 자식에게서 나에 대한 이야기를 들었을 텐데 한 점 흔들림이 없었어.'

"그럼, 이니안님, 이곳에 서명하시죠."

"네. 이거면 되나요?"

"됐습니다."

스테판은 만족스러운 듯 서류를 바라보았다.

"그리고 성 문제인데요."

"네."

"공작가의 기사가 성이 없다면 말이 안 되니 임의로 2년간 사용할 성을 드리겠습니다. 어디… 음. '세이버' 어떻습니까?"

서류 뭉치를 뒤적이던 스테판이 그중 한 장을 보며 말해준 이니안의 새로운 성. 나쁘지 않았다.

"좋군요."

"그럼 이곳에 서명해 주십시오. 지금부터 이니안님은 이니안 세이버 경입니다."

모든 절차를 마쳤는지 스테판은 서류를 정리했다.

"보수는 서류에 적혀 있는 대로 한 달에 10골드씩 총 240골드입니다. 보수는 매달 지급될 겁니다. 그리고 잠시 기다리시면 새로운 신분증을 드리겠습니다."

그 말을 남긴 스테판은 총총히 사라졌다.

"후훗. 이름뿐이라지만 그래도 기사라… 내가 다시 기사가 될 줄은 몰랐군."

그의 앞에는 작은 책자가 놓여 있었다. 기사로서 지켜야 할 기본 소양에 대한 것이 적혀 있는 책이었다. 공작가의 이름에 먹칠하지 않도록 그 책자에 있는 것을 모두 익히는 것이 계약의 조건에 들어 있었다. 물론 이니안에게는 별 필요가 없는 것이다. 대륙의 예법은 전체적으로 거의 비슷했기에 카일로니아에서 익힌 예법 정도면 충분했다.

오래지 않아 스테판이 돌아왔다, 금박의 테두리로 된 멋진 신분증을 가지고서. 신분증에는 칸세르 공작가의 문장이 선명하게 찍혀 있었다.

"그럼 오늘은 방을 준비해 드릴 테니 내일 일찍 영지로 떠나십시오."

"아니요, 지금 바로 떠나도록 하지요."

이니안은 고개를 가로 저었다.

"네? 피곤하실 텐데요."

스테판의 말에 이니안은 얼굴에 어린 미소를 더욱 진하게 만들었다.

"제가 이곳에 있는 시간이 길어지는 만큼 이곳 분들에게 폐를 끼치는 것 같아서 말이지요. 그 녀석 때문에요."

스테판은 곧 이니안이 말하고자 하는 바를 알아차렸다. 자신도 처음에는 얼마나 놀랐던가? 집채만 한 늑대가 사나운 눈을 치켜 뜨고 떡하니 서 있는 것을 보고 태연할 정도의 강심장을 그는 가지지 못했다.

"그러시다면 편한 대로 하십시오."

스테판은 군이 이니안의 행동을 말리지 않았다.

"그럼 폐를 끼쳤습니다."

"먼 길 조심해서 가십시오, 세이버 경."

이니안은 웃음으로 인사를 대신하고 저택을 나섰다.

"케이로스!"

이니안의 부름에 케이로스는 거대한 몸체를 날려 순식간에 그 앞에 나타났다.

"이만 가자."

질풍같이 케이로스는 칸세르 공작의 저택을 벗어났다. 집무실의 창에서 칸세르 공작은 그 모습을 가만히 지켜보고 있었다.

"허허허. 저렇게 커다란 늑대를 부린다라… 그런 말도 듣지 못했는데."

칸세르 공작의 눈이 심유하게 빛났다.

케이로스는 복잡한 시가에서 잘도 사람들을 건들이지 않고 빠르게 치달렸다. 거리의 사람들은 무언가 거대한 것이 자신들의 곁을 스쳐 지나갔는데 그게 무엇인지 모르겠다는 듯 고개를 갸웃거렸다.

이니안은 미오나인의 성문을 지난 지 꼭 세 시간 만에 다시 성문을 찾았다.

"그래 갔던 일은 잘 되었나?"

이니안의 얼굴을 기억하고 있던 경비병은 비웃음 가득한 얼굴로 물었다. 보나마나 거절당하고 쫓겨났을 거라 여긴 것이다.

"여기."

이니안은 싱긋 웃으며 스테판에게서 받은 신분증을 보여주고는 금세 성문을 빠져나갔다. 케이로스는 은빛 바람으로 화해 서쪽으로 달렸다.

"대체……."

경비병은 이니안이 사라진 곳을 넋이 나간 채 가만히 바라보았다. 방금 자신에게 어떤 일이 일어났는지 알 수 없다는 듯.

그는 자신의 눈에 보였던 금빛 테두리의 기사의 신분증을 애써 무시하려 했다.

Chapter 7

웃는 모습이 보기 좋네요

웃는 모습이 보기 좋네요

미오나인 제국의 젖줄이자 제국의 이름의 기원이기도 한 미오나인 강.

미오나인 강의 하류에 펼쳐진 광대한 평야가 바로 칸세르 공작의 영지다. 제국 제일의 옥토로 이 땅에서 나는 곡식의 양은 능히 제국민의 오분지 일을 먹여 살릴 수 있을 정도로 엄청나다. 게다가 대륙의 북쪽 끝이지만 제이난 왕국에서부터 흐르는 따뜻한 해류가 영지의 해안까지 도달함으로 기후 역시 온난하고 쾌적하다.

그야말로 사람이 살기에 좋은 모든 조건을 갖추고 있는 곳, 그곳이 칸세르 공작 영지다. 자연히 사람들도 모여들어 인구 역시 많은 곳이다.

"광활하군."

끝이 보이지 않은 푸른 평야. 마치 초록의 바다에 서 있는 듯 지평선이 멀리서 아스라이 보인다.

케이로스의 등에 탄 이니안은 담담한 눈으로 자신의 눈앞에 펼쳐진 농지를 바라보았다. 1년의 수확을 결정하는 파종 시기였기에 농민들은 부지런히 땀을 흘리며 농지에서 손을 놀리고 있다.

[여전하군, 이 시기의 인간들은.]

칼은 오랜만에 보는 인간들의 일하는 모습에 낮게 중얼거렸다.

"이제 하루 정도만 더 가면 칸세르 영지의 성도에 도착하는군."

케이로스의 빠른 속도 덕에 무척 빠르게 이동했다. 말을 달리면 4, 5일 은 걸릴 거리를 단 이틀만에 주파한 것이다.

"케이로스 하루만 더 수고해라."

이니안이 케이로스의 목덜미를 만지며 말했다. 그것이 출발 신호라 도 되는 듯 케이로스는 다시금 달리기 시작했다.

*　　　*　　　*

"새로운 기사가 온다구요?"

"네, 공녀님. 사흘 전에 출발했다 하니 앞으로 나흘 정도 후면 도착 할 겁니다."

클레비클의 말에 포르시아는 알았다는 듯 고개를 끄덕였다. 새로운 기사가 오는 것은 그녀에게는 대수로울 것이 없었다. 잠시 기분 전환 을 위해 여행을 하기로 한 이후 며칠 간격으로 기사가 이곳으로 오고 있었다. 칸세르 기사단의 갑작스러운 결원으로 몇몇 기사는 임시로 고 용한, 말뿐인 기사들이었지만 말이다. 그런 것은 그녀에게는 아무런 상관이 없었다.

"그리고 저는 이만 수도로 가봐야 할 것 같습니다. 여기 네오마인 경도 와 계시고 하니 제가 더 이상 있을 필요도 없고요. 또 공작 각하 께서 그만 수도로 오라고 하시는군요. 네오마인 경과 함께 온 제 제자 도 있으니 수도와의 마법 통신도 전혀 문제없을 겁니다."

클레비클의 말에 포르시아의 눈에 살짝 이채가 어렸다. 자신의 몸에 대법을 시행한 그가 이렇게 빨리 자신의 곁을 떠날 줄은 몰랐던 것이 다.

"정말로 대법이 제대로 성공한 모양이네요. 경께서 이렇게 빨리 떠 나시는 걸 보니."

"물론입니다. 대법에 관한 것이라면 염려를 놓으십시오."

"알았어요. 언제 떠나시죠?"

"곧 떠날 생각입니다. 이미 준비도 마쳤고요."

"그동안 감사했어요, 클레비클 경. 차후에 제가 수도로 돌아가면 뵙 도록 해요."

포르시아는 생긋 웃으며 클레비클에게 치하의 말과 작별의 인사를 전했다.

"네, 공녀님. 즐거운 여행되시기를."

인사를 마친 클레비클은 몸을 돌려 지하의 연구실로 향했다. 올 때 는 시간을 끌기 위해 마차로 왔지만 자신 혼자 수도로 가는데 굳이 그 런 고생을 할 필요가 없었다. 수도 근처에 있는 칸세르 공작가의 거점 에 대응 마법진이 있었기에 텔레포트로 무리없이 갈 수 있었다.

"흐음. 다행인걸. 성가신 녀석이 사라져 주다니."

여전히 정원의 나무에 숨어 저택 안을 감시하던 케라우는 성가신 흑 마법사가 알아서 사라져 주자 미소를 배어 물었다.

"게다가 저놈이 제자인 듯한데…… 신기하군. 흑마법사에게 백마법사 제자라니. 뭐, 마법 통신 정도나 할 정도로 서클이 낮은 녀석이고. 앞으로는 안심하고 편안한 저택에서 감시할 수 있겠군. 후훗."

웃음과 동시에 케라우의 모습은 나무에서 사라졌다. 그리고 어느새 천장과 완벽하게 동화되어 포르시아를 내려다보고 있었다.

"네오마인 경께서도 먼 길에 피곤하실 텐데 쉬도록 하세요. 저는 괜찮으니까요. 그리고……."

"카임이라고 합니다, 공녀님."

마법사는 눈치 빠르게 포르시아가 자신의 이름을 묻고 있다는 것을 알아차리고 즉각 대답했다.

"카임 경도 쉬도록 하세요. 수도에서 이곳까지는 가까운 거리가 아니에요."

포르시아가 따뜻한 눈으로 응시하자 두 사람은 어찌할 바를 몰랐다. 아무리 공녀가 그리 말한다 하더라도 자신들은 그 곁을 지켜야 할 의무가 있었다.

"사양하지 마세요. 제 곁에 있는 분들이 피곤한 모습이면 오히려 제가 불편하니까요. 그게 오히려 저에게는 폐예요."

포르시아가 다시 한 번 말하자 네오마인이 마지못해 입을 열었다.

"그렇게까지 말씀하시니 그럼 결례를 무릅쓰고 잠시 쉬도록 하겠습니다. 배려에 감사드립니다."

"배려에 감사드립니다."

네오마인의 인사에 곁에 있던 카임도 함께 인사를 했다.

"누가 저 두 분께 방을 안내해 주세요."

포르시아의 말에 응접실 한 곳에서 대기 중이던 하인이 급히 몸을 움직였다.

두 사람이 하인의 뒤를 따라 응접실을 나간 잠시 후.

"아가씨."

"무슨 일이죠?"

오랜 세월 공작가의 영지를 관리해 온 집사가 포르시아가 쉬고 있는 응접실에 들어왔다.

"네. 수도에서 기사분이 오셨습니다."

집사는 공손히 기사의 신분증을 포르시아에게 건넸다.

"이니안 세이버라… 사흘 전에 출발했다는 소식을 조금 전에 들었는데 벌써 도착하다니, 빨리 왔군요."

포르시아는 작게 고개를 끄덕였다.

"그럼 일단 만나봐야겠지요? 계약직으로 이름만 기사라고 해도 어쨌든 기사. 그에 걸맞는 예우는 해줘야지요."

포르시아는 소파에서 몸을 일으켰다.

"세이버 경은 지금 어디에 있나요?"

포르시아의 물음에 집사, 에드워드는 손수건으로 이마의 땀을 닦았다.

"저, 그것이……."

에드워드의 당황한 모습에 포르시아는 고개를 갸웃거렸다.

"무슨 문제라도 있나요?"

항상 조용하고 침착한 모습을 보이는 그가 이렇듯 당황하는 것이 의외였다.

"지금 저택 입구에 계십니다."

"저택에 들어온 것이 아니었나요?"

포르시아는 두 눈을 동그랗게 뜨고 물었다. 자신에게 신분증이 건네졌기에 포르시아는 이니안이 저택에 들어왔다고 생각하고 있었다.

"그분이 데리고 온 동물 때문에 저택에 들이지를 못하고 있습니다."

난처한 얼굴로 말하는 에드워드의 모습에 포르시아는 알 수 없다는 듯 고개를 갸웃거렸다.

"그럼 일단 나가봐요. 나 때문에 수도에서 이곳까지 온 분인데 저택에 들어오지도 못하고 문밖에 세워두다니 예의가 아니지요."

포르시아는 저택의 현관을 향해 걸음을 옮겼다.

"아, 아가씨, 가시지 않는 편이……."

포르시아의 행동에 당황한 에드워드가 급히 말렸지만 포르시아는 걸음을 멈추지 않았다. 캐서린은 에드워드의 눈치를 잠시 살핀 후 종종걸음으로 포르시아의 뒤를 따랐다.

"응? 무슨 일이지?"

저택의 현관을 나온 포르시아는 저택의 정문에 모여 웅성거리고 있는 병사들의 모습에 눈에 이채를 띠었다. 평소에는 네 명의 경비병이 절도있는 모습으로 정문을 지키고 있다. 저렇게 소란스러울 이유가 없는 곳이다.

"어서 가보도록 하자."

"네."

포르시아의 말에 캐서린이 급히 하인 한 명을 불렀다. 캐서린의 지시에 하인은 즉시 작은 마차를 몰고 왔다. 공작가의 저택은 넓다. 여인의 몸으로 저택의 현관에서 정문까지 걸어가기 힘들 정도로. 게다가 걸어갈 수 있다 하더라도 시간이 너무 지체되었다.

마차에 몸을 실은 포르시아는 곧 정문에 도착할 수 있었다. 멀리서 보았을 때는 병사들뿐이라 여겼는데 가까이 와서 보니 기사들도 두세 명 있었다.

"무슨 일이죠?"

정문 밖을 응시하며 웅성거리던 병사와 기사들이 뒤를 돌아보다가 황급히 허리를 숙였다.

"공녀님을 뵙습니다."

우렁찬 병사들의 소리에 미처 뒤를 돌아보지 않던 자들도 황급히 몸을 돌려 허리를 숙였다.

"네, 모두 수고하시네요. 그런데 무슨 일이죠?"

병사들의 인사를 웃으며 받은 포르시아는 처음에 했던 질문을 다시 한 번 던졌다.

"그것이……."

병사들은 서로의 얼굴을 쳐다보며 대답하지 못하고 우물쭈물했다.

"직접 보십시오, 공녀님."

며칠 전 도착한 계약 기사 한 명이 옆으로 비켜서며 공손히 말했다. 그의 행동에 포르시아 앞으로 병사들이 좌우로 갈라져 길이 만들어졌다.

포르시아는 병사들이 만들어준 길로 걸음을 옮겼다.

"어머."

자신보다 덩치가 큰 병사들이 잔뜩 앞으로 막고 있어서 미처 보지 못한 광경이 눈에 들어왔다.

거대했다. 은빛털이 찬란히 빛나는 늑대의 모습은 거대했지만 멋있었다. 그 늑대는 가만히 앉아서 저택을 응시하고 있었다. 그리고 늑대

곁에 등을 기댄 채 한가로이 앉아 있는 흑발의 사내. 묘하게 인상적이었다.

"이니안 세이버… 경, 인가요?"

포르시아의 부름에 이니안은 힐끗 곁눈질로 그녀를 보았다. 병사들의 우렁찬 인사에 그는 이미 그녀가 와 있음을 알고 있었다. 하지만 그녀가 자신을 부를 때까지 모른 척 가만히 앉아 있었다.

흘끗 본 포르시아와 눈이 마주쳤다.

'로즈가 분명하군. 하지만 로즈가 아니야, 케라우에게 들은 대로.'

녹색의 눈동자는 여전히 예뻤다. 하지만 녹색 속에 깊이 잠겨 있는 빛은 예전과 달랐다. 자신이 알고 있는 로즈와는 전혀 다른 사람, 그 사람이 포르시아였다.

다시 한 번 가슴 한곳이 아려왔다.

'알 수 없군. 대체 이 감정은……'

한 번도 느껴본 적이 없는 아픔이다.

이니안은 천천히 몸을 일으켰다. 그리고 저택의 커다란 철제문을 사이에 두고 포르시아와 마주 섰다.

"이니안 세이버라고 합니다. 공녀님을 뵙습니다."

이니안은 정중하게 한 쪽 무릎을 꿇으며 주군에게 인사를 하는 기사의 예를 취했다.

"포르시아 오마 칸세르예요. 앞으로 잘 부탁해요."

포르시아는 생긋 웃으며 문의 철창 사이로 오른손을 내밀었다. 이니안은 그녀의 손등에 가볍게 입을 맞췄다.

"세이버 경의 늑대인가요?"

이니안이 인사를 마치고 몸을 일으키자 포르시아는 신기하다는 눈으로 케이로스를 바라보며 물었다.

"네."

"귀엽네요."

생긋 웃는 포르시아. 그녀의 말은 진심이었다.

하지만 그녀의 말에 당황한 것은 뒤에 서 있는 기사와 병사들이었다. 맹수를 앞에 두고 귀엽다고 하다니.

그녀의 말에 이니안은 미소를 지었다. 첫 만남에서 보인 공작가의 아가씨의 행동이 마음에 든 것이다.

"네, 귀여운 녀석이죠. 착하고 순하기도 하고요."

"그래요? 저는 늑대를 보는 것은 처음이에요. 맹수라고 들었는데 모두 이런가요?"

포르시아의 두 눈은 호기심으로 빛나고 있었다. 마치 신기한 장난감을 받은 아이의 눈. 그것이 지금 그녀의 얼굴에 있었다.

"아닙니다. 이 녀석만 좀 특별하죠."

이니안은 여전히 싱글싱글 웃는 얼굴로 대답했다.

"그래요? 그런데 어째서 들어오지 않고 그곳에 계신 거지요?"

포르시아는 궁금하다는 듯 이니안과 케이로스를 보며 물었다.

"뒤에 계신 분들이 케이로스가 들어가는 것을 막더군요. 이 녀석은 제 친구이기에 저도 들어가지 않고 이곳에서 공녀님을 기다리고 있었습니다."

이니안은 포르시아의 뒤에 있는 병사들을 바라보며 어깨를 으쓱했다.

"네?"

이니안의 행동에 포르시아는 뒤를 돌아보았다.

"어째서 그런 거죠?"

"공녀님께서 계신 저택에 저렇게 위험한 맹수를 들여놓을 수는 없습니다."

포르시아에게 길을 열어준 후 계속 포르시아의 곁을 지키며 경계의 눈빛으로 케이로스를 바라보던 기사가 말했다.

"하지만 제가 보기에는 전혀 위험해 보이지 않는걸요. 오히려 귀여운걸요."

이해할 수 없다는 듯한 포르시아의 말에 기사는 난처한 얼굴을 했다. 그로서도 설마 포르시아가 이런 반응을 보일 것이라고는 미처 예상하지 못한 것이다. 그렇다고 이 위험한 늑대를 저택에 들일 수도 없는 일. 그는 이러지도 저러지도 못한 채 포르시아와 케이로스를 번갈아 바라보았다.

"흐음."

포르시아는 그런 기사의 모습을 한심하다는 듯 바라보고는 몸을 돌렸다. 그리고 문의 철창 사이로 손을 내밀었다. 그리고는 케이로스를 바라본다.

그녀의 눈빛에 케이로스가 몸을 일으켜 문을 향해 성큼성큼 걸음을 옮겼다.

"우왓! 공녀님을 지켜라!"

케이로스의 갑작스러운 움직임에 병사들 사이에 혼란이 일어났다.

"모두 가만히 있으세요."

순간 포르시아의 입에서 매서운 지시가 내려졌다. 과연 공작의 딸다운 위엄에 잠시 병사들은 주춤했다. 그리고 그 짧은 시간 사이에 케이로스의 앞발이 들리더니 아래로 내려졌다.

턱.

희고 작은 포르시아의 손. 가녀린 그 손은 너무나 연약해 보였다. 그 손 위에 거대한 늑대의 발이 있었다. 포르시아의 얼굴보다도 큰 늑대의 발. 날카롭게 빛나는 발톱은 살벌하기까지 했다.

하지만 포르시아는 아무런 일이 없다는 듯 생글생글 웃으며 케이로스를 바라보았다.

"너 정말 영리하구나. 내 손에 아무런 무게가 느껴지지 않아."

그 모습에 병사들은 저마다 입을 벌리고 '어버버' 거리고 있었다. 하고 싶은 말은 많지만 너무나 어처구니없는 장면에 차마 말이 입 밖으로 나오지 않고 있었다.

"케이로스입니다."

"네?"

그때 포르시아의 귀에 들린 이니안의 목소리.

"이 녀석의 이름입니다."

"아, 그렇군요. 케이로스. 좋은 이름이네요. 미안, 케이로스. 이름이 있는데 불러주지 않아서."

포르시아의 말에 케이로스는 거대한 머리를 철문에 가져갔다. 그리고 아무렇지도 않다는 듯 포르시아가 있는 곳을 머리로 문질렀다.

그 모습에 병사들은 더 이상 어떠한 말을 하려는 시도를 하지 않았다. 그저 이 믿을 수 없는 광경을 지켜보고 있을 뿐.

"공녀님, 그럼 저와 케이로스는 이제 저택에 들어가도 될까요?"

이니안의 말에 케이로스의 머리를 쓰다듬던 포르시아의 시선이 그를 향했다. 그는 여전히 기분 좋게 웃고 있었다.

"아, 그만 제가 케이로스에게 정신이 팔려 깜빡했네요. 이런 실례를.

저 때문에 먼길을 와주셨는데 여태 문밖에 세워 놓다니 정말 죄송해요. 어서 들어오세요."

포르시아의 말에 정문 경비병 네 사람이 서둘러 문을 열기 위해 몸을 움직였다. 공작가의 위용답게 거대한 문이었기에 네 사람이 여는 데도 제법 시간이 걸렸다. 그래서 평소에는 낮 시간 동안은 열어두는 데 케이로스의 출현에 급히 닫은 것이다.

"잠시 무례를 범하겠습니다. 너그러운 마음으로 용서해 주시길."

느릿느릿 열리는 문을 바라보던 이니안이 포르시아에게 살짝 고개를 숙였다. 그리고는 곧 훌쩍 케이로스의 등에 올라탔다.

이니안이 올라타자 케이로스는 포르시아가 서 있는 곳 반대편으로 천천히 움직이더니 훌쩍 몸을 날렸다. 정말이지 가볍게 공작가의 정문을 넘은 것이다.

"으악!"

갑작스러운 케이로스의 행동에 놀라 비명과 함께 엉덩방아를 찧는 병사도 있었다. 다만 포르시아는 두 눈을 반짝이며 케이로스를 바라보았다.

"정말 대단하군요."

"감사합니다."

"그럼 자세한 이야기는 저택에 가서 나누도록 할까요?"

"알겠습니다."

포르시아는 서둘러 마차에 몸을 실었다. 그녀는 지금 이니안에게 묻고 싶은 것이 잔뜩 있었다. 그리고 물론 그 대부분은 케이로스에 대한 것이다.

포르시아. 그녀는 첫 만남에서 케이로스에게 완전히 마음을 빼앗겼다.

마차를 타고 저택으로 향하는 도중에도 내내 그녀의 시선은 케이로스를 향해 있었다. 마차의 뒤를 한가로이 따라오는 케이로스와 그 등에 타고 있는 이니안. 그 모습이 그렇게 부러울 수 없었다.

그녀는 자신이 탄 마차를 끄는 말들이 심하게 몸을 떨어 마차를 모는 하인이 상당히 고생을 하고 있다는 사실은 알아차리지 못했다.

일단의 소동이 포르시아에 의해 정리가 되고 포르시아는 응접실에서 이니안을 마주하고 앉아 있었다. 하지만 그녀의 시선은 응접실의 창밖을 향하고 있었다. 창 밖에는 케이로스가 엎드려 있었다.

잠시 창밖을 보던 포르시아의 시선이 뒤를 향했다. 그곳에는 에드워드가 엄격한 얼굴로 서 있었다.

"그런 눈으로 보셔도 안 되는 것은 안 됩니다, 아가씨."

한 점의 망설임도 없었다. 포르시아가 아무리 동정을 구하는 눈으로 에드워드를 바라보아도 그는 케이로스를 저택 안에 들이는 것을 허락하지 않았다. 벌써 몇 번째 저런 상황이 연출되었는지 알 수 없었다.

포르시아를 마주하며 차를 마시고 있는 이니안은 관심 밖이었다. 하지만 그럼에도 이니안은 여전히 사람 좋은 웃음을 하고 차를 즐기고 있었다.

"그리고 아가씨, 맞은편에 앉아 있는 세이버 경에게 실례입니다."

에드워드의 충고에 그녀의 시선은 이니안을 향했다. 그녀의 얼굴은 살짝 붉게 변해 있었다.

"이런 실례를 했네요."

"괜찮습니다. 공녀님께서 케이로스를 마음에 들어해 주시니 오히려 기쁘군요. 솔직히 저 녀석을 어떻게 데리고 들어올지 걱정이었습니다.

생긴 것이 저래서 가는 곳마다 환영받지 못해서요."

이니안의 말에 포르시아는 이해할 수 없다는 듯 고개를 갸웃거렸다.

'저렇게 귀여운 애를 왜?' 라고 포르시아의 눈빛이 말하고 있었다.

"앞으로 저는 무엇을 하면 되지요?"

일단 포르시아의 경호를 하기 위해 기사로 이곳에 왔다. 그렇다면 주군이나 다름없는 포르시아의 지시를 따라야 했기에 이니안은 앞으로의 일을 물었다.

"제 곁에서 있어주세요."

포르시아는 생각할 것도 없다는 듯 단번에 대답했다.

"아가씨!"

포르시아의 결정에 놀란 듯 에드워드가 다급한 목소리로 포르시아를 불렀다.

말이 기사지 눈앞의 이자는 용병이다. 공작가의 체면 때문에 그저 기사의 작위를 그야말로 한시적으로 모양만 그럴듯하게 내려준 것이다. 거칠고 무례하기 짝이 없으며 제멋대로인 용병.

이니안의 외모는 용병이라고 믿을 수 없을 정도로 단정하기는 했지만 어쨌든 용병은 용병이다. 그런 자를 귀한 칸세르 공작가의 공녀 곁에 둘 수는 없는 것이다. 실제로 지금까지 이곳을 찾은 여덟의 기사는 대부분 병사들을 지휘해 저택을 경비하는 역할을 맡고 있었다.

포르시아의 개인 근접 경호는 오늘 도착한 네오마인의 몫이었다.

"아무 말고 하지 마세요, 에드워드."

포르시아는 단호한 눈으로 에드워드를 바라보았다. 에드워드는 그 단호한 눈에서 '고집' 이라는 것을 보았다. 포르시아가 저렇게 나오면 그로서도 수가 없었다. 포르시아의 어린 시절을 모두 봐온 그였기에 순순히 포기했다.

"알겠습니다."

"그럼 앞으로 세이버 경은 제 곁에 있으세요."

에드워드는 뻔히 보이는 포르시아의 속을 애써 모른 척했다.

'보나마나 저 늑대를 곁에 두고 싶으신 게지.'

에드워드는 원망 어린 눈으로 케이로스를 바라보았으나 케이로스는 그런 그의 시선을 상큼하게 무시했다.

"알겠습니다. 앞으로 공녀님의 곁을 지키겠습니다. 그리고 제 친구 녀석이 이곳에 올 예정인데 괜찮을지… 용병이라 제가 고용하는 형식 으로 데리고 있고 싶습니다만."

이니안의 말에 에드워드는 골이 지끈지끈 아파오는 것을 느꼈다. 이 제는 대놓고 용병을 이 저택에 들이겠다니. 물론 기사가 자신 개인의 시종을 데리고 오는 것은 문제가 아니었다.

문제는 이니안이 정식 기사가 아니라는 것이었고 공작가에 근본도 모르는 용병이 들어온다는 것이다. 비록 형식은 기사가 개인적으로 고 용한 용병이라 할지라도 실상은 달랐기에.

"물론이죠. 편하신 대로 하세요."

"감사합니다."

포르시아의 허락에 이니안은 인사를 하는 가운데 응접실의 천장을 바라보며 싱긋 웃었다. 그 알 수 없는 행동에 영문을 알 수 없었지만 포르시아는 별다른 말을 하지 않았다.

'저 녀석, 내가 있는 곳을 알아차렸나? 전보다 더 강해졌군.'

응접실에서 가만히 지켜보고 있던 케라우는 고개를 절레절레 흔들 었다.

"안 됩니다!"

그때 단호하고도 커다란 소리가 응접실의 입구에서 들렸다.

네오마인이었다. 충분히 쉬었다 생각했는지 경장에 검을 차고 응접실의 입구에 나타나 있었다.

"저런 근본도 모르는 녀석이 공녀님의 개인 경호라니 절대로 안 됩니다."

"처음 뵙겠습니다. 이니안 세이버라고 합니다."

네오마인이 화를 내든 말든 이니안은 자신의 페이스대로 자리에서 일어나 인사를 했다. 그의 얼굴은 여전히 웃고 있었다. 하지만 네오마인은 그의 인사를 무시했다.

"성이라고 해봐야 어차피 요식에 지나지 않는 것. 절대로 안 됩니다, 공녀님. 다시 생각해 주십시오."

"공녀님께서 이미 결정하신 일입니다만."

이니안이 여전히 웃는 얼굴로 말했다.

"보십시오!"

이니안의 말에 네오마인은 손으로 이니안의 얼굴을 가리켰다.

"감히 대귀족의 앞에서 저리도 무례하게 계속해서 웃음을 흘리고 있는 천한 놈 따위는 당장 이 저택에서 내쳐야 합니다."

네오마인은 무척이나 흥분해 공녀의 앞이라는 것도 잊고 속어까지 남발했다. 하지만 포르시아는 그런 말에는 신경을 쓰지 않고 네오마인의 손을 따라 이니안의 얼굴로 시선을 옮겼다.

과연 그랬다. 웃고 있었다. 아무리 상대가 기사라지만 기분이 나쁜 말은 엄연히 기분 나쁜 말이다. 그런 심한 말을 듣고도 저 사람은 웃고 있었다.

'정말 웃고 있네.'

신기했다. 아니, 신선했다.

'그러고 보니 날 보는 사람들의 얼굴은 모두 딱딱하게 굳어 있었지, 부담스럽게.'

그녀의 기억에 그녀 앞에서 자연스럽게 웃는 이는 불과 몇 사람에 불과했다. 부모님과 오빠, 그리고 카르발 황자. 이들이 전부다. 그녀로서는 실로 오랜만에 자신의 앞에서 자연스러운 웃음을 짓고 있는 이를 만난 것이다.

포르시아의 시선이 이니안을 향하자 네오마인은 가만히 이니안을 지켜보았다, 곧 포르시아가 저택 밖으로 이 막 되먹은 녀석을 내칠 것이라 믿어 의심치 않으며.

이윽고 포르시아의 입이 열렸다.

"웃는 모습이 보기 좋네요."

생긋.

그 말과 함께 포르시아는 이니안을 향해 웃어 보였다.

"감사합니다."

이니안은 짐짓 과장되게 허리를 숙이며 포르시아에게 감사의 인사를 했다. 네오마인을 놀리는 의도가 다분했다.

"이잇."

그 모습에 네오마인의 이마에 굵은 혈관이 솟아올랐다. 그가 지금 얼마나 흥분했는지 알 수 있었다.

"공녀님!"

"네오마인 경, 무례합니다. 공녀님께 그리 언성을 높이시다니요!"

네오마인의 과한 행동에 에드워드가 즉각 제재에 나섰다. 그제야 네오마인은 자신의 실태를 깨닫고 즉시 허리를 숙이며 사죄했다.

"네오마인 경, 물론 경께서는 저 같은 하찮은 사람이 공녀님의 곁을 지키는 것이 마음에 들지 않으시겠지만… 저 역시 마음에 들지 않는군요. 경같이 약한 사람이 공녀님의 곁을 지키다니 이거 불안해서 잠이나 제대로 자겠습니까?"

빠직.

네오마인의 눈에서 불꽃이 튀었다. 그리고 온몸이 부들부들 떨렸다. 그는 지금 엄청난 모욕에 분노하고 있었다.

"네… 네놈이……."

이니안의 의외의 행동에 포르시아는 두 눈을 크게 뜨고 상황을 지켜보았다. 상황이 이렇게 흘러가면 그녀는 할 수 있는 것이 없었다. 이니안의 행동은 명백한 기사에 대한 행동. 모욕을 받은 기사가 자신의 명예를 지키기 위해 하는 행동은 아무리 주군이라 할 지라도 어찌할 수 없는 법이다.

온몸을 부들부들 떨던 네오마인의 눈이 차갑게 가라앉았다. 두 눈 가득 살기가 가득했다.

"네놈은 네가 한 말에 책임을 져야 할 것이다."

"얼마든지요."

네오마인의 몸에서 자신에게 쏟아지는 투기를 느꼈음이 분명한데도 여전히 그는 여유로운 웃음을 머금고 있었다.

빠드득.

그 웃음이 네오마인을 더욱 분노케 했다.

"결투다, 따라 나와라."

네오마인은 포르시아에게 인사를 하는 것도 잊고 성큼성큼 걸어나갔다.

"그럼 공녀님, 잠시 실례하겠습니다. 부디 용서하시길."

이니안은 여유롭게 포르시아에게 인사를 한 후 네오마인의 뒤를 따랐다.

어느새 하인 한 명이 네오마인 앞에 붙어 결투를 할 만한 장소로 안내하고 있었다.

"각오는 되었겠지?"

주변에 아무도 없었다. 기사들의 명예를 건 결투다. 하지만 네오마인은 그렇게 생각하지 않았다. 상대는 용병 나부랭이, 그런 하찮은 녀석을 상대로 검을 뽑는 것은 기사로서의 자랑스러운 하이 나이트로서의 그의 명예에 먹칠하는 짓이기에 주변에 아무도 없는 곳으로 장소를 골랐다.

검을 뽑는 네오마인.

검에 비친 그의 두 눈은 살기로 번들거렸다.

"살 생각은 버려라."

"죽일 수 있다면."

이니안은 싱긋 웃으며 대답했다.

"네 이놈!"

이니안의 말이 폭발의 기폭제였을까? 네오마인은 이니안을 향해 달려들었다.

그의 검은 매서웠다. 분노에 이성을 잃은 모습과는 달리 그의 검은 철저히 냉정했다. 확실히 상대를 일격에 죽일 수 있는 검로로 그의 검은 이니안을 향해 날아왔다.

당연하다. 그는 칸세르 기사단의 하이 나이트다. 공작이 자신의 딸을 경호하는데 하찮은 자를 보냈을 리 없다. 이미 소드 익스퍼트 상급의 경지에 든자로 카르세온의 빛에 가려 잘 드러나지는 않았지만 그도 칸세르 기사단에서는 손꼽히는 실력자인 것이다.

휘잉.

그런 그의 검이 너무도 허무하게 빗나갔다. 이니안은 살짝 몸을 틀었을 뿐이다. 하지만 단지 그 동작으로 완벽하게 네오마인의 검을 피했다.

"어디로 검을 휘두르는 겁니까?"

이니안은 여전히 웃으며 말했다.

"네놈이!"

네오마인은 어깨를 돌리며 팔꿈치를 꺾었다. 그러자 빗나갔던 검이 다시 방향을 바꿔 이니안의 가슴을 베어왔다. 절묘한 방향 전환이었다.

그 순간 이니안이 한 걸음 내딛었다. 불과 한 걸음일 뿐이었으나 그는 순식간에 네오마인 코앞에 나타났다. 팔 안쪽으로 들어온 이니안. 네오마인으로서는 검으로 그를 공격할 방도가 없었다.

"실력은 제법 있는 편이군요."

이니안은 계속 웃으며 말했다. 하지만 웃는 얼굴과 다르게 그의 몸은 재빠르게 움직였다.

재빠르게 네오마인의 양 발을 걸고 지나가는 이니안의 오른발. 일순 네오마인의 몸은 공중으로 떴다가 곧 우스꽝스러운 꼴로 바닥에 떨어졌다.

"크윽."

"응? 갑자기 왜 그러고 계십니까?"

이니안은 눈으로 웃음 지으며 능청스레 물었다.

"네 이놈!"

분노한 네오마인은 순식간에 용수철이 튀기듯 몸을 날려 이니안을 찔러갔다. 이니안은 몸을 돌리며 간단히 그 검을 피했다. 하지만 그냥 피하지만은 않았다. 그의 발끝이 정확히 네오마인의 복부를 가격했다, 순식간에.

"으윽."

"응? 갑자기 배가 아프신 겁니까? 그렇다면 화장실을 가셔야……."

왼손으로 아랫배를 잡은 네오마인의 모습에 이니안이 재미있다는 듯 말했다.

네오마인의 눈에 핏발이 선다.

하지만 그 순간 네오마인은 눈이 번쩍했다. 그리고 머리를 울리는 고통. 이니안의 발이 순식간에 그의 얼굴을 차고 지나간 것이다.

"이런, 빈혈도 있으시군요. 갑자기 휘청이시다니. 몸이 그렇게 허해서 어떻게 공녀님을 지키시겠습니까?"

이니안은 전혀 모르겠다는 듯 능청을 떨었다.

"으으으."

네오마인은 이제야 몸으로 이니안의 실력을 느꼈다. 자신을 가지고 노는 하찮은 용병의 실력은 대단했다. 소드 익스퍼트 상급인 자신을 이렇게 가지고 놀다니. 그것은 소드 마스터인 카르세온도 불가능한 일이다. 물론 어디까지나 그 개인의 생각이었지만.

"네놈! 죽인다!"

네오마인은 악에 받쳐 외쳤다.

"그러시면서 뒤로 물러나는군요."

이니안의 말대로 네오마인은 이니안과 거리를 벌이며 뒤로 물러났다.

그리고 곧추세운 검. 곧 그의 몸에서 마나가 요동치기 시작했다. 피어스 브레이크를 사용하기 위한 준비에 들어간 것이다.

그 순간 이니안의 몸이 사라졌다.

"크윽."

그리고 네오마인은 자신의 복부에서 강렬한 고통을 느꼈다. 그 고통에 애써 끌어올린 마나가 흩어졌다.

"바쁩니까, 당신? 상대가 사지 멀쩡히 서 있는데 피어스 브레이크 같이 준비하는데 시간이 많이 걸리는 기술을 사용하려 하다니. 허약할 뿐 아니라 바보이기까지 하다니. 당신이 공녀님의 경호를 한다면 분명 큰일이 날 겁니다."

무릎을 네오마인의 복부에 박아 넣은 채 그의 귀에 대고 속삭이듯 말하는 이니안. 네오마인은 지금도 웃고 있는 이 용병 녀석이 두려워졌다. 사라졌다 싶은 순간 눈앞에 나타났다. 이건 절대 평범한 익스퍼트의 실력이 아니었다.

그는 딱 한 번 이런 스피드를 본 적이 있었다. 바로 카르세온과의 대련에서.

'이… 이놈은 소드 마스터다……'

믿을 수 없었지만 현실이다. 자신을 이렇게 가지고 노는 상대의 실력이 그 사실을 확신하게 만들었다. 몸이 격렬히 떨려왔다.

"응? 떨고 계시는군요. 혹시 추운 겁니까? 따뜻한 봄에 별일이군요. 정말 몸이 약한 모양이에요. 하지만 다행입니다."

이니안은 네오마인으로부터 두 걸음 정도 물러섰다. 네오마인의 눈에 밝게 웃고 있는 이니안의 얼굴이 똑똑히 들어왔다.

상대는 웃고 있었다. 그것도 정말 밝은 웃음이다. 하지만 그 웃음을 보는 네오마인은 공포를 느꼈다. 자신이 처음 응접실에서 봤을 때부터 여태껏 시종일관 같은 미소였지만 네오마인이 보기에는 전혀 달랐다. 저것은 악마의 웃음이었다.

"제가 당신의 이런 상태를 알게 되어서요. 이런 상태도 모른 채 공녀님의 경호를 했다가는 자칫 큰일날 뻔했으니까요. 아, 뭐 이런 상태를 알았다 해도 당신은 공녀님의 경호를 하려 할 테지요. 위대하신 기사시니까요. 자신의 맡은 바 의무를 다하는 모습. 훌륭한 기사의 귀감입니다."

이니안의 말이 이어질수록 네오마인은 불안해졌다. 눈앞의 악마가 무슨 짓을 저지를지 도무지 알 수가 없었다.

"하지만 기사라는 당신의 체면을 위해 공녀님의 경호를 계속하는 것은 큰 폐입니다. 지킬 능력도 없는 사람이 곁에서 얼쩡거리면 오히려 방해지요. 그리고 주군에 대한 불충이기도 하답니다. 주군에 대한 불충이야말로 기사에게 최고의 불명예지요. 하지만 걱정하지 마십시오. 제가 당신의 명예를 지켜 드릴 테니."

그 말이 끝나는 순간 이니안의 발이 네오마인의 무릎을 차고 지나갔다.

빠각.

극렬한 고통과 함께 네오마인의 귀에 울리는 소리.

'부, 부러졌다!'

단 한 방에 이니안은 네오마인의 무릎을 부러뜨렸다.

"몸이 도저히 일을 수행할 상태가 아니라면 당신이 경호를 그만두더라도 그 누구도 당신에게 뭐라 하지 않을 겁니다. 손가락 하나 움직이지 못할 정도의 몸이라면 경호를 못하게 된다 해도 그 누구도 의무를 저버린 기사라고 당신을 욕하지 않을 겁니다. 제가 당신의 명예를 지켜 드리지요."

네오마인의 이니안의 말을 완벽하게 이해했다. 그랬기에 그의 등은 식은땀으로 축축하게 젖어들었다. 눈앞의 악마는 자신에게 말하고 있었다, 손가락 하나 움직이지 못하게 철저하게 부서주겠다고.

"나… 나는……."

네오마린이 막 무어라 말하려는 찰나, 그의 눈앞에 빛이 번쩍였다. 빛의 정체는 물론 이니안의 다리다. 그 순간 네오마인은 앞으로 고꾸라졌다. 양 무릎 뼈가 모두 부러졌으니 당연한 일이다.

이니안은 한 걸음 네오마인에게 다가갔다.

"이런. 고귀하신 기사님의 얼굴이 바닥에 처박히다니. 이러면 안 되죠."

이니안은 발끝으로 가볍게 네오마인의 몸을 뒤집었다.

"난, 나는……."

"압니다. 아무 말씀 안 하셔도 제게 감사의 말을 하시려는 것쯤은. 괜찮으니 아무 말 하지 마십시오. 제가 부담스럽습니다."

그 말과 함께 이니안은 네오마인의 오른팔을 사뿐히 밟았다.

"크아악!"

순식간에 부러진 무릎과는 달리 극렬한 통증이 뇌를 뚫고 발끝까지 미쳤다.

"기쁨의 환성을 지르시군요. 저도 기쁩니다."

이니안은 웃으며 왼팔을 밟았다. 네오마인의 온몸이 고통으로 덜덜덜 떨렸다. 하지만 이니안은 밝게 웃는 얼굴로 네오마인의 몸 곳곳을 사뿐히 밟아주었다.

[네 녀석… 무서운 녀석이군.]

칼은 기가 질린다는 듯 중얼거렸다.

"응? 이 정도면 많이 봐준 거지. 감히 나를 모욕했는데 말이야."

상당히 화가 난 듯한 말이었지만 그래도 이니안은 웃었다.

"그럼 이 정도로 끝낼까?"

거품을 문 채 기절한 네오마인을 지긋이 바라본 이니안은 몸을 돌렸다.

"저, 네오마인 경은……."

이니안이 멀쩡한 모습으로 저택에 들어오자 에드워드가 걱정스레 물었다.

"결투한 장소에 있습니다. 아마 수도로 보내야 할 겁니다. 공녀님께는 제게 패한 충격으로 수도로 떠났다고 전해 드리는 것이 좋을 겁니다."

이니안은 그렇게 말하고 저택의 응접실로 향했다. 여전히 공녀가 그곳에 있음을 알고 있었기에.

이니안의 알 수 없는 말에 고개를 갸웃거리던 에드워드는 결투 장소로 하인의 인도에 따라 그곳에 도착해서야 그 말뜻을 알 수 있었다.

처참했다.

네오마인은 철저히 망가져 있었다.

"이니안이라… 무서운 사람이군… 과연 그자가 공녀님의 곁을 지키도록 놔두는 것이 옳은 일일지……."

에드워드는 걱정스레 중얼거렸다.

그 외중에도 그는 숙련된 집사답게 뒷정리를 했다.

"호호호. 세이버 경은 무척 재미있는 사람이네요."

그때 포르시아는 응접실에서 모처럼 기분 좋게 웃고 있었다.

신선했다.

공녀라는 자신의 신분에 그 누구도 자신을 이렇게 허물없이 대하지 못했다. 하지만 눈앞의 남자는 달랐다. 그는 다른 이를 대하는 것이나 자신을 대하는 것이다 전혀 다름이 없었다. 가식없는 모습.

그런 모습이 좋았다.

'이 사람과 이야기를 하는 것뿐인데 이렇게 즐겁다니. 나를 이렇게 웃으며 바라봐 주는 사람이라는 것도 마음에 들고.'

포르시아는 따스한 눈으로 이니안을 바라보았다.

"왜 그러시죠?"

한창 이야기에 열중하던 이니안은 포르시아의 눈길을 느낀 듯 그녀를 보며 물었다.

"아, 아니에요. 세이버 경처럼 재미있는 사람과 함께 여행을 하게 되다니 어쩔지 기대가 되어서요."

포르시아는 이니안을 마주 보며 생긋 웃었다.

'쳇. 잘들 노는구나.'

그 모습에 천장에 몸을 숨기고 있는 케라우는 속으로 투덜거렸지만 아래의 두 사람이 그런 그의 사정을 알 리 없었다.

『4권으로 이어집니다』

이니안의 일기

외전—이니안의 일기

"아빠 참 바보다. 그치, 오빠?"

네이라의 말에 아이덴이 고개를 끄덕였다.

"후우… 어떻게 그 간단한 걸 못 외워서 로레인 고모한테 혼났을까?"

네이라가 알 수 없다는 듯 고개를 흔들었다. 어린 꼬마 아가씨가 한숨을 쉬는 모습은 자못 귀여웠다.

"그래도 검은 뛰어났다고 했잖아."

"그게 싸움만 할 줄 아는 바보잖아. 아빠가 책을 싫어하는 것은 알지만 이 정도인 줄은 몰랐어."

네이라는 일기를 읽으며 아빠에 대한 실망이 큰 것 같았다. 재미있다며 일기장을 넘길 때와 그 표정이 너무나 달랐다.

"뭐, 신경을 안 써서 그럴 수도 있겠지."

어른스러웠다. 불과 아홉 살인 아이덴이 일기 속의 열다섯의 이니안보다 훨씬 어른스러웠다.

"너무 그러지 말고 빨리 뒷장을 보자. 넌 안 궁금해?"

아이덴의 말에 네이라의 표정이 즉각 바뀌었다, 호기심 가득한 얼굴로.

"궁금해!"

아빠에 대한 실망은 호기심에게 패해 저 멀리 옮겨갔다. 역시 아직은 어린아이였다.

658년 6월 23일

아. 좋다. 저 푸른 하늘, 이 시원한 바람, 따스한 햇살, 게다가 이 아름드리 고목의 아늑한 그늘까지 정말 좋다.

열심히 공부하고 있어야 할 내가 지금 이 무슨 여유냐구? 지금 시간이 오후 1시. 즉 점심을 막 마친 시간이기 때문이다. 이 시간이면 아마 대부분의 사람들이 불치병을 가지고 있지 않아? 흔히들 식곤증이라 부르는 그 병 말이다. 우리 집도 예외는 아니라서 오후 2시까지는 자유시간이다. 공부로만 점철된 내 생활에 있어서 유일한 낙이라고 할 수 있는 시간. 훗. 만약 이 휴식시간을 안 줬더라면 난 정말 공부고 뭐고 가출했을지도 모른다구.

"훗. 이니안. 정말 천국에 있는 사람 같은 얼굴인걸?"

너무나도 평화로운 이 시간을 즐기고 있는데 귓가로 들려오는 다정한 목소리. 막내 누나셨다. 그러고 보니 오늘은 토요일. 공부를 시작하고 처음 맞이하는 주말이다. 하지만 집에서 가르치는 것이다 보니 주말이라고 해도 특별할 것은 없었다.

다만 학교가 일찍 마친 막내 누나가 조금 일찍 귀가하는 것뿐.

"이리아 언니한테 들었어. 고생 많았다며?"

"응."

미소를 지으며 옆에 앉아 말하는 막내 누나 메이린의 모습에 난 금세 두 눈 가득 눈물이 글썽글썽 해서 대답을 했다. 막내 누나의 따스한 말에 지난 일주일간의 설움이 울컥 솟아올랐다. 사실 3시 이후면 막내 누나도 나를 가르칠 수 있다. 한데 끝까지 큰누나가 가르치겠다고 하는 바람에 지난 일주일은 그야말로 나에게는 지옥이었다.

"쯧쯧. 네 얼굴 보니 로레인 언니가 널 어찌했는지 눈에 선하다. 대체 얼마나 고생했으면 대번에 얼굴이 그렇게 변해."

언제 꺼낸 것일까? 막내 누나는 정말 기분 좋은 향기가 나는 손수건으로 내 눈가에 맺힌 눈물을 닦아주었다. 역시, 막내 누나다. 누나들 중에서도 나에게 가장 잘해준다.

메이린 누나 밑으로 동생이라고는 나밖에 없어서 그런 것인지 몰라도 막내 누나는 유독 나에게 신경을 많이 써준다. 그만큼 나도 메이린 누나가 편하고 좋다. 물론 이리아 누나도 좋다. 내가 싫어하는 인간은 이슈데인 형과 로레인 누나뿐. 두 사람은 나랑 무슨 원수를 졌는지 나를 못 잡아먹어서 안달이다.

"오후에는 내가 가르치기로 했으니까. 같이 공부 열심히 하는 거다."

이 무슨 메시아의 강림과도 같은 소리인개! 오늘 오후에는 막내 누나가 가르친다니! 큰누나가 순순히 응했을 리가 없는데 어짜······.

내가 의아한 빛을 띠고 막내 누나를 쳐다보자 누나는 살풋 웃으며 말했다.

"오늘 토요일이잖니. 오늘 저녁에 검투회가 있어서 큰언니는 그거 보러 간다고 지금 준비하느라 바빠."

그러면 그렇지. 그런 일이 있으니 순순히 막내 누나에게 지도권을 넘긴 것이다. 그렇지 않으면 꿈도 못 꿀 일. 오늘만큼은 검투회가 그렇게 고마울 수가 없었다.

"그럼 매주 토요일은 누나가 가르치는 거야?"

기대가 가득 담긴 나의 물음에 막내 누나는 고개를 가로저었다. 이럴 수가. 그렇다면 오늘뿐인가!

내가 시무룩한 표정을 짓자 막내 누나는 그럴 줄 알았다는 얼굴로 내 볼을 살짝 꼬집었다.

"그렇게 실망할 거 없어, 이니안. 내가 화요일, 목요일, 토요일을 가르치기로 했으니까."

누나의 말에 내 몸은 딱딱하게 굳어들어 갔고, 눈도 풀려 버렸다. 세상에 기쁜 일이 있을 때 몸이 이렇게 반응할 수도 있었다니 난 정말 몰랐다.

"어머? 이니안, 얘, 왜 그러니? 응?"

급작스러운 나의 변화에 놀란 막내 누나는 내 눈앞에서 손을 흔들어보기도 하고 내 어깨를 흔들기도 하면서 내 정신을 돌려놓으려 했다. 하지만 그런 건 상관없었다. 지금 기분대로라면 하늘을 날아갈 것 같으니까. 일주일 중 무려 3일이나 악마의 손아귀에서 벗어나다니. 정말로 인세에 다시없을 축복이었다.

"그럼 큰누나는?"

내가 정신을 차리고 가장 궁금한 걸 묻자 그제야 안도의 한숨을 쉰 막내 누나가 대답했다.

"큰언니는 월요일, 수요일, 금요일에 널 가르치기로 했어."

어라? 그럼 하루가 비는데…

"그럼 일요일은?"

"그날 하루는 쉬는 날. 어머니가 요즘 네 모습 보시고는 큰언니에게 그렇게 말씀하셨어. 대체 어떻게 하고 지낸 거니? 응?"

지금 난 다른 말은 들리지 않았다. 일요일 하루 쉴 수 있다는 그 말 이외에는 다른 어떤 말도 귀에 들어오지 않았다. 막내 누나가 분명 무슨 말을 더 한 것 같았지만 신경 쓸 겨를이 없었다. 일주일에 하루 쉴 수 있는 날이 생겼다는 환희에 온몸을 맡길 뿐.

그래서 나는 모르고 있었다, 날 바라보는 작은 누나의 두 눈에 가득한 안쓰러움을.

"자, 이제 휴식시간도 끝난 것 같으니 들어가자. 공부해야지."

막내 누나의 말에 나는 힘차게 일어나서 공부방으로 향했다. 큰누나와의 공부라면 죽을 맛이겠지만 막내 누나라면야 공부를 싫어하긴 하지만 그래도 대환영이다.

"큰언니랑 지난 오 일 동안 신학만 했다며?"

"응."

"들어보니까 제법 많이 한 것 같던데? 생각보다 대단하다. 처음 작은 언니에게 이야기를 들었을 때는 정말 할 수 있을까 했는데."

막내 누나는 기특한 듯 날 바라보며 그렇게 말했다. 하지만 큰누나의 그 모진 구박과 억압, 학대 아래 있으면 결국 그만큼은 하게 된다. 그 증거가 나이니까.

"큰언니랑 계속 신학을 했으니까 신학은 앞으로도 큰언니랑 해. 나는 역사를 가르칠 테니까. 그리고 수학은 일단 신학이랑 역사가 어느 정도 자리가 잡히면 하기로 하고. 그래도 괜찮지?"

"응. 당연하지."

괜찮고말고. 막내 누나가 하고 싶은 대로 해도 전혀 상관없다. 이렇게 막내 누나가 날 가르친다는 것만 해도 무한한 축복일지니.

"그럼, 일단 우리 카일로니아의 건국부터 살아보도록 할까?"

그렇게 말하며 역사책을 펼친 막내 누나는 설명을 시작했다. 그래 바로 이것이다. 이것이야말로 누군가를 가르치고 누군가에게 배운다는 그런 것이다.

이제야 나는 좀 제대로 된 공부를 하는 듯한 느낌을 받았다. 큰누나의 그 삭막한 교육 방법은… 정말이지 생각만 해도 끔찍하다.

"어때? 알겠어?"

"으음. 대강."

"대강이라니? 제대로 알아야지. 그럼 다시 한 번 설명해 줄게. 그리고 그 다음에는 외우는 거다. 알았지?"

"응."

으음. 역시 외우기는 해야 한단 말인가. 막내 누나도 외우라고 하니. 하지만 무작정 그냥 외우는 것보다는 이렇게 막내 누나의 설명을 듣는 편이 한결 외우기 쉬울 것 같았다. 무언가 이해도 되는 것 같고. 그렇게 누나의 두 번째 설명이 끝나자 나는 금세 누나가 설명한 부분을 외울 수 있었다.

"어머. 잘하네. 그런데 왜 큰언니는 널 보고 대륙제일의 바보라고 한 거지?"

"그거야 가르치는 방법이 무식해서 그렇지."

큰누나의 이야기가 나오자 나도 모르게 말에 가시가 돋았다. 막내 누나가 큰누나에게 들었다는 내용 자체가 나의 기분을 상하게 하기도 했다.

"뭐? 아무리 그래도 누나한테 그렇게 말하면 안 되지."

막내 누나의 얼굴이 살짝 사나워졌다. 아무래도 내가 큰누나에 대해 버릇없이 말한 것 때문이리라.

"그래도… 이런 말하면 안 된다는 건 알지만 그만큼 괴로웠다구."

내가 울먹거리며 말하자 막내 누나는 얼른 얼굴을 풀고 나를 살짝 안아주었다.

"알았어, 알았다구."

그러면서 살며시 등을 토닥여 주는데 역시 막내 누나가 최고다.

나보다 겨우 두 살 많고 키는 나보다 작지만 누나란 이런 존재다. 그런 것 따위는 상관없이 이렇게 나를 편안하게 해주니. 이런 행동을 형이랑 큰누나가 배우면 얼마나 좋을까?

"그런데 큰언니는 대체 어떻게 가르치길래?"

막내 누나는 가르치는 방법에 대해서는 이야기를 듣지 못한 듯 고개를 갸웃거리며 물었다.

"못 들었어?"

"응."

세상에. 나에 대해서는 이런저런 험담을 늘어놓고 어디까지 공부했으며 얼마나 공부를 못하는지까지 세세히 말한 큰누나가 공부 방법을 말하지 않다니! 분명 자신도 자신의 방법에 찔리는 것이 있으니 그랬을 것이다. 그렇지 않다면 왜 말하지 않겠는가? 역시 분명 나를 괴롭히고 있는 걸 즐기는 것이 틀림없었다.

"어떻게 가르치느냐 하면 말이지……."

그 사실에 분노한 나는 지난 5일 간의 일을 낱낱이 막내 누나에게 말했다. 내가 이 말을 막내 누나에게 한다고 특별히 달라질 일은 없을 것이다. 막내 누나가 무슨 힘이 있는 것도 아니고 이슈데인 형조차도 큰누나에게는 찍 소리도 못한다.

나이로 서열을 매기자면 아버지, 어머니, 이슈데인 형, 로레인 누나, 이리아 누나, 메이린 누나, 나. 이런 순서다. 하지만 실제 가족에게 미치는 힘으로 서열을 매기면 이슈데인 형과 로레인 누나의 위치가 바뀐다. 큰누나는 그런 존재다. 그러니 내가 지금 막내 누나에게 늘어놓는 말들은 어디까지나 나의 한풀이일 뿐이다. 처량한 내 신세.

"푸웃. 그랬단 말이야? 큰언니가?"

나의 한이 절절이 스며든 설명이 끝나자 막내 누나는 눈물까지 찔끔거리며 웃음을 터뜨렸다.

"뭐야? 그 반응은? 난 정말 절박했다구."

전혀 의외의 반응에 서운한 나의 칭얼거림 비슷한 말에 막내 누나는 황급히 손을 휘저었다.

"아, 미안. 정말 미안. 하지만 생각하니까 너무 우스워서."

우습다니, 나의 이 절박하고도 불쌍한 이야기들이 우습다니! 정말 그 천사와 동격인 나의 막내 누나가 맞단 말이야? 이런 나의 감정은 고스란히 얼굴로 전해졌고 곧바로 표정에 반영되어 나타났다.

"아. 미안. 그렇게 기분 상해하지마. 왜 우스운지 이야기해 줄 테니까."

나의 얼굴을 본 막내 누나는 황급히 웃음을 멈추고는 다급히 이야기했다.

"그러니까 말이야. 사실 큰언니도 그렇게 공부를 썩 잘하지는 않았었대. 이 이야기는 이슈데인 오빠한테 들은 거니까 확실할 거야."

"응? 그게 무슨 말이야? 큰누나는 왕립 학교에서 성적도 좋았다면서?"

"그랬지. 그게 어떻게 된 거냐면 말이야……. 전부 외웠데."

"응?"

"그러니까 전부, 모조리 다 외웠다는 거야. 교과서랑 교수님이 수업하신 내용의 필기를."

"전부?"

"응."

"하나도 빠짐없이?"

"응."

어이없어 하는 나의 물음에 대해 돌아온 대답은 전부 '응'이라는 긍정의 대답이었다. 세상에 어찌 그리 무식한 방법이 있단 말인가? 전부, 모조리 외워 버리다니.

"그럼 이해는?"

"그런 거 없이 그냥 외웠대. 내가 오빠한테 그 이야기를 듣고 큰언니한테 물었더니 그냥 무작정 외우다 보면 어느 순간 이해하고 있대. 그래서 큰언니는 뭐든 일단 외우면 된다고 하더라."

이럴 수가. 설마 그런 생각을 가지고 있었다니. 그러니 그렇게 무식하게 날 가르쳤지. 자기 자신이 무언가를 이해하려 하지 않고 그냥 무작정 외웠으니 나에게도 그렇게 가르칠 수밖에 없는 것이었다. 세상에나.

"그래서 아까도 나한테 '그냥 무조건 외우면 돼. 그거면 공부 끝이야. 다른 건 필요 없어'라고 말하던 걸. 난 설마 그렇게까지 너한테 가르친 줄은 몰랐지. 아, 가르쳤다기보다는 과제를 그렇게 준 거라고 해야 하나?"

아아, 그런 비화가 있었다니. 그렇다면 앞으로의 큰누나와의 공부는 보나마나 뻔했다. 사실 그다지 기대도 안 했지만 막상 현실로 확정되어 버리니 온몸에 힘이 하나도 없었다.

"그런데 사실 그 방법이 의외로 효과가 있어. 어떤 걸 외우려면 몇 번이고 반복해서 읽고 또 읽어야 하는데 그게 이해하기 위한 가장 빠른 방법이기도 하거든. 어때? 우리도 그 방법으로 할까?"

나는 필사적으로 머리를 저었다. 가문의 검술에 따라 검을 놀릴 때도 이렇게 빠른 속도로 움직여 본 적은 없었다. 그만큼 절박했다. 나는 분명히 말하건대 조금 전의 막내 누나가 가르친 방법이 훨씬 마음에 들었다. 내가 공부하기도 편하고.

"호호호. 알았어. 그냥 장난쳐 본 거야."

나의 반응에 막내 누나는 한 손을 입을 가리고는 기분 좋게 웃었다. 가끔씩 나에게 저런 장난을 치긴 하지만 저 장난마저도 미워할 수 없는 그런 누나다, 막내 누나는.

"아, 그리고 벌칙 말인데… 이런 얘기해도 될까 모르겠는데… 그래도 모르고 당하는 건 너무 불쌍하니까 이야기해 줄게."

벌칙. 그 무시무시한 벌칙. 그 벌칙에 대한 이야기가 막내 누나의 입에서 나오자마자 나의 표정은 금세 진지하게 변했다. 이런 자세로 공부를 했더라면 훨씬 잘 할 수 있었겠지?

"어머? 이니얀, 너 지금 같은 얼굴로 공부했으면 큰언니한테 그렇게 당하지도 않았을 거야. 공부도 좀 그렇게 진지하게 해보렴."

나의 얼굴을 본 막내 누나는 그렇지 않아도 잠시 내가 머릿속에 떠올린 생각을 그대로 말했다. 가뜩이나 찔리는데 그렇게 콕 집어주니 금세 얼굴이 붉게 달아올랐다.

"흠, 너 큰언니랑 종종 대련했었지?"

"응."

"그때 큰언니 검에 몇 번이나 맞았어?"

"맞다니? 명색이 소드 마스터인 내가 아무리 누나라지만 소드 마스터도 아닌 사람의 검에 맞으면 무슨 망신인데. 당연히 한 대도 안 맞았지."

큰누나와의 대련을 떠올린 나는 당당한 얼굴로 대답을 했다.

"그렇지? 아무래도 큰언니 실력으로 너에게 타격을 입히는 건 무리겠지?"

검에 관해서는 잘 모르는 막내 누나도 저런 말을 할 정도로 큰누나와 나의 실력 차이는 컸다. 막내 누나의 말에 긍정하기 위해 나는 고개를 크게 끄덕였다.

"바로 그게 화근이야."

"응? 그게 무슨 말이야?"

의외의 말에 나는 눈을 동그랗게 뜨고는 다급히 막내 누나에게 물었다.

"그러니까 너랑 대련한 날이면 큰언니가 얼마나 짜증을 부렸는데. 제대로 된 실격을 먹이기는커녕 스쳐 보지도 못했다면서 무척이나 분해했었어."

"그래서?"

막내 누나의 말에 나는 시큰둥하니 대답했다. 그 분함이야 나도 매일 겪다시피 하는 것이니 별로 대단하게 여겨지지도 않았다. 형과 대련을 할 때면 나 역시 스치지도 못하고 번번이 패하니까. 결국 실력이 없으면 어쩔 수 없는 것 아닌가.

"그래서는 뭐. 언젠가는 제대로 두들겨 주겠다고 하던걸? 그러니까 너의 그 벌칙은 그동안 큰언니가 쌓아둔 분함의 복수라고 할까? 그런 걸 거야."

막내 누나의 말에 나는 일순 어이가 없어 할 말을 잊었다. 세상에 어떻게 그런 이유로 나에게 그런 벌칙을 정했단 말인가? 실력이 모자라면 실력을 키워 정정당당하게 나에게 맞서야지, 그렇게 간악하고도 치사한 방법이라니.

"흐응. 제법 충격을 받았나 보네?"

내 얼굴을 잠시 바라보던 막내 누나는 그럴 줄 알았다며 고개를 끄덕였다.

"이거 너무 비겁한 거 아냐?"

어이없음에서 회복되자 이번에는 분노가 몰려왔다. 온몸을 휘감고 도는 분노에 두 손을 부들부들 떨며 씹어뱉듯 천천히 말하자 막내 누나는 그저 웃었다.

"알잖아? 큰언니 성격. 어쩌겠어? 오빠도 감당을 못하는데."

그 말을 들으니 맥이 탁 풀려 버렸다. 그렇다. 큰누나는 형도 감당하지 못한다. 세상에 그 천하의 이슈데인 케이 사이몬이 감당을 못한단 말이다. 그게 다 큰누나가 한 성깔하기 때문이다.

그 성깔에 대해서는 이미 수도인 사우론 전체에 퍼져 있다. 그러니 혼기가 꽉 찬 공작가 영애에게 여태껏 그 흔한 청혼 하나 들어오지 않지. 누나가 아직 결혼을 하지 않은 것은 누나가 결혼에 관심이 없기도 하지만 좀 전에 말한 것처럼 청혼이 없어서이기도 하다.

아마 어느 집안이든 청혼만 들어오면 부모님은 당장 큰누나를 시집보내 버릴 것이다. 거기에 내 모든 것을 걸 수 있다. 특히나 어머니께서 얼른 큰딸을 치워 버리고 싶어하시는 기색이시다. 그리고 그건 나의 바람이기도 하다. 큰누나가 시집 가버리면 이 집에서 나의 천적이 하나 주는 셈이니.

뭐, 그건 어디까지나 감히 바람이란 걸 잘 안다. 수도의 어느 귀족가의 자제가 우리 큰누나를 데리고 살려 하겠는가? 예쁘고 착하고 부드러운 귀족가 영예들이 널려 있는 곳이 수도이건만.

"후우… 그것도 그렇네. 그럼 난 앞으로도 계속 그렇게 당해야 하는 거야?"

막내 누나가 큰누나의 성격을 언급한 그 순간 난 이미 포기했다. 어느 누가 그 성격을 이겨낼까?

"호호. 그건 아니지. 왜 계속 당해야 한다고 생각하는 거니?"

"응? 그건 무슨 말이야?"

앞으로 당하지 않아도 된다는 막내 누나의 말에 나는 황급히 물었다.

"큰언니가 내주는 과제를 완벽히 해내면 되잖아, 그러면 벌칙도 없을 테고."

"쳇. 난 또 뭐라고. 그건 인간이 할 수 있는 과제가 아니야. 큰누나의 목적은 날 가르치는 게 아니라 그 분풀이를 하려는 거라구."

퉁명스러운 나의 말에 막내 누나는 조용히 고개를 가로저었다.

"그건 아냐. 네 이야기를 들어보니 큰언니가 내준 과제는 충분히 할 수 있는 양이야."

"뭐? 그 엄청난 양이?"

막내 누나의 말에 나는 어이가 없었다.

"에이. 그건 형이나 작은 누나, 막내 누나 같은 사람들 얘기겠지."

뒤이어진 나의 말에 막내 누나는 담담한 시선으로 날 바라보았다.

"왜 그렇게 생각하는 거지, 이니안?"

"응? 그거야 형이나 누나들은 천재들이잖아, 나랑은 다르게."

나의 말에 검지로 자신의 볼을 가볍게 만지던 막내 누나가 나에게 물었다.

"그럼, 넌? 불과 열다섯에 소드 마스터가 된 너는 천재가 아니야?"

"그거야 난 검에 관해서는 당연히 천.재.지만 다른 부분에서는 지극히 평범하다구."

내가 천재인 건 사실이다. 그건 누구나 인정하니까. 다만 그 분야가 검으로 국한된다. 검에 관해서 내가 천재라는 사실은 누구도 부정할 수 없지만 적어도 공부에서 난 평범할 뿐이다.

하지만 나의 대답에 막내 누나는 조용히 고개를 가로저었다.

"그건 이니안 네 스스로 네 한계를 정하는 거야. 누가 뭐라고 해도 너 역시 우리 사이몬 가문의 혈통이야. 네가 천재라고 한 오빠나 언니, 그리고 나 역시 너와 같은 피를 나눈 남매라구. 우리가 할 수 있는 걸 네가 할 수 없다니 말도 안 돼."

막내 누나의 말에 나는 거세게 반박했다.

"같은 피를 나눈 남매인 건 분명하지만 능력은 확실히 차이가 난다구."

"그래 네 말이 맞아. 차이가 나지. 하지만 차이가 나는 중에도 기본 실력이라는 게 있어. 내가 검을 싫어해서 배우지는 않았지만 나에게 검에 대한 재능이 없을까?"

누나의 물음에 나는 아무런 대답을 못 했다. 누나가 검에 대한 재능이 없다니 보통 사람들에 비한다면 차고 넘칠 정도로 많았다. 다만 막내 누나는 검보다는 책을 좋아했고, 또 검을 배운 큰누나를 본 부모님들이 작은 누나와 막내 누나에게는 검을 가르치시지 않은 것뿐이다.

내가 아무 말 못하고 가만히 있자 막내 누나는 내 머리를 쓰다듬으며 살짝 웃었다.

"이니안, 너는 머리가 좋아. 머리가 나쁘면 우리 가문의 검법을 절대 익힐 수 없지. 그 이치는 아주 어려운 거니까. 그런데 넌 쉽게 했잖아. 다만 공부는 하기 싫어서 안 할 뿐. 흥미가 없어서 그런 건 이해를 하지만 세상을 살아가기 위해서는 하기 싫은 것도 해야 해. 그리고 넌 능력이 있고 큰언니가 네게 내준 과제는 그 능력 안이야. 그러니까 한 번 열심히 해보렴. 어쨌든 왕립 학교에 들어가야 아버지께 검을 돌려받을 수 있잖니?"

막내 누나의 말에 나는 정신이 번쩍 들었다. 맞다. 난 그동안 큰누나의 구박에 잊고 있었던 것이 있었다. 내 검, 나 목숨과도 같은 검. 왕립 학교의 편입 시험에 합격하기 전에는 만질 수조차 없는. 그것을 되찾기 위해서라도 큰누나의 구박에서 벗어나기 위해서라도 난 공부를 해야 했다.

좋다. 까짓 공부, 하면 될 거 아냐! 이 천재 이니안님께서 해주겠다고!

막내 누나의 말이 좋은 자극제가 된 것일까? 아니면 막내 누나가 잘 가르쳐서일까? 오늘 오후의 공부는 무척이나 순조롭게 끝났다, 막내 누나가 감탄할 정도로.

"그것 보렴. 하면 되잖니? 호호."

책을 덮고 내 공부방을 나서는 막내 누나가 한쪽 눈을 찡긋 하며 남긴 말이다. 하면 된다. 그렇다 나는 하면 된다. 지금까지 깜빡 잊고 있었지만 나는 천재니까 말이다. 하하하.

"것 봐. 아빠도 머리는 좋았잖아."

아이덴이 네이라를 보며 말하자 네이라는 방긋 웃으며 고개를 끄덕였다. 자신의 아빠라면 당연히 이래야 했다. 아빠는 안 한 것일 뿐인 것이다.

"근데… 로레인 고모, 무서울 뿐만 아니라 무식하기까지 하구나."

"응."

여동생의 말에 아이덴은 짧게 대답했다. 과연 둘의 이런 모습을 로레인이 보면 어떤 반응을 보일까?

"메이린 고모는 이때에도 천사였고."

"그렇지?"

극과 극을 달리는 엇갈리는 평가. 서로의 눈을 마주 본 남매는 일기를 넘기고 있었다.

658년 6월 25일

평화롭고도 평화로웠던 일요일은 나의 바람과는 상관없이 너무 빨리 과거로 흘러가 버렸다. 그리고 지옥과 다름없는 월요일의 아침이 떡하니 내 앞에 나타났다. 나는 절망과도 같은 감정을 느끼며 느릿느릿 침대 밖으로 나왔다.

점점 무더워지는 날씨는 어느새 훌쩍 다가선 여름을 알리고 있었다. 그만큼 길어진 해 덕에 어느새 동녘 하늘이 어슴푸레 밝아오고 있었다. 새벽 수련이 생활이다 보니 이 시간이면 저절로 눈이 떠진다. 욕실로 가서 가볍게 씻고 옷을 갖춰 입고는 밖으로 나섰다.

우리 집 정원에서 내가 가장 좋아하는 아름드리 고목. 막내 누나와 이야기하던 그곳이다. 고목 옆에 보면 일부러 준비해 놓은 듯한 널찍해 앉기 좋은 평평한 바위가 있다.

난 그곳으로 올라 가부좌를 틀고 앉았다. 우리 집안 검법을 수련하려면 반드시 해야 하는 호흡법을 수행하기 위해서다. 아버지께서 검법 수련은 금지하셨지만 호흡법의 수련까지 금지하신 건 아니다. 이건 내가 철이 들 때부터 해온 것이었다. 검을 배우지 않는 작은 누나와 막내 누나도 이 호흡법만큼은 열심히 수련했다.

이 시간이면 다들 일어나서 저마다의 장소에서 열심히 호흡법을 수련하고 있을 터였다. 밤과 아침이 바뀌는 시간. 천지간에 존재하는 기운이 적절히 섞여 가문의 호흡법을 수련하기에는 최고의 시간이라고 했다. 해질녘 역시 마찬가지였다.

호흡법은 많이 하면 할수록 좋지만 어디 그게 가능한 일인가? 하지만 해 뜰 때와 해 질 때. 이때만큼은 가급적 다들 호흡법을 수련하도록 노력한다. 형과 아버지도 왕궁의 근무가 없는 날이면 이 시간에는 호흡법을 수련하신다.

자하신공(紫霞神功).

발음하기도 무척이나 까다로운 이 이름이 내가 수련하는 호흡법의 명칭이다. 그 성취가 극에 이르면 호흡법을 수련할 때 온몸에 자색 노을과 같은 서기가 어린다고 하는데 본 적이 없으니 믿거나 말거나 하는 소리이다.

하지만 이 호흡법이 검법 수련에 큰 도움이 되는 건 사실이다. 해서 이 호흡법만큼은 절대 가문 밖으로 유출시키지 않았다. 우리 가문의 사이몬 기사단이 왕국기사단 못지않은 실력을 가질 수 있는 것도 다 저 호흡법 덕이다.

물론 자하신공이라는 호흡법을 가르치진 않는다, 이 호흡법을 익힐 수 있는 자격은 사이몬이라는 성을 쓰는 사람뿐이므로. 다만 사이몬 기사단의 기사들은 자하신공에서 파생된 기본적인 호흡법을 익힌다. 그것을 한월공(寒月功)이라 한다. 역시 발음이 무척이나 까다롭다.

무슨 호흡법 이름을 이리도 까다롭게 지어놓았는지 의아해하는 사람들도 있겠지만 여기에는 사정이 있다. 그 사정에 관해서는 차후에 밝히도록 하겠다.

이 호흡법들은 건강과 미용에도 탁월한 효과가 있어서 우리 누나들의 미모에도 한몫하고 있을 것이다. 그러니 그렇게 반짝반짝 빛이 나지. 심지어 그 성깔 안 좋은 큰누나마저.

호흡법을 마치니 온몸이 상쾌하다. 몸속에 가득 찬 기운이 절로 활기를 불어넣는 이 기분. 이건 해보지 않은 사람은 절대로 모른다.

하늘을 보니 해는 어느새 제법 높이 올라가 있었다. 슬슬 아침 시간인 것 같다. 보통 호흡법을 한 번 수련하면 두 시간 정도는 걸리니 마치면 딱 아침 때이다. 나는 느긋한 발걸음으로 식당을 향했다.

아버지와 형이 없는 걸 보니 근무날인 모양이었다. 아마도 저녁 때쯤 들어올 것이다, 퀭한 눈을 하고서.

아무리 아버지께서 그랜드 마스터라지만 24시간 내내 국왕 폐하 옆에서 긴장을 유지하고 있는 것은 고된 일이다. 현재 왕국은 무척이나 평안하다. 현재의 국왕 폐하까지 3대에 걸쳐 카일로니아의 국왕 폐하들께서는 성군이라는 칭송을 듣는 분들이시다.

덕분에 근 100년에 가까운 시간 동안 우리 왕국은 무척이나 평화로웠고 또 풍요로웠다. 이런 때이니만큼 근무 때 적당히 해도 될 터인데 아버지와 형에게는 그런 요령이 없었다.

그러니 이틀에 한 번 꼴로 초췌한 모습으로 들어오니 보는 내가 다 안쓰러울 지경이다. 하지만 또 목욕 한 번이면 금세 보통 때의 모습을 회복하니 그 초췌한 모습이 의도한 연극은 아닐까 하는 생각도 머리 한쪽에 자리하고 있었다.

맛있는 아침 식사가 끝난 시간. 든든한 포만감에 한창 기분이 좋아야 할 시간이지만 난 그렇지 못했다.

큰누나와의 공부라는 지옥이 기다리고 있으니. 아니, 이제 그렇게 생각하지 않기로 했지. 당당히 맞서야 한다. 큰누나의 음모에 당당히 맞서 그 음모를 깨부수리라.

지난주에는 도살장에 끌려가는 소마냥 공부방으로 향했지만 오늘의 나는 당당하게 걸음을 옮겼다. 사이먼 가의 핏줄을 타고난 나 이니안 케이 사이먼에게 무에 두려울 것이 있겠는가. 당당히 맞서서 깨부숴 주겠다.

그런 나의 모습을 보는 큰누나는 이상한 듯 고개를 갸웃거렸지만 곧 나를 따라 공부방으로 들어섰다.

"어서 어서 앉아라. 응?"

방으로 들어선 누나는 평소와는 다르게 재촉했다. 방으로 들어올 때까지는 여유롭게 날 바라보더니 갑자기 왜 저러는지… 하긴 큰누나의 성격을 누가 짐작하겠는가? 큰누나인데.

"그럼… 오늘은 여기서 여기까지. 시간은 점심식사 전까지."

큰누나의 말에 나는 순간 정신이 나갔다. 이건 평소와 패턴이 다르다. 평소에는 이러지 않았다. 30분 간격으로 나오던 과제가 오늘은 세 시간이라니. 게다가 양은 더 많았다. 시간이 여섯 배로 늘었으면 양도 여섯 배로 늘어야 할 터인데 이건 아니다. 무려 열 배는 늘었을 것 같다, 저 두께를 보면. 으으. 큰누나, 역시 강적이다.

"너, 그때까지 다 못 외우면 점심없다. 그게 오늘부터 추가되는 새 벌칙이다. 그럼 난."

그 말을 남기고는 사라져 버린 큰누나.

이럴 수가… 이젠 먹는 것마저… 패는 걸로는 부족해 굶기겠다니 악마가 와서 가르침을 청할 정도의 사악함이지 않은가. 이럴 수는 없는 거다.

어찌 생존을 위한 가장 순수하고도 고귀한 먹는다는 행위를 강제하려 하는가!

내가 이렇게 절망에 빠져 투덜거리는 사이 시계 바늘은 참으로 부지런히도 움직였다. 그사이 10분이라는 금쪽 같은, 아니, 맛있는 식사와 같은 시간이 사라졌으니.

토요일. 막내 누나의 말을 듣고 결심한 것도 있고 하니 열심히 하기로 했다. 게다가 맛있는 점심까지 걸려 있으니 이렇게 어물쩡거릴 시간 따위는 없었다.

그래서 나는 간과하고 있었다. 지난 토요일 검투장에 다녀온 뒤 큰누나의 행동이 조금 변했다는 것을. 일요일인 어제 큰누나를 도통 볼 수 없었다는 것을.

이때 나는 이 사실들에 대해 심각하게 고민을 했어야 했다. 한 끼 식사에 눈이 어두워 놓칠 만큼 간단한 사안이 아니었으니. 이때 놓쳐 버린 그 사실이 뒷날 나에게 어떻게 돌아올 지 이 당시에는 전혀 모르고 있었다.

"쿡쿡쿡. 정말 재미있다. 아빠 일기."

네이라가 손으로 입을 가리며 소리 죽여 웃었다.

"정말 그렇지?"

아이덴의 입에도 미소가 걸려 있었다.

"그런데 그 바위, 아빠가 어릴 때도 있었구나."

"정말. 오래된 바위였어."

네이라와 아이덴도 매일같이 그 바위에서 호흡법을 수련하고 있었다. 이니안이 어린 시절 익힌 자하신공을 익히고 있는 것이다.

"그런데 아빠가 지금 익히고 있는 것은 천령조화공(天靈造化功) 아니야?"

"그러네. 그런데 어떻게 어릴 때는 자하신공을 수련하셨지?"

남매는 서로를 보며 고개를 갸웃거렸지만 고민의 시간은 오래 가지 않았다. 별 도움도 안 되는 것을 계속 고민하기에는 아빠의 일기가 내보내는 유혹의 기운이 너무나도 강했던 것이다.

658년 9월 20일

"훗. 그럼 그렇지. 내가 이렇게 공부를 했는데 합격 안 할 리가 없지."

누나들과 즐겁고도 한편으로는 눈물겨운 공부를 한 지 어언 세 달의 시간이 흘렀다. 그리고 나는 왕립학교에 편입하기 위한 시험을 치렀고, 이렇게 당당히 합격증을 두 손에 받아 들었다.

내가 그 고생을 했는데 이런 결과가 안 나온다면 그건 세상이

망할 징조다. 당연하지 않은가? 이 천재 이니안이 무려 세 달이나 공부를 했는데 고작 왕립학교 편입 시험도 합격을 못한다니. 보통의 귀족가 자제들은 열 살에서 열두 살 사이에 합격하는 시험을 말이다.

덕분에 집으로 향하는 나의 발걸음은 무척이나 가벼웠다. 아니, 정확히는 마차를 타고 집으로 향하고 있으니 마차에 탄 나의 몸이 날아갈 듯 가볍다고 할까? 얼마 만에 느끼는 상쾌한 기분인지.

무엇보다 기쁜 건 이 합격증을 아버지께 드리면 나의 애검(愛劍)이 돌아온다는 것이다. 오늘은 정말 지쳐서 뻗을 때까지 검을 휘둘러 봐야겠다. 무려 세 달 만에 진검을 잡는다고 생각하니 벌써부터 온몸이 흥분으로 인해 부르르 떨렸다.

그사이 마차는 어느새 우리 저택의 정문을 지나 현관 앞에 당도해 있었다. 마차의 문이 열리자마자 나는 쏜살같이 집 안으로 들어갔다. 마침 오늘은 아버지와 형의 비번 일. 분명 서재에 계시든, 연무장에 계실 것이다. 일단 서재를 목표로 정하고 나는 듯 달려갔다.

"헉헉헉."

마나를 운용했다면 이렇게 숨 찰 일도 없었을 텐데 너무 흥분한 나머지 그냥 무작정 뛰었더니 무척이나 숨이 가빴다. 잠시 문 앞에서 숨을 고른 후 두근거리는 심장을 부여잡고 서재의 문을 가볍게 두드렸다.

똑똑똑.

노크 소리가 이렇게 맑고도 상쾌하게 울릴 수 있다는 사실을 나는 오늘 처음으로 깨달았다.

"들어오너라."

웃. 나이스! 둘 중 하나를 찍었는데 다행히 아버지가 서재에 계셨다. 나는 곧 내 손에 돌아올 검을 생각하며 문을 조용히 열고 안으로 들어섰다.

그런데 서재 안의 분위기가 심상치 않았다. 아버지뿐만 아니라 어머니에, 형에, 누나들까지 모두 모여 앉아 있었다. 특히나 큰누나의 저 살기 어린 시선과 작은 누나와 막내 누나의 걱정 가득한 시선. 마지막으로 형의 저 장난스럽고도 음흉한 시선까지. 이 모든 것들이 나의 감각에 위험 신호를 격렬히 보내고 있었다.

아니, 내가 왕립학교 편입 시험에 합격한 이 좋은 날, 이 무슨 무거운 분위기란 말인가.

"저, 아버지. 여기, 왕립학교 편입 시험 합격증입니다."

"으흠."

아버지께서는 내가 공손히 내민 합격증을 받아 드시더니 침중한 눈빛으로 한참을 바라보셨다. 그 곁에는 어머니의 걱정 가득한 눈빛도 함께였다.

"이니안."

"예."

아버지의 목소리가 극히 낮게 울렸다. 이건 좋지 않다. 저 목소리는 아버지께서 상당히 화가 나셨다는 증거. 세 달 전 즐겁던 저녁 식사 시간 중 내 검을 압수당할 때도 딱 이런 분위기였다. 잔뜩 긴장한 나는 입 안이 바싹바싹 타 들어갔다.

"꿀꺽."

있지도 않은 침을 억지로 삼키고는 두려운 눈으로 조심스레 아
버지를 쳐다보았다.

"네 나이가 올해 몇이더냐?"

"열다섯입니다."

"그렇다면 왕립학교는 몇 살부터 입학을 하더냐?"

"일곱 살입니다."

갑자기 내 나이와 왕립학교의 입학 연령이라니. 난 대체 무슨
이유인지 알 수가 없었지만 일단 아버지의 분위기에 말려 조용히
대답했다.

"그렇다면 넌 올해 몇 학년에 편입하여야 하느냐?"

가만 보자. 일곱 살이 1학년이니 열일곱 살은 10학년. 그렇다
면 나는 8학년이다.

"8학년입니다."

나의 대답에 아버지께서는 고개를 끄덕이셨다.

"그렇다면 어디 한 번 네가 가져온 이 합격증을 다시 한 번 보
거라."

아버지께서 다시 나에게 내미신 합격증을 받아들어 다시 한 번
꼼꼼히 읽어보았다.

[합격증]

이니안 케이 사이몬.

위 사람은 왕립학교의 편입 시험에서 기준 이상의 점수를 얻어 6학
년에 편입할 자격이 있음을 증명합니다.

왕립학교 교장 라이가르 데오 퓨이어스

호오. 다시 봐도 자랑스러운 나의 합격증. 내가 왕립학교 6학년에 편입할 자격이 있다는 것을 증명한다고 하지 않는가? 이게 어디가 어떻다는 건지.

가만. 뭐? 6학년? 잠시… 내 나이라면 분명 좀 전에 말한대로 8학년이어야 하는데, 6학년? 이게 어찌 된 일이지? 합격을 했다는 사실에만 기뻐하며 간과한 사실 하나를 나는 이제야 알아차렸다. 그 사실을 알아차리자 내 몸은 서서히 굳어들어 갔다. 이럴 수가 6학년이라니. 그렇다면 나보다 두 살이나 어린 열세 살 꼬마들이랑 같이 학교를 다녀야 한단 말인가?

"이제야 알아차렸느냐? 한심한 녀석 같으니."

일기의 그 페이지는 그렇게 끝이 나있었다.

하지만 네이라도 아이덴도 뒷장으로 넘기지 않았다.

대신,

"에에. 아빠, 두 학년이나 밑으로 편입했던 거야?"

네이라가 맥 빠진 목소리로 중얼거렸다.

"무슨 사정이 있었겠지. 그나저나 이때 할아버지 엄청 화 나셨겠다. 화 한 번 나면 무척이나 무서우신데……."

이미 과거의 일임에도 불구하고 아이덴은 자신의 아버지를 진심으로 걱정했다. 딱 한 번 거짓말을 했다가 할아버지의 분노를 온몸으로 받아본 적이 있는 그였기에 절대 남의 일 같지 않았던 것이다.

두 사람의 할아버지인 사이몬 공작은 무척이나 인자했다. 물론 이 저택에서는 그 두 사람 한정인 조건이다. 메이린과 이니안을 제외한

다른 이들은 모두 분가를 했다. 그리고 메이린은 아직 자식이 없었다. 그랬기에 현재 저택에 공작의 손자와 손녀는 두 사람이 전부인 것이다.

그런 두 사람이 공작은 오죽 귀여울까?

하지만 공작은 애정에 눈이 멀어 아이들이 잘못된 길로 들어서는 것을 가만히 지켜볼 사람이 아니었다. 엄격해야 할 일에는 엄격했고. 그 엄격함에 아이덴이 호되게 당한 적이 있는 것이다.

"오빠, 안 넘겨?"

아이덴이 일기장에 손을 올린 채 망설이고 있자 네이라가 의아한 듯 물었다.

"으응. 할아버지가 상당히 화나신 듯해서 뒷장을 넘기기가 무서워."

네이라는 가만히 고개를 끄덕였다.

그녀도 오빠가 혼나는 것을 곁에서 지켜보았다. 오빠는 고개를 숙이고 가만히 있는데 오죽 무서웠으면 오히려 자신이 울었을까.

네이라도 고민에 휩싸인 눈으로 일기장을 바라보았다.

저것을 과연 넘겨야 할까?

남매는 지금 할아버지의 분노한 모습에의 공포와 호기심 사이에서 고민하고 있었다.

FANTASTIC
ORIENTAL
HEROES

무한 상상 · 공상 세계, 청어람 신무협&판타지

『신마대전』, 『투마왕』의 작가 김운영
세간에 화제를 불러온 최신 기대&화제작!!

흑사자(黑獅子) / 김운영 지음

세상에는 수많은 강자가
존재한다.

『흑사자』
(黑獅子)

한 자루 검으로 거대한 마물을 능히 상대할 수 있는 소드 마스터.
마나를 자유롭게 다루어 온갖 신비한 힘을 발휘할 수 있는 대마법사.
신의 선택을 받아 기적 같은 신성력을 행하는 고위성직자.
단신(單身)으로 국가의 운명에까지 영향을 미칠 수 있는 자들도 있다.
그러나 이들도 어렸을 때에는 약했다.

인간인 이상, 태어나서 십몇 년간은 성인의 힘을 이길 수 없다.
강해진 자들은 하나같이 오랜 세월 동안 남들이 이해하기 힘든
노력과 경험을 쌓아온 자들이다.

그러나 난 달랐다. 난 어렸을 때부터 강했다.
내게는 그 어떤 수련도 경험도 필요없었다.

난… 사자다.